OMNIBUS

Massimo Nava

IL MERCANTE DI QUADRI SCOMPARSI

Romanzo

MONDADORI

Questo libro è un'opera di fantasia. Personaggi e luoghi citati sono invenzioni dell'autore e hanno lo scopo di conferire veridicità alla narrazione. Qualsiasi analogia con fatti, luoghi e persone, vive o scomparse, è assolutamente casuale.

| librimondadori.it | anobii.com

Il mercante di quadri scomparsi
di Massimo Nava
Collezione Omnibus

ISBN 978-88-04-66424-6

Edizione pubblicata in accordo con Piergiorgio Nicolazzini Literary Agency (PNLA)
I edizione giugno 2016

IL MERCANTE DI QUADRI SCOMPARSI

a Giulia, Francesca, Lorenza,
Alessandra e Luna

Ero giunto a quel livello di emozione dove s'incontrano le sensazioni celesti date dalle arti e dai sentimenti appassionati... Ebbi un battito del cuore, la vita per me si era inaridita, camminavo temendo di cadere.

STENDHAL, *Roma, Napoli e Firenze*

PRIMA CHE TUTTO ACCADESSE

La ragazza fu puntuale. Scese dal taxi, compose il codice, attese lo scatto automatico del portone e attraversò l'atrio fino a una vetrata che si apriva sulla corte interna.

Il cliente l'attendeva all'ingresso di un appartamento al piano terra.

Alto, sulla cinquantina, aspetto raffinato: gessato scuro, camicia bianca, cravatta a pois e gemelli ai polsi.

Poteva sembrare un banchiere o un dandy. Al telefono, le aveva parlato in inglese.

Lei si presentò come Josephine. Lui disse di chiamarsi Duvall: «Robert Duvall».

L'identità non conta, un nome vale un altro in questo genere d'incontri. L'apparenza è più importante.

Lui era rassicurante, lei non tradiva le attese.

«Divertente! Josephine, come la moglie di Napoleone» commentò.

L'appartamento era un loft, su due livelli. Essenziale, strutture d'acciaio e cemento a vista.

Duvall amava il bianco. Erano bianchi divani, pareti, sedie e tavoli del salotto. Bianca la polvere raccolta in un portacenere di cristallo.

Le doghe laccate del pavimento e le luci soffuse davano la sensazione di essere dentro una nuvola. Josephine avvertì la freddezza asettica di ambulatori medici o ristoranti giapponesi.

Due tende rosso porpora erano l'unica macchia di colore. Coprivano le finestre che si affacciavano sul giardino interno.

Duvall la scrutò con eccessiva intensità, seguendo le forme dei seni, l'arrogante fessura della scollatura a V, i muscoli armoniosi delle gambe che pochi istanti dopo avrebbero danzato per lui.

Josephine si sentì nuda ancora prima di spogliarsi.

Lui tenne le distanze e attaccò una conversazione che la sorprese.

«Il sesso mi annoia, cerco la sensualità. Ci tiene lontani dalla morte, come una sinfonia di Mahler. Conosce Mahler? È un moto d'onda senza fine, un orgasmo prolungato. Bellezza e sensualità sono il segreto per sopravvivere.»

Riflessioni alla rinfusa che non prevedevano repliche.

La prese per mano e l'accompagnò in salotto. Nella luce obliqua, Josephine intravide la silhouette di altre due ragazze.

Dopo archi e violini, dopo le urla e il silenzio, Josephine correva a piedi nudi sul marciapiede battuto dalla pioggia, stringendo al petto la borsa, il vestito di seta e le scarpe Chanel che si era sfilate per fuggire via. Ansimava per le troppe sigarette fumate e lo champagne ghiacciato che Duvall le aveva continuato a versare.

La testa girava, le tempie battevano forte, il cuore rimbombava in gola, come i tamburi di Mahler.

Con un filo di voce pregò un taxi di fermarsi, e poi un altro ancora, ma i taxi sfrecciavano via sull'asfalto bagnato e lucido, sollevando schizzi pioggia. Nessuno, a quell'ora della notte, se la sentiva di raccogliere una ragazza ubriaca e seminuda.

Pregò ancora, riuscì a pregare più forte: «Fer-ma-ti! Fer-ma-ti, per l'amor di Dio!».

Finalmente, uno rallentò e la raccolse.

Delle altre due non seppe più nulla.

TRE MESI PRIMA

"Ripensando ai suoi, comprese quanto ormai appartenesse ad altri, a qualcuno che lo trascinava qua e là, insieme con quei soldati di cui vedeva solo le gambe, che avanzavano con passo cadenzato, in una nube di polvere. A forza di vedere sfilare macchie, valli e radure, ebbe alla fine l'impressione che il mondo stesse fermo e che fosse lui a procedere senza meta e senza senso. Sentiva davanti a sé, in lontananza, il rimbombo dei passi di carica, il tintinnio delle armi e implorazioni d'aiuto."

Nelle notti in trincea, gelide e uguali, Milos aveva cominciato a leggere buoni libri per uccidere la noia e resistere alla voglia di sbronzarsi di grappa alla prugna. Attorno a lui, ondate di odio compresse e pronte a esplodere.

In vita sua, aveva studiato e letto poco. Adesso cercava di capire. Forse immaginò che un giorno avrebbe sparato con più convinzione. Poi avrebbe potuto andarsene lontano, magari in Europa, dove ci si sbronza a champagne e dove vivevano persone come Duvall.

1

«*Bienvenu à l'Hotel de Paris.*» Dalla tarda mattinata di venerdì, Antoine, l'anziano portiere dell'albergo, lo aveva ripetuto molte volte agli ospiti in arrivo.

Taxi e limousine private con vetri oscurati scorrevano in continuazione come in una giostra davanti alla passatoia rossa dell'ingresso, delimitata da vasi di ortensie, in un'allegra successione di sfumature violacee.

Il portiere accennava a un inchino prima del suo *bienvenu*, sempre con lo stesso tono, gentile e misurato.

Alto, baffi e pizzetto ben curati: un viso da pittura fiamminga. In trent'anni di servizio, a causa della pancia cresciuta con il tempo, aveva cambiato la taglia della livrea rosso fuoco, con i bottoni dorati e il cilindro nero, dettagli che accentuavano la sua naturale eleganza. Il tono della voce era rimasto invece lo stesso, come se l'avesse provato e riprovato mille volte per trovare quello più adatto all'ambiente. Cordiale, mai servile, secondo la consegna del direttore, il quale ricordava allo staff che i clienti più viziati "spendono migliaia di euro a notte per essere coccolati e sentirsi come a casa loro". Strategia di marketing, per distinguersi dal servizio anonimo delle grandi catene alberghiere.

I clienti abituali lo conoscevano e ricambiavano il saluto. «Buongiorno, Antoine, il tempo ci tradirà anche quest'anno?»

Ripetevano la domanda con lo sguardo ai nuvoloni spinti dal mistral sul golfo di Montecarlo.

Come ogni anno alla vigilia del Gran Premio, il bollettino meteo dava qualche preoccupazione al pubblico e agli organizzatori. In maggio i temporali sono una regola, però, essendo la tradizione più importante dei capricci di stagione, si corre sempre nei weekend di questo mese. Se la pista è bagnata, aumentano le probabilità di incidenti, ma anche la quantità di emozioni e di adrenalina e la possibilità che vinca un outsider.

Molti appassionati si preparavano allo spettacolo avvolti in impermeabili di cellophane gialli e rossi. E sembravano prodotti da supermercato.

L'invasione del Principato era cominciata da qualche giorno. Sulla *corniche*, le auto in coda sotto il sole mandavano riflessi accecanti di lamiere surriscaldate. I tifosi della Ferrari si facevano notare con cori e sventolio di bandiere. Per loro, la "rossa" è una specie di religione, un mito italiano, anche se il pilota è tedesco, le gomme cinesi e gli ingegneri inglesi.

La normale circolazione era sconvolta per far posto al tracciato della pista. Transenne, tribune, barriere di protezione nei punti più famosi, le curve della Rascasse, del Tabaccaio, del Casinò, la "esse" delle Piscine.

Gli spettatori privilegiati avevano conquistato come ogni anno una finestra di abitazioni private o un invito su uno degli yacht ormeggiati a centinaia, in doppia e tripla fila, sui pontili lungo il rettilineo della corsa. Si mescolavano a clienti di grandi alberghi, proprietari di barche e sudditi del Principato. Nobili, sceicchi, finanzieri, residenti fiscali si preparavano a un bagno di mondanità, tra feste private in barca ed eventi sponsorizzati da marchi famosi.

Il rito stava per ripetersi. Come i temporali di stagione.

Bernard Bastiani, commissario della sezione criminale, era arrivato in ufficio da pochi minuti, verso le nove, quando il suo cellulare squillò.

«Dottore, venga subito, una cosa... da non credere... orribile!» La voce del poliziotto che chiamava il suo capo era concitata. «Orribile» ripeté un paio di volte, prima di riuscire a indicare il luogo da raggiungere.

Finalmente gli uscì dalla gola: «Venga al porto».

«Al porto? Quale porto?»

«Fontevegia.»

Bastiani sbuffò. La chiamata di servizio gli avrebbe quasi sicuramente impedito di assistere alle prove del Gran Premio. Aveva in tasca due biglietti per la tribuna delle Piscine e aveva fatto a suo figlio una promessa: "Ti porto alla corsa, domani, io e te da soli".

Spense la prima sigaretta della giornata, una sottile e insapore Philip Morris blu.

Stava tentando di dare l'addio alle Marlboro. Il cardiologo era stato categorico: "Fumo, pancia, vita sedentaria, alcol: a qualcosa dovresti rinunciare".

Il medico, Mario Vardelli, di origine italiana, era diventato un amico e gli dava consigli preziosi, per quanto inascoltati e ripetuti dopo controlli rituali, elettrocardiogrammi e prove da sforzo.

Bastiani sistemò un paio di faldoni sulla scrivania, strinse il nodo della cravatta e uscì a passo svelto dalla Gendarmerie Nationale, il palazzo neoclassico affacciato su place du Casino.

Cominciava a vivere una giornata del tutto imprevista.

Dopo vent'anni di servizio nelle violente periferie di Parigi, Montpellier e Marsiglia, si era deciso – o per meglio dire rassegnato – a stare lontano dalla prima linea.

Aveva preso servizio a Montecarlo da un paio di mesi. Conosceva il Principato come un turista. Era andato una volta a visitare il Museo oceanografico e aveva spesso sentito dire: "Qui non succede mai niente".

"Ne uccide più la pensione che la malavita" era stata la battuta nel discorsetto d'addio ai colleghi di Marsiglia.

Un po' cominciava a crederci, scorrendo annoiato verbali

di furti in appartamenti e denunce d'inquilini per schiamazzi notturni.

Le attività principali della polizia erano multe per sosta vietata e rimbrotti ai turisti che non gettavano i rifiuti nei cestini. In ogni angolo del Principato c'era una telecamera di sorveglianza. Davanti a gioiellerie e boutique si moltiplicavano agenti privati, in grigio scuro, che sembravano più discreti e raffinati dei clienti. La sicurezza, fra grattacieli aggrappati alla collina e pomposi *palais* del lungomare, era una sensazione fisica, avvolgente e rassicurante.

I borseggiatori prosperavano invece sulla riviera francese, da Cannes a Nizza. Bande di giovani, figli d'immigrati confinati nei casermoni delle periferie, calavano sulle *promenades* a caccia di ricchi pensionati e di turisti distratti. Depressione, violenza e infelicità nel Principato non avevano diritto di cittadinanza. Un delitto era evento rarissimo.

"Che diavolo è successo di così orribile?" si chiese mentre percorreva la Louis Auréglia al volante della Renault di servizio bianca e blu.

In pochi minuti raggiunse la zona del porto, sotto l'imponente edificio di marmo grigio che ospita il Museo Oceanografico. Non inserì la sirena. Non volle turbare l'atmosfera gioiosa del Gran Premio. E pensò che l'agente – un giovane mandato a sorvegliare la tranquillità dei grandi yacht ormeggiati al porto – aveva forse esagerato.

Fontvieille, o Fontevegia, come dicono ancora gli abitanti di origine italiana, era un lussuoso quartiere di nuovo sviluppo.

Per soddisfare domande di residenze e posti barca, il Principato aveva aumentato il territorio nell'unico modo possibile: spingere il mare un po' più in là e ampliare la costa.

«Commissario, raggiunga il quai Rey, al ristorante Michelangelo.» L'agente si era ripreso e gli diede indicazioni via radio con tono professionale.

Davanti al ristorante, Bastiani abbandonò l'auto di traverso, fregandosene che qualche monegasco lo osservasse con aria di rimprovero. Percorse a piedi una ventina di metri, fino alla scaletta di accesso alla banchina. L'agente lo accompagnò alla zona delimitata dal nastro adesivo rosso.

Si era radunata una piccola folla. Allungava lo sguardo su quel perimetro che aveva il sentore di disgrazia o di incidente e che stimolava la voglia di commentare ad alta voce con estranei. I curiosi, in caso d'incidente, si assomigliano.

Bastiani si chinò per superare il nastro. Gli venne in mente che in altre occasioni l'avrebbe saltato a piè pari. Era un rimpianto di agilità perduta che si riprometteva di recuperare. Con un po' di dieta e ginnastica.

Salutò i colleghi. Un agente sollevò un lenzuolo bianco e scoprì il cadavere di un uomo, tirato fuori da un cassonetto dell'immondizia e adagiato sull'asfalto.

La segnalazione era stata fatta dai netturbini del servizio notturno.

Per quanto avesse esperienza di orrendi omicidi, Bastiani capì lo stato d'animo dell'agente che lo aveva avvertito.

Era seminudo, le mani legate dietro la schiena da lembi azzurri di un lenzuolo strappato. Sul sangue raggrumato si erano incollati residui di rifiuti. L'assassino aveva reciso il collo e praticato un'incisione, a forma di croce, sulla fronte. La vittima aveva subito una mutilazione oscena e umiliante, il taglio dei testicoli.

Non si notavano ferite d'arma da fuoco. Avevano voluto che morisse lentamente, che soffrisse fino all'ultimo respiro, come in un rito sacrificale.

Bastiani ipotizzò che l'esecuzione non fosse avvenuta al porto. «Lo hanno ucciso da qualche altra parte e poi l'hanno buttato qui» disse agli agenti, che sembrarono annuire.

Non lo conoscevano ancora, ma avevano consultato il suo curriculum online, giusto per sapersi adeguare al nuovo dirigente. Si potevano fidare di un uomo di esperienza e buon senso, il quale, fin dai primi giorni di servizio, aveva lasciato intendere che non li avrebbe stressati.

L'ipotesi avanzata dal commissario era molto probabile, considerando il sistema di sorveglianza rafforzato per la gara e l'affluenza di turisti. Fino a tarda sera c'erano bar e ristoranti aperti, coppiette di giovani a passeggio, marinai sui ponti intenti a lustrare bitte e maniglie.

Il commissario ordinò di cercare testimoni. Gli agenti interrogarono camerieri e gestori dei bar sul lungomare. Nessuno aveva visto nulla. Il delitto era probabilmente avvenuto dopo la chiusura dei locali.

L'esperienza gli suggeriva anche altre ipotesi.

Con gli anni, aveva imparato che il lavoro del bravo investigatore è fatto di sistematicità, controlli, dettagli apparentemente insignificanti che alla fine danno un quadro complessivo dell'inchiesta e conducono all'assassino. Sapeva di non dovere scartare nessuna pista. Provava un certo compiacimento quando investigatori e magistrati più noti di lui, fra quelli che apparivano sui giornali o in televisione, prendevano clamorosi abbagli, affidandosi alla fama raggiunta più che all'esperienza e al metodo.

I funzionari della scientifica perlustrarono la banchina centimetro dopo centimetro. Raccolsero cicche di sigarette, un guanto perduto, due lattine di Coca-Cola, una bottiglia con il collo martoriato, come quello della vittima. Uno scattò decine di fotografie con una macchina in grado di fissare la scena del crimine a trecentosessanta gradi, per poi analizzarla in ogni dettaglio. Un altro tirò fuori da una valigetta l'apparecchiatura per il rilievo di tracce di dna.

Bastiani era turbato dalla ritualità del delitto e finì per ammetterlo con gli uomini della squadra: «Dare la caccia ai maniaci è complicato perché spesso sembrano persone normali».

Passò circa una mezz'ora. Il portatile squillò di nuovo.

«Buongiorno, dottor Bastiani. Mi perdoni la battuta: è arrivato lei e a Montecarlo cominciano i guai. Proprio alla vigilia del Gran Premio! Sono stato informato. È orribile. C'è qualche indizio? Si è già fatto un'idea?»

«Stiamo facendo rilievi e ricerca di testimoni. Per ora,

nulla di interessante. Non abbiamo segnalazioni di persone scomparse. Questo morto non ha l'aspetto di un clochard... Le mani, i piedi... pelle liscia, unghie curate. Sui cinquanta... Sembra la messinscena di un maniaco.»

«Commissario, non la prenda per un'interferenza, faccia il suo lavoro, ci mancherebbe. Tuttavia mi permetta di raccomandarle discrezione. Almeno per un paio di giorni, teniamo fuori i giornalisti. Tanto hanno altro da fare nel weekend. Arrivano George Clooney e Madonna. La prego, niente conferenza stampa fino a lunedì.»

Bastiani stava per replicare, ma si trattenne. In altri tempi e occasioni l'avrebbe fatto, anche in modo spiccio e volgare, nonostante si trattasse di un superiore. Non tollerava l'arroganza dei capi e soprattutto di venire meno alle regole per far piacere a qualcuno. Ma aveva appena preso servizio, era nuovo dell'ambiente e soprattutto non aveva nessuna voglia di guastare subito i rapporti. Con Vallaud si giocava gli ultimi anni di carriera. "In fondo sei venuto qui per startene tranquillo, no?" pensò.

«Fanculo, che nulla turbi il paradiso dei ricchi!» disse. Ma sottovoce.

Il sarcasmo era ovvio. Cominciava un'indagine su un macabro omicidio, evento "impossibile" nel Principato, ma le autorità si preoccupavano soltanto del clamore che ne sarebbe seguito e della serenità del regno.

La raccomandazione del dottor Jean Pierre Vallaud, direttore generale dei Servizi giudiziari, che nel Principato equivale al procuratore capo, andava tuttavia assecondata.

Almeno per il momento.

2

Il commissario diede disposizioni di routine – controlli stradali, verifica di persone scomparse, segnalazioni all'Interpol –, salutò gli agenti e andò a pranzo da Peppino's, una pizzeria a Fontvieille.

L'arredamento del locale era dozzinale, modesto, come le trattorie italiane da guida turistica, tovaglie a quadretti, foto del Vesuvio e torre di Pisa alle pareti.

La pizza era croccante e ben lievitata, davvero alla napoletana, come piaceva a lui.

Peppino, il proprietario, aveva installato un forno a legna, proibito dalle norme sanitarie del Principato. Il commissario lo aveva saputo, ma aveva chiuso un occhio.

Era la prima persona che gli avesse suscitato simpatia a Montecarlo. Nonostante un mestiere che favorisce la pinguedine e le origini meridionali, era lungo e secco, aveva occhi azzurri e ciò che restava dei capelli a riporto era biondo.

Peppino passava più tempo con lui che con i clienti. Scherzavano sul calcio e sulle donne, l'argomento preferito degli uomini soli, soprattutto se di origine italiana.

«Ciao, quanti ne hai avvelenati oggi?» lo sfotté Bastiani, con un sorriso. Anche nei momenti più complicati, si sforzava di sembrare calmo. E il suo sorriso, con lo sguardo di traverso e il capo sbilenco, ispirava simpatia.

Il commissario si sedette a un tavolo d'angolo, con vista sul passeggio. Buttò l'occhio distratto sui titoli di "Nice-Matin", dedicati al Gran Premio, ai risultati delle prove e all'arrivo dei vip.

Non aveva appetito. L'immagine del cadavere gli aveva provocato una stretta allo stomaco. E non riuscì a togliersi dalla mente la vista dell'inguine di quell'uomo, il sangue raggrumato e lo squarcio attorno al pene penzolante.

Qualche anno prima aveva condotto un'indagine su una setta di fanatici accampati in un casolare alla periferia di Montpellier. I riti prevedevano un'oscura simbologia del sacrificio, con ferite, incisioni, segni di colpi di frusta. Ci scappò anche il morto, una giovane cameriera che si era fatta adescare dal guru del gruppo. Era stata torturata.

Gli tornarono in mente luoghi, confessioni, cerimonie ripugnanti e malefiche, in bilico fra orrore e ridicolo.

Poi ricominciò a scherzare con Peppino.

Da quando aveva chiesto il trasferimento, Bastiani si era imposto di non avere fretta. Era un po' stanco e segnato. A quasi cinquant'anni poteva concedersi di prendere le cose in un altro modo. Avrebbe trascorso il weekend in famiglia e studiato il caso in salotto.

Originario di Nizza, aveva desiderato tornare nella sua città. Grazie al curriculum, aveva ottenuto il posto. Secondo gli accordi fra il Principato e la Francia, aveva diritto alla residenza e all'alloggio di funzione. Ma preferiva rientrare ogni sera a casa sua, a Nizza, per stare un po' di più con suo figlio e sua moglie Adriana.

Era stata lei a chiedergli di sacrificare un po' la carriera quando era arrivato Andreas, il bambino sognato e atteso da tempo.

Dopo quindici anni di matrimonio, avevano cominciato una nuova vita: tranquilla, dopo troppe lontananze e separazioni forzate.

Bastiani diceva "serena", che non è sinonimo di felicità. Le inquietudini riaffioravano e la calma piatta di Montecarlo non aiutava a cacciarle via. Aveva fatto una scelta, che si sforzava di confermare a se stesso ogni giorno, in un'altalena di rimpianti e buoni propositi.

Per molti anni aveva vissuto in affitto nella città in cui era stato mandato in servizio. Tornava a casa un weekend su due, salvo emergenze dell'ultimo minuto.

Adriana, il giorno in cui scoprì di essere incinta, gli strappò una promessa. Gli telefonò mentre era in corso un'operazione notturna, alla periferia di Marsiglia, per sgominare una banda di spacciatori che si erano rifugiati con bombe a mano e kalashnikov in un capannone abbandonato. Il momento peggiore per venire a sapere di essere padre.

"Scusa, ti richiamo più tardi. Sì, certo, promesso, come vuoi..." Disse così mentre vuotava il caricatore della sua Beretta d'ordinanza.

Ci mise ancora molto tempo prima di rispettare la parola data, ma finalmente si decise a chiedere il trasferimento. Andreas aveva però già compiuto otto anni.

Bastiani aveva un certo fascino, nonostante il tempo e lo stress del mestiere avessero avuto effetto sul fisico. E sulla circonferenza dei pantaloni, la seconda cintura che fa riconoscere l'uomo di mezza età. Con quel naso lungo e dritto e gli occhi neri, intensi e luminosi, aveva conservato un'aria trasognata e strafottente. Insomma, era ancora un uomo interessante.

Suo nonno era arrivato nel Midi con le ondate di migranti del primo Novecento, gli italiani che andavano a lavorare nelle miniere della Lorena o nei cantieri della Provenza. Suo padre aveva aperto una trattoria alla periferia di Mentone. Aveva fatto sacrifici per farlo studiare ed era orgoglioso del suo ingresso alla scuola di polizia. Non era una cosa di tutti i giorni che un figlio d'immigrati italiani diventasse un alto funzionario francese.

Peppino si avvicinò per prendere l'ordinazione.

«Oggi lasagne con ragù di carne e orecchiette pugliesi» suggerì.

«Non ho molta fame, mi dispiace. Mozzarella e insalata. Niente vino.»

«Come desideri, commissario. Non sai che cosa ti perdi!»

«Lo dici sempre, ma lo sai che sono a dieta. Sarà per la prossima. Scusami, faccio una telefonata, poi parliamo.»

Chiamò sua moglie.

«Ciao, stasera rientro presto.»

«Bene, Berni. Che cosa vuoi che ti prepari?»

«Ehm, vediamo... Magari andiamo al cinema?» propose. Aveva voglia di rilassarsi e mettere da parte i cattivi pensieri della giornata. E avvertiva giorno dopo giorno un dovere di risarcimento, fatto di tempo e attenzioni, nei confronti di sua moglie. Non le aveva mai fatto mancare nulla, ma l'aveva trascurata. Questo le mogli lo capiscono e non sempre lo perdonano.

Si conoscevano dai tempi del liceo di Nizza, l'Henri IV. Dopo il diploma, avevano preso strade diverse. Bernard al Nord, alla scuola di polizia di Saint-Malo. E Adriana all'università di Nizza, studi di economia. Poi si era impiegata al municipio come dirigente alla ripartizione dei lavori pubblici, ma dopo la nascita del figlio aveva dato le dimissioni.

Una volta aveva calcolato gli "effettivi di matrimonio": metà all'incirca, sottraendo partenze e lontananze. Berni aveva amato più il suo lavoro. A se stesso lo aveva confessato.

"Fare il poliziotto è una missione" le aveva detto qualche giorno dopo le nozze. "Sì, ma non è come fare il prete... E anche i preti si sposano" aveva replicato lei.

Era stato un marito fedele, nonostante le tentazioni in una vita solitaria e un fascino che facilitava le conquiste.

Una volta soltanto, in servizio a Marsiglia, aveva preso una cotta per una giovane collega, attraente e smaniosa di mettersi in mostra. Un flirt di qualche settimana, nulla di così importante da rivoluzionare la sua vita. E quando aveva avvertito che l'attrazione fisica lo stava condizionando, aveva deciso di troncare. Lei aveva fatto scenate in pubblico, e la cosa gli aveva procurato qualche fastidio con i superiori, i quali alla fine avevano chiuso un occhio. Il suo curriculum professionale non meritava di essere intaccato da una leggerezza.

Adriana non era ingenua, ma si era ripromessa di considerare le inquietudini di Berni una specie di necessità, funzionale alla solidità della famiglia.

3

Pagò il conto e ripassò in ufficio per stendere un primo rapporto. Accese il computer, registrò un file che nominò "Gran Premio". Il titolo gli venne così, tanto per mettere un po' di distacco fra l'inchiesta e l'orrore.

Età apparente, cinquant'anni. Magro, un metro e settantacinque, carnagione chiara.

Sintetizzò particolari macabri del ritrovamento e scaricò dall'iPhone qualche fotografia. Poi telefonò a Philippe Louvrier, un amico dei tempi della scuola di polizia, distaccato alla sede centrale dell'Interpol, a Lione. Louvrier, esperto informatico, lavorava alla sezione passaporti e documenti rubati. Sperava di ottenere da lui qualche informazione utile sulla base delle segnalazioni di persone scomparse.

Ai computer della Polizia internazionale affluiscono da tutto il mondo e in tempo reale milioni di segnalazioni e dati. Riguardano assassini, terroristi, delinquenti, persone denunciate o scomparse. Le segnalazioni sono collegate a passaporti, numeri di matricola di armi, auto rubate, foto segnaletiche, identikit, fotografie di refurtiva, analisi del dna.

C'è tutto il male dell'umanità racchiuso in un secondo, in un clic.

«Ma nel nostro cervellone non trovi dati d'incensurati.»

Philippe chiamava "cervellone" il database dell'Interpol.

«Dal dna riusciamo a ricostruire un ritratto-robot che corrisponde a uno su settanta milioni d'indiziati. Ma se non abbiamo almeno un dato di confronto, è difficile raggiungere risultati. La privacy dei cittadini qui da noi è la regola» gli ricordò Philippe, con un tono formale di cui il collega non sapeva che farsene.

«Va bene, ho capito... lascia perdere.»

«Comunque mi ha fatto piacere sentirti, Berni! Come te la passi fra incidenti stradali e vecchie ereditiere?»

«Lo sai, a Montercarlo si muore soltanto di vecchiaia. Ti richiamo nei prossimi giorni. Quando vuoi fare un bagno in Costa Azzurra... sei il benvenuto!»

Riattaccò. Gli avrebbe fatto piacere una visita dell'amico, ma non ci contava.

Philippe aveva una perenne aria da studente d'ingegneria, per quanto avesse passato la cinquantina. Portava occhiali con lenti spesse e una montatura un po' rétro, in tartaruga e oro.

Scapolo e introverso, apparteneva al genere di funzionari che hanno sposato il lavoro. Uno che riponeva una fiducia messianica nel web. La sua capacità di incrociare dati e sviluppare ricerche con campioni genetici aveva contribuito al successo d'indagini complesse e aveva fatto crescere il prestigio dell'organizzazione. L'analisi dei dati nel cervellone era un chiodo fisso, l'inizio e la fine di ogni indagine, di ogni problema, di ogni minaccia sull'umanità: "Se potessimo estendere il sistema, non ci sarebbero più terroristi in circolazione, ma molti Stati non vogliono collaborare o non hanno le capacità tecniche e finanziarie".

L'anno precedente si era messo sulle tracce di un pedofilo canadese, un giovane professore che adescava bambini in una scuola alla periferia di Bangkok e postava foto oscene in rete. Philippe era riuscito a localizzarlo in una sordida pensione della capitale thailandese e a farlo arrestare. Nelle fotografie in rete, il pedofilo non era riconoscibile, ma l'etichetta della bibita sul comodino aveva fornito un primo, importante dettaglio. Proveniva da un'azienda thailandese. Sull'etichetta, ingrandita infinite volte, era riconoscibile il numero a barre. Da questo, Philippe era risalito alla partita di bibite venduta dal distributore regionale, quindi al bar dove era stata acquistata e alla pensione che si trovava nelle vicinanze. Fu la più gigantesca caccia all'uomo mai organizzata dall'Interpol con l'aiuto della rete.

Bastiani si diresse verso il parcheggio, dove lasciava la sua vecchia Mini Cooper rossa con il tetto bianco. Non utilizzava l'auto di servizio per tornare a casa. Per senso del dovere, ma anche perché gli piaceva giocare sulle curve dell'Aurelia, come faceva da ragazzo, quando suo padre gli aveva regalato la prima macchina, una Mini appunto, anche quella rossa con il tetto bianco, della serie leggendaria che negli anni Sessanta aveva vinto il Rally di Montecarlo.

Turisti e tifosi un po' sbracati affollavano caffè all'aperto. Faceva molto caldo, una cappa di aria umida rimbalzava dall'asfalto bollente e dava una sgradevole sensazione di soffocamento. Il mistral era in agguato.

In auto, accese la radio. La prima notizia era la griglia di partenza dopo la prima giornata di prove. In testa, appaiate, una Mercedes e una Ferrari.

Lo speaker dava l'elenco dei vip già presenti a Montecarlo e annunciò arrivi importanti per l'indomani. "Al porto, solo posti in terza fila, tutto esaurito negli alberghi..." aggiunse con il tono complice della radio ufficiale. Nessuna notizia del ritrovamento del cadavere.

Sua Eccellenza era stato accontentato.

4

Il volo Air France, da New York a Nizza, atterrò puntuale, alle nove di lunedì.

Robert Labrosse, magistrato in servizio a Montecarlo, si stirò braccia e gambe rattrappite dal lungo viaggio in turistica, diede un bacio a sua moglie, seduta accanto a lui, e svegliò i bambini, che ancora dormivano sulla fila posteriore, abbracciati ai loro peluche. «Eccoci di nuovo a casa, si ricomincia.» Una banalità, ma che altro si può dire dopo otto ore di volo, sballati dal fuso e dalla scomodità delle poltrone, il cui comfort è ormai proporzionale alle ristrettezze di bilancio delle compagnie? Per non parlare del servizio.

Comunque, era stata una bella vacanza, promessa da tempo alla famiglia. Una settimana a New York con escursione a Disneyland: un compromesso per fare contenti tutti. Una volta arrivati nel parco dei divertimenti, si erano resi conto che non sarebbe bastata una settimana per le attrazioni. Ci torneremo, aveva promesso il giudice, alzando la mano destra in segno di "lo giuro", come fanno i testimoni al processo.

Un taxi Mercedes prenotato dalla segretaria attendeva all'uscita dell'aeroporto. Li accompagnò alla villa provenzale sulle alture di Nizza, presa in affitto da maggio a settembre. Bianca, persiane blu cielo e bouganville porpora attorno al porticato. Dalla collina la vista era meravigliosa.

Nei giorni di cielo limpido, si dominavano il golfo di Nizza e il profilo della costa fino alla Liguria.

Labrosse si trattenne il tempo di aprire la casa e scaricare i bagagli. Trangugiò con una smorfia un caffè americano, pregò la moglie di decidersi a comprare una Nespresso e ordinò al tassista di accompagnarlo a Montecarlo.

Caroline lo baciò sulla bocca e gli sistemò il nodo della cravatta. «Non vuoi cambiarti? Hai una macchia sulla giacca e i pantaloni millepieghe...»

«Faccio tardi. Vorrei essere in ufficio prima di pranzo. Una settimana di lavoro arretrato.»

«Come vuoi, a stasera». Lo congedò e tornò a occuparsi di bagagli e bambini.

Caroline era una parigina che dimostrava meno dei suoi trentacinque anni. Capelli castani a caschetto, longilinea, quel genere di donne che si definiscono carine e la pubblicità trasforma in stereotipo di casalinga chic, con trucco in ordine e l'impressione di una che ha appena fatto una messa in piega.

Aveva frequentato la facoltà di legge a Nizza e voleva diventare avvocato, ma aveva scelto la famiglia. Nessun rimpianto, nessuna rinuncia. Marito e figli prima di tutto. Essere la moglie del giudice Labrosse la faceva sentire importante e le dava un ruolo pubblico. Feste di beneficenza, ricevimenti, vernissage. Non c'era evento cui non fosse invitata. Grazie alle competenze giuridiche, talvolta consigliava il marito, senza però invadere i territori del segreto istruttorio.

Labrosse prese posto sul sedile posteriore, anziché accanto all'autista, come faceva di solito: non gli andava di arrivare in ufficio rappresentando l'autorità costituita. Ma era stanco e cercò di appisolarsi lungo il tragitto. Si sfilò i mocassini, sperando di riuscire poi a rimetterseli. Aveva i piedi gonfi per il lungo viaggio.

Fu il tassista a non fargli chiudere gli occhi. «Vuole il giornale?» gli chiese porgendoglielo, mentre teneva il volante con l'altra mano.

Labrosse scorse la prima pagina. Il titolo d'apertura era dedicato al Gran Premio, con la foto del vincitore che dal palco della premiazione innaffiava di champagne la folla di tifosi.

Il titolo messo di spalla, con maggiore evidenza, gli provocò un fremito. *Misterioso omicidio a Fontvieille*. Il sottotitolo aggiungeva: "Fra i rifiuti, scoperto un cadavere mutilato".

Proprio nella settimana di vacanza che si era preso a primavera, era accaduto un fatto clamoroso. "Cadavere fatto a pezzi" scriveva, esagerando, il cronista di "Nice-Matin". Nessun giornalista aveva visto il corpo da vicino.

Si rammaricò che l'inchiesta potesse essere affidata ad altri. Era colpa sua: era andato in vacanza e non aveva lasciato un recapito. Ma il suo spirito di servizio si limitava all'orario d'ufficio e volentieri staccava la spina.

Fra i magistrati del tribunale, era il più considerato dalla direzione dei Servizi giudiziari, essendo attento a non prendere iniziative al di fuori delle direttive. Elegante e dai modi garbati, rappresentava bene lo stile dell'amministrazione.

«Facciamo presto» intimò al tassista, il quale, sapendo di trasportare un uomo di legge, fece apposta a rispettare al secondo i limiti. «Facciamo presto» ripeté, come se fosse possibile recuperare il tempo trascorso a Disneyland.

La campana di mezzogiorno rintoccò quando il taxi si fermò davanti al Palazzo di Giustizia, un edificio di marmo bianco costruito negli anni Trenta, dall'aspetto arzigogolato e pomposo, con finestre a bifora in stile romanico.

Labrosse salì la scalinata a ferro di cavallo. In ufficio, realizzò che l'agitazione era soltanto un problema suo. La routine del tribunale non sembrava affatto sconvolta.

«Buongiorno, dottore, ha passato una bella vacanza?» gli chiese Marie, la segretaria, avvicinandosi alla scrivania con l'agenda in mano.

«Ci sono chiamate?»

«Sì, dottore, due: il commissario Bastiani, un paio d'ore fa, e la direzione generale. Il dottor Vallaud richiamerà. Le ricordo il dentista, oggi alle cinque. E la cena al Rotary, alle otto.»

«Sì, certo... mi passi Bastiani sulla diretta.» Preferì richiamare il commissario prima che il suo superiore. Voleva evitare l'impressione di uno che casca dalle nuvole.

L'inchiesta non era stata affidata a nessuno. Procedura insolita, ma nei giorni del Gran Premio poteva succedere che la macchina giudiziaria lasciasse passare il weekend.

Aveva la gola secca, sentiva il fastidio della camicia quando si appiccica sotto le ascelle. Percepì che non sudava per il caldo, ma per l'inutile tensione.

Giudice e commissario si conoscevano appena, non si erano mai frequentati, tanto più che Bastiani aveva evitato le prime occasioni ufficiali che gli si erano presentate. Si era proposto di stare alla larga dalla mondanità. Non gli piaceva un certo tipo di gente, si sentiva impacciato e non voleva fare brutte figure. Tutti avrebbero capito che era un poliziotto di provincia già dagli abiti che indossava e dalle sue orrende cravatte viola. Se sua moglie si preoccupava di aggiustargli il look, Bastiani ribatteva che la sua era l'uniforme dei funzionari francesi e che si sarebbe sentito fuori posto adeguandosi alle raffinatezze del Principato.

Indossava abiti grigi, fresco lana, inverno ed estate, e scarpe nere stringate con suola di gomma. Nelle sere piovose portava un Burberry scolorito, la sola nota trasgressiva e personalizzata.

«Commissario, ho saputo. Ci sono indizi?»

«Attendiamo i risultati della scientifica e l'autopsia.»

«Ho letto il giornale... Dicono che l'hanno fatto a pezzi.»

«Cazzate, quando non sanno cosa scrivere... Nessun cronista ha visto il corpo. Abbiamo isolato la zona e non abbiamo fatto avvicinare nessuno. Dovrebbe essere accaduto la notte di venerdì. L'impressione è che sia stato portato lì. Forse era già morto. È stato torturato, questo è certo.»

«Nessuno ha informato la stampa. E nemmeno i giornali francesi si sono dati da fare.»

«C'era il Gran Premio, non avevamo elementi, Vallaud ha raccomandato riserbo. Lei sa come stanno le cose...» Bastiani lasciò la frase in sospeso. Poi cambiò tono. «Francamente me ne infischio della stampa e delle prudenze di Vallaud. Ci sono assassini in circolazione, forse un maniaco, il che può essere peggio. Gli assassini hanno uno scopo. In genere uno solo. I maniaci sono seriali... Vogliamo incontrarci e fare il punto?»

«Meglio fuori dal tribunale. I cronisti sono accampati in sala stampa e sarebbe impossibile evitare domande.»

«Be', ora sarebbe difficile anche dare risposte. Dove le fa comodo?»

«Potrebbe venire a prendermi con la sua auto? Andiamo insieme alla morgue?»

«Le passerà l'appetito!»

Bastiani si rimproverò la battuta, ma realizzò che una maggiore confidenza con il magistrato sarebbe stata utile alle indagini e alla serenità del lavoro.

La morgue era una particolarità del Principato. Una società concessionaria del governo, la Sommata, si occupava di tutto: funerale, cremazione, trasferimento della salma all'estero oppure una sepoltura nei loculi del cimitero monegasco, dove però è sempre stato costoso risiedere anche da morto.

Bastiani impiegò pochi minuti a raggiungere l'uscita secondaria del tribunale, sul retro del palazzo. Labrosse lo attendeva all'angolo.

Mentre si accostava al marciapiede e apriva la portiera della Mini, Bastiani notò l'eleganza del giudice: abito di gabardine coloniale, mocassini Church's marroni, cravatta Marinella di seta a pois che risaltava sulla camicia bianca, con il colletto piccolo e aperto. Sembrava uscito da una boutique italiana, nonostante i pantaloni stropicciati per il viaggio in aereo. Longilineo e asciutto, lasciava intendere cure assidue e regolari del corpo. Palestra, jogging, massaggi, attenzione scrupolosa alle calorie. Il viso era all'altezza del fisico. Capelli con taglio corto e un sottile velo di gel. Un filo di barba, curatissima, gli dava un'aria matura, ma non certo più maschia.

"Oddio, un giudice stile Armani" aveva sospirato Bastiani quando lo aveva incontrato la prima volta.

Labrosse, a Montecarlo c'era nato. E un padre con una grande impresa di costruzioni sulla Costa Azzurra lo aveva aiutato a vivere meglio di quanto potesse garantire lo stipendio di magistrato.

Aveva un'immagine opposta a quella di Bastiani, il commissario venuto dalla provincia, con il suo guardaroba un po' trasandato, da impiegato pubblico.

5

Durante il tragitto si scambiarono banalità. Labrosse gli raccontò della vacanza a Disneyland con i bambini, il commissario immaginò di portarci per Natale suo figlio e s'informò sul costo del viaggio tutto compreso. "Se la passano bene i magistrati" commentò fra sé.

Parcheggiò a poche decine di metri, in rue Grimaldi. La camera mortuaria era piantonata da agenti. Bastiani domandò all'impiegato di servizio se c'erano state visite nelle ultime ore, ma già conosceva la risposta. Nessuno era venuto a cercare informazioni sul morto.

Entrarono. All'interno l'aria era fredda e asettica, con uno sgradevole odore di disinfettante. L'inserviente, mascherina sanitaria calata sul volto, aprì il portello del loculo refrigerato, fece scorrere il carrello, quindi sollevò il lenzuolo bianco.

Il cadavere era stato ricomposto, per eseguire l'autopsia.

Il medico legale stilò un rapporto che in sostanza confermava quanto Bastiani aveva visto con i propri occhi. Oltre alle mutilazioni, il rapporto descriveva il tipo di ferita al collo e l'incisione a croce sulla fronte.

La morte risaliva a diverse ore prima della scoperta del cadavere.

«È terribile, mio Dio, come si può infierire così?» sussurrò Labrosse.

L'impiegato della morgue rimase impassibile, un professionista del genere, abituato alle esternazioni di chiunque avesse qualche cosa da dire su un cadavere: che si trattasse di poliziotti o parenti del morto.

Il commissario intercettò lo sguardo del giudice. Lo irritava l'aria snob e schifata, di uno che sarebbe corso subito a lavarsi le mani, pur non avendo sfiorato nulla.

"Per forza, i magistrati a Montecarlo non hanno un cazzo da fare" pensò.

Nonostante i segni di tortura e la trasfigurazione del volto tipica dei morti, il giudice non ebbe dubbi.

«Dovevamo tenerlo dentro, gli avremmo salvato la vita!» disse, con l'espressione di uno che se la prende con se stesso.

«Che intende dire? Riconosce la vittima?»

«Non c'è dubbio: è Claude Massena, un mercante d'arte. Un personaggio mondano, ricco e piuttosto chiacchierato. La Procura aveva avviato un'inchiesta su di lui, ma sa come vanno le cose quando si tratta di mettere in galera certa gente. Ci raccomandano discrezione, niente pubblicità eccetera. Insomma, ha pagato due milioni di cauzione ed è tornato in libertà. Così l'hanno fatto fuori!»

Bastiani non riuscì a mascherare la sorpresa. Aveva voluto evitare serate nel bel mondo del Principato, ma avrebbe dovuto sapere chi fosse Massena.

Per i reati finanziari, operava un'apposita sezione, sotto il controllo diretto di Vallaud.

«Mi sta dicendo che questa è un'indagine su un cadavere eccellente?»

«Non eccellente nel senso che intende lei. Un tipo che s'incontra a feste esclusive, cene da Ducasse, mostre d'arte. Era un mercante, con un portafoglio di collezionisti, antiquari e clienti. Inchiesta complicata: era cittadino svizzero, non potevamo trattenerlo. La Svizzera avrebbe protestato o chiesto l'estradizione. E Vallaud... di Vallaud parleremo in un altro momento, commissario.»

Labrosse propose di uscire dalla stanza gelida e tornare nel mondo dei vivi. Suggerì un albergo nelle vicinanze.

«È un piccolo hotel, potremo stare tranquilli.»

Pochi minuti dopo, giudice e commissario stavano seduti, uno di fronte all'altro, nel salotto dell'Hotel Lion d'Or, albergo per turisti last minute, caduti nella rete dell'e-booking. Era arredato in modo moderno, con largo uso di acciaio e varie tonalità di bianco e grigio.

«In effetti è più triste della morgue» commentò Bastiani, con una smorfia.

Ordinarono tè freddo. Bastiani si tolse la giacca e la buttò su una poltroncina. Poi incrociò lo sguardo, quasi di rimprovero, del giudice sulla cravatta macchiata. Fece finta di nulla e tagliò corto.

«Dottor Labrosse, non ci conosciamo, ma dobbiamo lavorare insieme e fidarci. Spero che sia reciproco. Questa storia mi sembra complicata e lo sarà ancora di più se...»

Cercò di apparire sincero, anche se Labrosse lo irritava.

«Io non ho la sua esperienza. Sono io che ho bisogno del suo aiuto» lo interruppe il giudice, con l'aria di mettersi a disposizione. Era cortese, un po' timido, non certo arrogante. Ma ci sono persone la cui timidezza indispone, poiché assomiglia allo snobismo.

«Io non so niente di opere d'arte» lo rincuorò Bastiani.

Labrosse aveva invece studiato il mercato. Per interesse personale, essendo lui stesso un collezionista.

Il padre gli aveva lasciato in eredità un'importante raccolta di dipinti e sculture d'arte moderna. Il giudice aveva rivenduto qualche pezzo per comprarne altri che gli interessavano di più ed era entrato un po' nel giro. Per questo sapeva bene chi fosse Massena.

Contento di rendersi utile, attaccò una descrizione del sistema. Era noiosamente prolisso, mentre Bastiani avrebbe voluto andare subito al sodo. Ma tenne a freno l'impazienza per non guastare un rapporto appena cominciato.

«Tanta gente benestante ha scelto Montecarlo come residenza fiscale. Imprenditori, banchieri, ereditieri. Come sa, basta stare fuori dal proprio Stato sei mesi per sfuggire al fisco. Anche i ricchi, caro Bastiani, sono costretti a emigrare! Da qualche tempo, in alternativa al Principato, hanno scoperto i vantaggi di Belgio e Portogallo, Paesi europei che fanno dumping fiscale. L'esodo dalla Francia è continuo per le tasse troppo alte. La rivoluzione non è mai finita e la ricchezza va ghigliottinata. Ma le opere d'arte sono esentasse, in omaggio alla patria dei valori universali. Questo è il punto. I ricchi comprano arte per investimento. Ormai in tutto il mondo è così!»

«Capisco» annuì Bastiani.

Labrosse era orgoglioso che il commissario mostrasse attenzione e ascoltasse in silenzio.

«Ma ci sono nemici peggiori del fisco: ladri, ricettatori, spacciatori di falsi. Molti collezionisti commissionano copie perfette per qualche migliaio di euro e tengono gli originali in caveau superprotetti. Non si godono la bellezza, ma proteggono il patrimonio. Ho conosciuto un'ereditiera tedesca, vedova di un armatore; ancora piacente, pur con tracce di lifting. Ormai ho imparato a riconoscere le signore rifatte. Basta osservare il passeggio sulla Promenade des Anglais o sulla Croisette: sembrano tutte parenti.»

Bastiani a questo punto non riuscì a nascondere l'impazienza. Avrebbe voluto sapere di più di Massena, ma il giudice parlava di vecchie passate dal chirurgo plastico.

«Mi parli del mercante ammazzato, la prego. Che cosa sappiamo?»

Labrosse amava la conversazione salottiera, genere che spopola in Costa Azzurra, nelle mezze stagioni, quando è complicato riempire le giornate. Proseguì, senza fare caso agli sguardi obliqui di Bastiani, che cominciava ad avvertire la sensazione di essere chiuso in un ascensore guasto.

«L'ereditiera m'invitò a Cap d'Antibes. Nel suo salotto, fra le librerie, c'era un magnifico Monet. Gli ospiti erano estasiati, anche perché quel quadro non era mai stato presentato in pubblico. "Non sanno che è falso" mi sussurrò all'orecchio con un risolino. Una donna fortunata! Era una escort, l'armatore l'aveva conosciuta al Grand Hotel di

Antibes. Se ne era innamorato e l'aveva sposata. Nel testamento, le regalò la collezione d'impressionisti e non lasciò un soldo ai figli e alla prima moglie.»

Bastiani sorrise. Si era rotto il ghiaccio. "Non siamo tutti uguali" pensò, osservando il modo gentile con cui il magistrato muoveva le mani a semicerchio, come per dare un'idea di grandezza degli affari di cui stava parlando.

«Mi dica di Massena, la prego» lo interruppe.

Labrosse si decise a raccontare del mercante.

«Massena, origini francesi – un lontano parente generale di Napoleone –, abitava in un pied-à-terre a La Magnolia, un residence di Fontevegia. Centocinquanta metri, terrazza vista mare, quadri d'autore, mobili antichi, grande raffinatezza. L'avevo conosciuto nel febbraio scorso. Gli chiesi un appuntamento. Non era ancora indagato. Massena era il re delle aste. Un'opera venduta per decine di milioni era una cosa banale per tipi come lui! Le faccio un esempio. La personale, il mese scorso, di Jeff Koons, uno che fa cani di plastica colorati come i palloncini per bambini, di quelli che si comprano alle giostre. Una cosa ridicola, non può immaginare quanta gente al vernissage pronta a spendere. Del resto, Koons aveva lavorato per anni nella finanza...

Un mercante conosciuto nel mondo dei collezionisti sa convincere un cliente a comprare a qualsiasi prezzo. Nessuno ammette di non capire un'opera d'arte e questo fa aumentare il valore dell'artista: i ricchi non possono comprare anche il tempo, si devono fidare. Conviene anche a loro. Se il mercante è abile, le quotazioni salgono, un quadro può essere comprato e rivenduto diverse volte, senza essere effettivamente pagato. Fino all'acquirente finale. È un grande risiko che prescinde dal valore dell'artista. L'attesa mediatica che si crea per un'esposizione fa automaticamente lievitare le quotazioni.»

«Di questo Koons ho sentito parlare. Ho visto una mostra a Versailles. Un insulto al buon senso mescolare statue di plastica nel più famoso palazzo reale del mondo» replicò Bastiani.

Labrosse descrisse Massena con sottile ammirazione per il suo successo, il suo denaro, le sue conquiste.

«Era sempre circondato da donne, belle e molto giovani. Un giorno a Ginevra, dove teneva la residenza, e un giorno a Londra, a Parigi, a New York. Aveva molte proprietà. Un attico a Manhattan, appartamenti a Parigi e Ginevra e il residence a Montecarlo.»

Il giudice si rimproverò di non essere riuscito a indirizzare le indagini come avrebbe voluto, di essersi limitato alle disposizioni ricevute: il fermo di Massena, effettuato dalla brigata finanziaria, e il rilascio su cauzione, che non aveva avuto la possibilità di decidere di persona, essendo partito in vacanza. Aveva fatto tutto Vallaud.

Cercò di dissimulare il suo imbarazzo, più simile a senso di colpa, dilungandosi sul mercato dell'arte.

Bastiani lo stava rivalutando, almeno in questo campo.

«Marx aveva previsto che l'arte sarebbe diventata un business! Chi spende decine di milioni per un dipinto si sente al di sopra della moltitudine. *Les Femmes d'Alger* di Picasso è stato battuto per centosettantanove milioni di dollari. Una pazzia. Molto bello, ma non fra i più importanti. Chi ha speso quei soldi è rimasto anonimo. Una casa d'aste non è tenuta a rivelare gli acquirenti.»

«Un Picasso al prezzo di due campioni del Real Madrid» commentò Bastiani.

Labrosse sorrise. E aggiunse: «In effetti è un po' come il mercato dei calciatori. Girano cifre che non corrispondono alla realtà. Le società si scambiano debiti, crediti, prestiti, diritti di riscatto. Per questo molti giocatori cambiano maglia a metà stagione. Nel mondo dell'arte, ci sono collezionisti che vendono opere a se stessi, attraverso prestanome, e le ricomprano per fare salire la quotazione».

Bastiani lo interruppe: «Caro Labrosse, vuole farmi capire perché Massena era indagato? Qual era il suo vero ruolo in questi affari?».

«I suoi clienti erano pronti a pagare cifre incredibili. Decine, centinaia di milioni. Di solito, le case d'aste controllano la provenienza delle opere e pretendono bonifici di cui dovrebbe rimanere traccia. Ma attenzione: niente tracce, niente tasse. Massena era un mago in questo genere di transazioni.»

«Mi sta dicendo che le case d'aste sono coinvolte?»

«Non direttamente. Per questo intervengono mercanti come Massena. Prima di un'asta importante, le case preparano un catalogo dei pezzi che saranno battuti e organizzano anteprime private. Le quotazioni oscillano come in Borsa. A volte il battitore è d'accordo con il cliente. I tipi come Massena sanno come far lievitare i prezzi, frequentano le aste per conto di clienti anonimi, comprano per procura. Ma molti acquisti avvengono fuori dalle aste, con trattative private. Le opere passano di mano in mano senza che appaiano i nomi del collezionista che le vende e del nuovo proprietario, i quali spesso si nascondono dietro società di comodo, registrate in paradisi fiscali. Antille, Panama, Cayman. È come se ci fosse un bel museo nei Caraibi, con capolavori che nessuno può vedere.»

«Se i controlli sono così opachi, diventa difficile scoprire la provenienza del denaro e l'origine del pagamento» commentò Bastiani.

«In verità, le autorità doganali europee e americane hanno imposto di segnalare le transazioni oltre i diecimila dollari. Ma molte sfuggono. L'anno scorso, all'aeroporto di New York, fu ispezionato l'imballo di un quadro spedito da Londra, accompagnato da una fattura di cento dollari. Si trattava dell'*Hannibal*, dipinto da Basquiat, valore otto milioni di dollari! Un altro esempio. L'inchiesta su un banchiere brasiliano che aveva riciclato decine di milioni acquistando centinaia di tele e oggetti d'arte... Un certo Rivnik, uomo d'affari del Texas, ha investito settanta milioni in una collezione di fotografie d'autore, Weston, Steichen... Le dicono niente questi nomi? Rivnik fece scomparire profitti di compagnie petrolifere attraverso false fatturazioni. È stato scoperto, ma continua a vendere fotografie... Penso che Massena...»

«Ho capito. Sono sospetti gravi...»

«Non era uno stinco di santo. Questa fu subito l'impressione, quando lo incontrai alla Magnolia. C'era una denuncia e gli avevo chiesto di ricevermi in modo informale. Era mezzogiorno, ma era ancora in pigiama.

Aveva l'aria stanca, di uno che aveva passato una notte agitata e bevuto molto. Cominciammo a parlare. Giurò sull'assoluta trasparenza delle sue attività. Che indagassimo pure: "Farete un buco nell'acqua" mi disse.

Sapevo che aveva escogitato un sistema ingegnoso, anche se non avevo prove. Anziché ricevere una commissione, comprava lui stesso un'opera e riusciva a rivenderla a un prezzo superiore, senza averla pagata. Grazie a rapporti fiduciari, poteva permetterselo. Era lui a fare il prezzo. Gli è andata bene molte volte, ma un cliente importante ha scoperto il trucco e lo ha denunciato per truffa. Parliamo di una "cresta" di centinaia di milioni. Massena ha negato, ha dato spiegazioni fantasiose. Non ha nemmeno consegnato una delle opere più importanti, un Modigliani.»

«Avrebbe intascato milioni di dollari, senza...?»

«Un dipinto mai consegnato. Tutto si potrebbe dire... Affarista, ambizioso, senza scrupoli. Ma aveva una reputazione! Nessun cliente si sarebbe più affidato a lui. La sparizione della merce venduta è un giochetto da napoletani. Eppure...»

Bastiani lo ascoltò senza interrompere, sorseggiando il suo tè. Accese una sigaretta e commentò: «Nel mondo, tutto è possibile. È quasi fallita la Volkswagen per una truffa! Chi l'avrebbe immaginato? Dunque possiamo ipotizzare una vendetta di un cliente truffato. Uno che ha deciso di difendere i propri interessi. Ma perché ucciderlo? E perché fare sparire un'opera dopo avere intascato i soldi della vendita?»

Labrosse avrebbe voluto dare risposte plausibili, ma non ne aveva. Si sentiva inadeguato per il compito che l'assassino gli aveva assegnato e inesperto di fronte a Bastiani.

La più importante inchiesta che aveva condotto nella sua breve carriera riguardava una storia di ammanchi nella contabilità del casinò. Un croupier intascava qualche cosa di più delle mance. I colleghi lo avevano denunciato. Briciole, rispetto agli incassi della casa da gioco.

«Massena» proseguì «era divorziato. Aveva una relazione con un'ucraina, cittadina svizzera dopo il matrimonio con un dentista di Ginevra. L'ho conosciuta a un ricevimento all'ambasciata russa. Qui anche i conflitti perdono di significato. I russi invitano le belle signore ucraine! Basta che siano attraenti, giovani e disponibili. Maryam è una donna di strabiliante bellezza, mora, grandi occhi verdi. Peccato per la voce, forte, rauca, cavernosa... Sembra di parlare con un uomo.»

«Saranno le sigarette» commentò Bastiani, accendendone ancora una. Proprio non riusciva a smettere. Avrebbe voluto essere più determinato e così, dopo un paio di boccate, la gettava via. Poi si lusingava: "In fondo, è l'unico vizio che mi è rimasto".

«Vorrei incontrare chi ha denunciato Massena» disse a Labrosse.

La domanda mise in imbarazzo il giudice.

«Mi creda, si può fidare...» aggiunse Bastiani per sollecitare la risposta che attendeva.

«La brigata finanziaria era stata attivata in seguito a una denuncia. Massena è stato fermato, interrogato e rilasciato su cauzione. L'inchiesta non è andata avanti... Così è stato deciso.» Avrebbe voluto aggiungere: "Io non c'ero", tanto per scusarsi.

«Lei lo ha definito truffatore.»

«Le cose non sempre sono come sembrano. Ci vogliono prove. Commissario, il nostro lavoro è separare i buoni dai cattivi, ma spesso buoni e cattivi stanno insieme...»

Le risposte vaghe irritavano Bastiani.

«Massena non dovrà più rispondere di nulla. Dobbiamo occuparci dei suoi assassini. Dovremmo rintracciare questa Maryam...»

Labrosse fece un cenno con il capo in segno di approvazione.

Bastiani risalì in macchina. Allacciò la cintura e attese un istante prima di girare la chiave. Seguì con lo sguardo Labrosse mentre si allontanava. Fece un cenno di saluto e proseguì. Attraversò il centro del Principato per raggiungere l'autostrada. Schiacciò il primo tasto del cellulare, chiamata rapida per Adriana.

«Sto arrivando.»

Cenò rapidamente. Mezzo pollo arrosto comperato in rosticceria. Poi guardarono un dvd e si appisolò sul divano.

Adriana spense luci e televisione e gli diede un bacio. «Vieni a dormire, signor commissario!» gli sussurrò.

Lui s'infilò nel letto, quasi senza svegliarsi e senza pensare più a nulla.

6

Martedì mattina, quattro giorni dopo il ritrovamento del corpo, Jean Pierre Vallaud, direttore dei Servizi giudiziari, convocò Labrosse in ufficio per le dodici. Una convocazione che il giudice avrebbe volentieri evitato. A qualsiasi età, il confronto con i superiori è ansiogeno. Ma per lui lo era di più.

Aveva ancora un paio d'ore per riflettere, soppesare le parole, chiedersi che cosa Vallaud gli avrebbe detto e chiesto, con la sua insopportabile cadenza monocorde, buona per tutte le occasioni.

L'incontro con il commissario Bastiani aveva accentuato le sue insicurezze. Ammetteva di non avere la tempra dell'eroe, ma se ne era fatta una ragione ripetendo a se stesso di avere sempre fatto almeno il proprio dovere. Né di più né di meno. Il basso profilo era una filosofia di vita, della sua vita professionale senza ambizioni e pretese, compensata dai lussi che si poteva concedere grazie alla sua storia familiare: una nuova auto sportiva, le partite di golf, vacanze a cinque stelle.

A Montecarlo, le tentazioni sono parte dell'esistenza. C'è chi può permettersi tutto, chi non può farne a meno, chi si toglie qualche voglia, senza derogare alla propria condotta. Grazie al patrimonio di famiglia, il giudice apparteneva all'ultima categoria.

L'affare che stava mettendo in subbuglio il Principato aveva reso il suo ruolo d'inquirente incompatibile con il quieto vivere. Doveva darsi una mossa. E poi c'era Bastiani. Si era sbagliato nel giudicarne l'aspetto, le sue orribili cravatte viola, il tono basso e incolore della voce. Bastiani aveva grinta e poteva insegnargli molto.

Con questi pensieri, aveva trascorso una notte agitata. Così agitata da sognare il delitto, rigirandosi fra le lenzuola umide di sudore.

I fotogrammi lo inseguivano in ostinata successione, in un'immaginaria ricostruzione onirica.

Massena prelevato chissà dove, trascinato a forza, chiuso in un luogo buio, imbavagliato perché nessuno sentisse le urla... Un killer che impugna un coltello affilato, di quelli che i cuochi giapponesi usano per il sushi... Dio! Che paragone orribile. Ma lo aveva pensato, perdendosi nelle mescolanze dei sogni con residui di realtà.

Il coltello che affonda nella carne, segue il reticolo delle vene, sale dallo sterno alla giugulare e poi giù, fra le gambe, al pube... Aveva sognato quel povero corpo bianco, ripulito alla morgue, ricomposto, nei colori grigio e marmoreo della morte.

Svegliatosi di colpo, non era riuscito a riprendere sonno. Si era alzato più volte, aveva bevuto un'intera bottiglia di minerale per calmare la secchezza delle labbra. Sua moglie era rientrata tardi da un concerto, dopo avere cenato con un'amica al Café de Paris. Si era addormentata profondamente e non si era accorta di nulla.

All'alba, Labrosse aveva riletto gli appunti che aveva annotato dopo l'incontro con Massena e controllato di avere riferito quanto sapeva al commissario e che, a distanza di tempo, non gli fosse sfuggito nulla.

Faccia a faccia, per più di due ore. Non ricordava né il volto né le espressioni. Soltanto particolari: capelli rossicci e radi sulla fronte, labbra sottili e umide, mani bianchissime, con dita lunghe e nervose. Gli era sembrato di risentirne la voce, come un disco nelle orecchie. Calda e rotonda, senza inflessioni. Massena parlava un francese colto, ricco di citazioni che seducevano l'interlocutore.

"Le anime ardenti si gettano incontro alle cose invece di attenderle" era una citazione di Stendhal che aveva regalato al giudice. Gli aveva parlato di Renoir, "che voleva afferrare il presente per renderlo infinito. Renoir amava la giovinezza, la pelle rosata e candida di una ragazza, di tutte le giovani che avrebbe voluto possedere e che possedeva con la sua arte. Mentre le ritraeva, infinite volte, diventavano sue per sempre".

Massena si eccitava a ricordare "colpi" segretamente legati al suo nome. Un Picasso del periodo blu, venduto negli anni Novanta per trecento milioni di franchi, record mondiale per quell'epoca. Raccontò di un Rothko "giallo, rosa, verde", aggiudicato per trentasette milioni di dollari.

"Rothko è uno che avrei voluto possedere e osservare ogni mattina. Dovrebbe andare a Londra, alla Tate Gallery, e sedersi nella stanza di Rothko. Vedrà soltanto enormi quadri rossi. Poi, nella penombra, a poco a poco, coglierà sfumature, brandelli di ombre e di colori, cambi di prospettiva impercettibili all'osservatore superficiale... Credo che Rothko sia riuscito a esprimere l'immensità del nulla... E nel nulla c'è finito" aggiunse, ricordando il suicidio dell'artista. "Rothko è stato il primo a battere i record delle vendite, con il suo *White Center*, un dipinto appartenuto a David Rockefeller, presidente della Chase Manhattan, acquistato per poche migliaia di dollari... Da Sotheby's partì a ventisette milioni e superò i settanta. Pare che l'avessero aggiudicato a un miliardario russo."

E ricordò il colpo che aveva fatto di lui il mercante conosciuto, ricercato e rispettato: l'*Around the Fish* di Paul Klee, una tela finita negli Stati Uniti negli anni Venti e ritrovata presso un gallerista di Philadelphia. Ma non rivelò né il prezzo di vendita né il nome del compratore.

"Nel mio mestiere la discrezione è tutto. Se si venisse a sapere chi ha sborsato milioni per una tela... Quelli che possono spendere centinaia di milioni lo fanno per prestigio, per costruirsi un museo personale che porti il loro nome, cercano un'affermazione sociale o una forma d'investimento. Dopo la crisi dei *subprime*, l'arte è l'investimento più sicuro. Meglio di fondi e mattone. I ricchi comprano tutto ciò che possa avere valore nel tempo, quadri, automobili, orologi, gioielli... I critici costruiscono tendenze, lanciano nuovi artisti. Il mercato è una miniera d'oro... Io prendo una commissione sulle vendite. Tutto regolare, signor giudice!"

Labrosse ripensò allo stile dell'appartamento. Pareti bianche, tavoli di marmo immacolato, tende bianche sulla terrazza, svolazzanti come vele: un involucro neutro, nel colore dell'innocenza, un limbo perfetto per esaltare pezzi d'arte contemporanea. Massena ne aveva a decine appoggiati alle pareti, ma disse che erano di scarso valore. Al centro del salotto, il grande tavolo rettangolare era occupato da cataloghi di musei e gallerie e di "personali" di artisti.

Parole e immagini continuavano a roteargli nella mente, rinviando messaggi contorti, mentre attraversava il corridoio che dall'ascensore portava all'ufficio di Vallaud.

7

Il direttore dei Servizi giudiziari lo attendeva in piedi, accanto alla finestra, lo sguardo allungato su uno spicchio di mare che s'intravedeva fra i grattacieli del Principato. Era piccolo di statura, ma la straordinaria magrezza lo faceva sembrare più alto. Si vestiva da perfezionista del dettaglio, in modo talmente curato da sfiorare il cattivo gusto. Gemelli di madreperla, camicia bianca, colletto perfettamente inamidato; abito scuro, scarpe nere anche di mattina e colonia spruzzata in dosi adeguate per durare fino a sera.

«Buongiorno» esordì con un gesto che invitava il giudice a sedersi.

Labrosse iniziò il resoconto dell'inchiesta sui traffici di Massena.

«Lasci perdere. Abbiamo fatto bene a essere prudenti.»

«Mi scusi, non capisco» replicò il giudice, interdetto.

«Labrosse, non c'è niente da capire. L'inchiesta su Massena... Lei è andato in vacanza. Mi sono spiegato? È stato rilasciato, e pare non ci fossero prove sufficienti...»

«Ma lei disse...»

«Gli indizi erano vaghi. Adesso dobbiamo cercare il colpevole di un delitto orribile. Questa storia è un danno per il Principato. Tutti si sentono al sicuro e scoprono che si può finire in un cassonetto dei rifiuti con le palle tagliate! Non possiamo permettere che si diffonda la paura. Darò carta bianca a lei e al commissario Bastiani. Potrete disporre del nostro fondo riservato per le indagini particolari. Autorizzo spese straordinarie, pagamento d'informatori, viaggi e quant'altro possa servire a risolvere il caso. Gli affari di Massena sono un'altra storia. Ne riparleremo a suo tempo.»

Labrosse si ricordò di un incontro nello stesso ufficio, ai primi di febbraio. Vallaud gli aveva ordinato il contrario: "Dobbiamo preparare un'indagine amministrativa su Claude Massena. Transazioni, compravendite, commissioni su opere d'arte. Certi giornali descrivono il Principato come un paradiso fiscale. Illazioni che creano discredito" aveva detto.

Labrosse aveva replicato: "Massena è cittadino svizzero. Dobbiamo tenere conto degli accordi con la Svizzera. Quanto ai conti correnti... lo sa meglio di me... fra Svizzera e Montecarlo...".

"L'importante è che non si senta libero di fare ciò che vuole!" Vallaud gli consegnò una cartellina con una decina di fogli. "Questa è memoria di un avvocato che cura gli interessi di un cliente di Massena, un certo Sergej Suslov, uno che ha speso una fortuna e che sostiene di essere stato truffato. Darò disposizioni per mettere Massena in stato di fermo, deve sentirsi il fiato sul collo. Le raccomando discrezione. Se conoscerà chi ha presentato la denuncia, capirà."

Labrosse non fece domande mentre Vallaud lo congedava: «Le auguro buon lavoro!».

Tornò in ufficio ripercorrendo a passi lenti il corridoio. Un collega e una segretaria lo salutarono, ma lui, assorto, non rispose.

Cercò di riordinare le idee. Annotò a matita una scaletta delle cose da fare. Poi decise di chiamare Bastiani. Provò sul cellulare, ma era spento. Riprovò in ufficio. Niente. Il commissario era irraggiungibile.

Rientrò a casa prima di cena, esausto, i nervi a pezzi. S'immerse nell'acqua caldissima, le braccia penzoloni fuori dalla vasca e gli occhi chiusi.

Il primo momento di pace della giornata. Sperò di addormentarsi, e questa volta ci riuscì subito.

8

Il commissario non si era nascosto. Voleva prendersi qualche ora di riflessione. Per un giorno non andò in ufficio e lavorò da casa. Ci stava bene nel suo appartamento, tre locali e cucina, in una tipica palazzina della costa, alta e stretta, con colori pastello e gerani alle finestre. Una dolce successione di azzurro indaco, giallo, rosa pallido.

Adriana, al solito, si era occupata di tutto. Arredi, disposizione delle stanze, i lavori di ristrutturazione. Avevano investito i risparmi e acceso un mutuo a tasso agevolato, un piccolo privilegio da dipendente statale.

Cenò, diede il bacio della buonanotte a suo figlio e si ritirò sulla piccola terrazza affacciata sull'antico *marché* di Nizza. Non aveva uno studio tutto per sé. Nella bella stagione era piacevole lavorare all'aperto. Il brusio del passeggio, di ristoranti e bar all'aperto, arrivava al terzo piano, ma non gli dava fastidio il sottofondo di estate, di gente in vacanza e camerieri indaffarati fra i tavoli.

Il mare rimandava il luccichio delle lampare.

I pensieri della giornata si rincorrevano.

S'informò sull'arrivo a Montecarlo dell'ex moglie di Massena, Laurence, che dopo il divorzio viveva a New York.

Un funzionario del consolato svizzero si era presentato all'appartamento della signora De Villier-Massena sulla quarantaduesima e le aveva dato la notizia della morte, pregandola di raggiungere il Principato per il riconoscimento del cadavere e le formalità di sepoltura.

Sarebbe arrivata mercoledì, con Air France per Nizza.

Dopo il divorzio, i rapporti fra i due erano rimasti cordiali. S'incontravano una decina di volte all'anno: Massena si recava spesso negli Stati Uniti per un'esposizione o un'asta importante, Laurence andava a Parigi per le sfilate di moda e per la FIAC, l'annuale fiera di arte moderna al Grand Palais.

Rapporti quasi amichevoli. Un figlio, Eric, ventenne, studente di legge a Yale, li teneva legati.

Il mercante le corrispondeva un assegno sufficiente per vivere bene a Manhattan e pagare il campus di Eric. Quando andava negli States alloggiava al Plaza, a pochi isolati da lei.

Laurence, giornalista freelance, inviava corrispondenze a riviste europee di moda, arte, arredamento. Era una donna con lineamenti dolci e raffinati, corpo ben proporzionato, naturalmente elegante. Aveva appena compiuto quarantadue anni. Dopo la separazione, aveva preferito vivere da sola, anche se non le erano mancate occasioni di stringere nuovi legami.

La persona che Bastiani avrebbe voluto incontrare al più presto era Maryam, la compagna di Massena di "strabiliante bellezza", secondo le parole di Labrosse.

Ma di lei non si avevano notizie. Sparita nel nulla. Non si era fatta più vedere dopo la morte dell'amante. Ma, non essendo ricercata, aveva diritto di trovarsi dove volesse. Il passaporto svizzero le dava piena libertà di movimento.

Le ipotesi di Bastiani erano scontate. Maryam temeva per la sua vita se, come probabile, era complice di Massena. Impossibile che non avesse saputo o che fosse così disperata da raccogliersi in solitaria preghiera. E lontano da Montecarlo.

L'indomani si recò alla Magnolia e interrogò le persone che riuscì a trovare disponibili. Poche in verità, oltre ai coniugi Marin, portieri del residence. Molti dei ventiquattro appartamenti, due per piano, erano occupati soltanto in alcuni periodi dell'anno e il resto del tempo lasciati vuoti o affittati da agenzie per soggiorni molto brevi.

La Magnolia era un progetto immobiliare che aveva garantito notevoli redditi grazie ad affitti stagionali e a un domicilio fiscale ai compratori. Dal punto di vista di Bastiani, era il posto peggiore per trovare indizi. Un viavai continuo d'inquilini, anonimo, discreto. Un palazzo senza nomi e senza radici. Niente, dietro le serrande, che offrisse l'apparenza di vite normali, banali. In un palazzo così, molti vogliono solo un indirizzo, nessuno pretende di sentirsi a casa propria.

Gli agenti della brigata criminale passarono in rassegna l'elenco degli inquilini, interrogarono quelli che trovarono in casa e inviarono avvisi ai proprietari perché si rendessero disponibili a una convocazione come testimoni. Era la prassi, ma non portò a nulla.

Bastiani, come gli avevano insegnato alla scuola di polizia e come aveva messo in pratica in tante inchieste, sperava in un dettaglio. Un dettaglio all'apparenza insignificante, o trascurato, a volte fa crollare un sistema di ordini, certezze, regole. E fa fallire anche il piano per un delitto perfetto.

Aveva un'inconfessabile voglia di dire grazie all'assassino di Massena: si sentiva rinascere. Gli avevano dato un'altra possibilità professionale. E si convinse una volta di più di ciò che già sapeva sugli effetti dell'adrenalina nelle persone che amano il proprio lavoro. Si sentiva leggero, agile, ringiovanito.

Suonò a ogni porta, piano per piano, senza trovare risposte. Soltanto una signora italiana, al terzo piano, scambiò con lui qualche inutile parola sul pianerottolo: «Massena? Mai visto, abbiamo saputo dai giornali».

Al quinto, si affacciò un ingegnere monegasco, titolare di un'agenzia immobiliare. Lo annoiò con le potenzialità di reddito per chi investe nei nuovi progetti edilizi, con qualità e vantaggi fiscali dell'ultimo residence rimasto in vendita. Un martello pneumatico. Bastiani avrebbe avuto voglia di mandarlo al diavolo. Alzò gli occhi al cielo, si accese apposta una sigaretta spingendo con larghe boccate il fumo fin dentro l'appartamento, tanto per ricambiare il fastidio.

Riuscì a raggiungere un altro piano dello stabile soltanto dopo avere accettato dal broker un dépliant sulle fantastiche residenze vista mare ancora da costruire.

All'undicesimo, l'appartamento sotto quello di Massena era di proprietà di un banchiere italiano in pensione, il quale preferiva dormire in barca e utilizzare l'alloggio per cambiarsi d'abito o ospitare amici. Venne ad aprire una cameriera, che disse di non conoscere Massena e nemmeno di sapere chi avesse abitato l'appartamento nelle ultime settimane.

«Qualche volta, tornando dal supermercato, ho incontrato una signora sull'ascensore. Alta, bruna. Una che sembrava avere sempre fretta e non salutava mai.»

Anche i portieri, attenti al viavai d'inquilini, confermarono il racconto. Massena si vedeva di raro.

Il commissario salì al dodicesimo piano. L'alloggio di Massena era sulla destra, riconoscibile dai sigilli fissati dalla polizia. Non c'erano targhette. Solo un numero, il dodici, corrispondente a quello sul citofono.

Si prese la libertà di togliere i sigilli. Era sicuro che nulla fosse sfuggito alla squadra scientifica, ma pensò che l'involucro delle cose potesse dire più delle cose stesse.

La sera prima aveva ricevuto il rapporto. Lo aveva scorso appena sveglio, sorseggiando il caffè.

"Non sono stati riscontrati segni di colluttazione."

"Il letto matrimoniale, nella stanza principale, è sfatto da una sola parte." Chiunque ci avesse dormito, era presumibilmente solo.

"L'impianto Bose è stato trovato acceso. Sul tavolino, custodia aperta di un cd, sinfonia *Il Titano*." Bastiani si ripromise di congratularsi con i suoi agenti per la cura del dettaglio. Avevano annotato il titolo.

"Cucina pulita e tutto il resto in ordine."

"Nel frigorifero, un barattolo di marmellata cominciato e una bottiglia di latte."

"Nell'armadio, in camera da letto, due vestiti da uomo blu, sei camicie appese e quattro abiti femminili. Una gonna lunga, una minigonna, un abito da sera, una giacca a quadretti con etichetta Chanel e dodici paia di scarpe con il tacco alto."

Gli uomini della scientifica avevano sequestrato una quantità spropositata di rossetti e rimmel, su cui sarebbero state fatte analisi delle impronte e del dna.

In camera da letto, nell'armadio, c'era una cassaforte aperta e vuota, con il portello accostato.

Bastiani discese le scale, suonò alla *gardienne* e le domandò se Massena avesse una cameriera che andasse a riordinare l'appartamento.

«Sì, una donna di Mentone viene due o tre volte la settimana. Si occupa di residence nella zona. Si chiama Lina, ma non abbiamo l'indirizzo. Aveva le chiavi, passava quando voleva. Non la vediamo da una settimana.»

Bastiani dispose che la signora Lina fosse rintracciata.

Era vedova, sui cinquant'anni. Quando si presentò al commissario, indossava un abitino a fiori con il colletto di pizzo e sandali con tacco basso. Come per un'occasione importante, si era messa elegante, con trucco e rossetto.

Aveva fatto la commessa in un supermarket e la casalinga. Poi si era cercata un lavoro, dopo la morte del marito in un incidente stradale.

«Non era colpa sua, l'assicurazione mi ha risarcito una miseria. Ho due figli, laureati e disoccupati, così vanno le cose in Francia, il Paese delle belle parole...» si sfogò con il commissario che, ai suoi occhi, rappresentava l'autorità, il governo e lo Stato, un insieme di cose che avrebbero dovuto renderle la vita meno difficile. Siccome lavorava in nero, per un attimo temette che l'avesse convocata per questo. Ma la prima domanda la tranquillizzò.

«Quando ha visto l'ultima volta monsieur Massena?»

«Due settimane fa. Lo ricordo bene perché mi aveva avvertito che sarebbe venuto a Montecarlo per le vacanze di Pasqua. Non lo vedevo quasi mai. Di solito mi lasciava qualche biglietto e i soldi sul comodino della camera. Non c'era molto da fare. Non invitava nessuno e pranzava sempre fuori. Era una persona gentile... È orribile, una fine così.»

«Ha mai incontrato sua moglie?»

«Aveva una moglie? Credevo fosse divorziato, spesso dormiva da solo.»

«Aveva una compagna, la signora Maryam.»

«Ah sì, ricordo: bella signora, attraente. Immagino che si riferisca a lei. Ma non viveva con lui, o almeno non credo. L'ho vista solo una volta. Una mattina mi aprì in vestaglia, con la sigaretta accesa. Doveva averne fumate tante, c'era odore di fumo e spalancai le vetrate. Una volta, che c'era lo sciopero dei mezzi pubblici, mi accompagnò a casa a Mentone con la sua auto. Sinceramente avrei preferito tornare a piedi. Guidava come una pazza. Io ero tesa. Dopo l'incidente di mio marito... mi capisce?»

«Che auto guidava?»

«Una Mercedes a due posti, scoperta. Appena fuori Montecarlo l'ha beccata un radar, ma lei ha continuato a correre...»

«Grazie, signora. Se avrò bisogno la ricontatterò. Vuole che le chiami un taxi?» domandò Bastiani accompagnandola alla porta.

«Non importa. Prendo l'autobus qui vicino.» Poi, incoraggiata dall'affabilità del commissario, aggiunse: «Potrebbe fare qualche cosa per mio figlio più grande? È un bravo ragazzo!».

«Vedrò, mi mandi il curriculum. A risentirci.»

9

La mattina seguente, Bastiani si recò all'Hotel Port Palace, in avenue Kennedy, un albergo piccolo e raffinato, con terrazza sul porto turistico.

La signora Massena lo attendeva, sorseggiando un succo di frutta. Indossava un abito a pois bianco e nero che lasciava scoperte le spalle. Gli occhiali da sole le nascondevano metà del viso. Li alzò alla fronte e lasciò intravedere grandi occhi marroni, scuri e intensi.

Bastiani si soffermò sul naso piccolo, dritto e sottile e sulla bocca, rossa e carnosa. I capelli castani, con mèches bionde, erano raccolti alla nuca. Poteva sembrare una bellezza spagnola, con l'aria sensuale e al tempo stesso austera delle ballerine di flamenco. Era nata a Parigi, da genitori francesi.

«Le faccio le condoglianze» esordì Bastiani. «E mi scuso di questa intrusione, ma vorrà comprendermi.»

«Non deve scusarsi. È interesse di tutti conoscere la verità. Mio marito ha lasciato un figlio, un ragazzo di vent'anni.»

«Le confesso che siamo al punto di partenza. Le risulta che suo marito avesse ricevuto minacce, che avesse dei nemici?»

«Claude non mi parlava di affari. Aveva fatto i soldi con il mercato dell'arte. Quando ci siamo sposati, non eravamo ricchi. Un viaggio di nozze di tre giorni, a Capri, Hotel Luna, proprio davanti ai Faraglioni. Una delizia! Passarono anni prima di prenderci un'altra vacanza. Ma eravamo felici...»

Laurence esitò. La voce usciva a fatica. Si asciugò una lacrima. Poi si riprese, vincendo l'imbarazzo.

«È triste parlarne oggi. Il nostro matrimonio ha cominciato ad andare in crisi quando lui ha capito che poteva arricchirsi lavorando meno. Bastavano relazioni e un certo fiuto. Era entrato in una specie di frullatore. Viaggi, grandi alberghi, circoli del golf...»

«Mi parli del lavoro di suo marito. La prego.»

«È una lunga storia, commissario.»

«L'ascolto, se ne ha voglia.»

Laurence cominciò a raccontare, mescolando attività di Massena e ricordi personali.

«Quando l'ho conosciuto, dirigeva una ditta di trasporti internazionali. L'aveva ereditata da suo padre sull'orlo del fallimento e l'aveva risanata. Spedizioni e traslochi in tutto il mondo. Un centinaio di dipendenti, non immagina quanti camion e container partivano ogni giorno per il porto di Rotterdam e da lì verso la Cina e l'America... In seguito, la ditta si specializzò nel trasporto di opere d'arte, mobili d'epoca, oggetti preziosi. Un'attività piena di rischi e problemi tecnici di non facile soluzione. Imballaggi, assicurazioni, sorveglianza. I clienti erano musei, gallerie d'arte e collezionisti privati.

Claude ebbe l'idea di realizzare un grande deposito a Ginevra. Un magazzino sorvegliato, in cui custodire pezzi in attesa di essere venduti. Diceva di avere creato la caverna di Alì Baba! In effetti, era il caveau di una banca, con cassette di sicurezza più grandi: blindate, anonime e segrete. Il magazzino era una porzione dei Ports Francs di Ginevra, società di cui Claude era azionista. Il porto franco è esente da diritti di dogana per il tempo in cui le opere rimangono nei depositi. Possono essere comprate e vendute senza muoversi. Tutto perfettamente legale: il maggior azionista è il Cantone di Ginevra.»

«Significa che il denaro può non essere collegato all'opera trattata?»

«Mi occupo di arredamento, non conosco i dettagli tecnici, ma si sa come funziona il mercato. A comprare sono banche, fondazioni, fondi d'investimento. Le società iscrivono le opere negli attivi di bilancio. Claude era famoso fra i collezionisti. C'era chi lo chiamava per un acquisto e chi voleva che si mettesse alla ricerca di un'opera desiderata. Il prezzo dell'arte, commissario, non è mai irragionevole.»

Laurence ricordava Massena con orgoglio.

Mentre ne parlava, diceva "mio marito". Come se ancora le appartenesse e lei avesse avuto un merito nella crescita del fatturato. In una coppia affiatata, il successo arriva da opportunità che si colgono meglio in due. Lei lo aveva sostenuto. Con fascino e cultura gli aveva aperto tante porte.

«Il porto franco» aggiunse «ebbe successo e Claude decise di riprodurre il modello in Lussemburgo e a Singapore. Aveva in mente di creare aree simili anche a Pechino e Shanghai. Oggi i collezionisti cinesi stanno superando i russi. Sono clienti perfetti: comprano di tutto, dalle tazzine dell'epoca Ming alle sculture contemporanee, pagano subito e a volte in contanti, e le loro competenze sono scarse.»

Bastiani ascoltava, fumando una sigaretta dietro l'altra. Era tornato alle Marlboro.

Laurence non aveva l'aria della vedova inconsolabile, benché fosse sconvolta dalla fine tragica del marito.

Il commissario non volle darle l'impressione di un interrogatorio. Lasciò che la conversazione si avviasse sui sentieri dell'animo femminile, che molti credono intricati e inesplorabili, ma che diventano di facile accesso con un po' di sensibilità.

Laurence non aveva accettato di buon grado la separazione. Amarezza e gelosie riaffioravano a distanza di anni. Massena tuttavia aveva fatto le cose perbene. Il suo fu un divorzio soft, come dicono gli avvocati. Aveva accettato clausole e condizioni economiche per vivere in pace la sua seconda vita.

Si era assunto responsabilità e colpe. Nel suo caso, la colpa era una sola: avere incontrato Maryam.

Laurence confidò al commissario le circostanze che avevano fatto naufragare il matrimonio.

La storia era cominciata per caso, durante un viaggio d'affari. Massena era stato invitato per un weekend in Grecia, sull'isola di Skopelos, nella proprietà di un miliardario russo, Sergej Suslov, uno dei nuovi tycoon sbocciati sulle macerie dell'ex Unione Sovietica. Una villa sontuosa, da sembrare un piccolo villaggio greco, aggrappato alla roccia lavica e a picco sul mare.

Suslov si era affermato nella comunità degli affari, salendo al centoventitreesimo posto nella lista di "Forbes". Era presidente della REPP, una holding che aveva il controllo di esportazioni di materie prime dalla Russia. Petrolio, gas, potassio.

Con la classifica degli uomini più ricchi del pianeta, "Forbes" pubblicò un reportage su come l'oligarca avesse fatto carriera e soldi.

La storia della Russia post-sovietica era attraversata da personaggi come Suslov. Giovinezza nel partito comunista, poi alto funzionario del regime, relazioni con ambienti militari e Servizi segreti, infine mani ad artiglio sulle privatizzazioni all'epoca della presidenza di Boris Eltsin, di cui Suslov era stato consigliere economico.

All'apice dell'ascesa, Suslov ebbe problemi fiscali per avere trasferito parte del patrimonio in banche londinesi. Lo denunciò un amico, Alexander Kolnikov, che riteneva di essere stato truffato in operazioni di import export condotte insieme.

Pare che Suslov non avesse diviso le tangenti pattuite, così Kolnikov si era vendicato, spifferando a Mosca il meccanismo finanziario di società e prestanome inventato per sottrarre profitti a danno di imprese statali.

La denuncia fu utilizzata dagli avversari di Suslov, che puntavano a mettere le mani sul suo monopolio.

Al Cremlino i pianeti girano attorno al sole del presidente Vladimir Putin, ma le orbite possono cambiare direzione, avvicinarsi o allontanarsi se un meteorite sconvolge all'improvviso equilibri delicatissimi.

Suslov era riuscito a schivare i colpi e a sopravvivere.

10

Una mattina di gennaio di quattro anni prima, Kolnikov era uscito presto per l'ora di jogging. Andava a correre quasi ogni giorno.

Dalla sua villa vittoriana da ventimila euro di affitto mensile, in Wilton place, percorse le vie di Belgravia fino a Sloane street. Poi attraversò Hyde Park, ascoltando musica con le cuffie. La falcata sulle sue Nike fluorescenti era anche quel giorno rapida e leggera. Nemmeno sudava, data la temperatura piuttosto fredda.

Quasi in prossimità dei primi alberi, con le frasche autunnali arrossate e spoglie, si accasciò a terra, rantolando. Un passante tentò di soccorrerlo. Un altro chiamò un'ambulanza. Non ci fu nulla da fare. Infarto, come sentenziò il coroner incaricato dell'inchiesta.

Infarto anomalo, per un uomo aitante e robusto di quarantasette anni, in piena forma fisica, allenato.

«Ma si sa che cosa fanno i russi quando escono a cena in compagnia» si lasciò sfuggire il magistrato inglese.

Kolnikov, la sera precedente, aveva riunito amici e un numero adeguato di belle ragazze per festeggiare il compleanno al Butterfly, discoteca esclusiva a Camden road, e i camerieri avevano perso il conto delle bottiglie di champagne e vodka.

L'inchiesta fu riaperta due anni dopo, in seguito alle pressanti richieste della moglie di Kolnikov, che gonfiò il conto in banca di un paio fra i migliori avvocati di Londra, ma ottenne lo scopo. Assoldò anche un investigatore privato, il quale riuscì a contattare un'esperta di botanica ai Kew Gardens, i giardini fatati di Sua Maestà.

La ricercatrice affermò che nello stomaco di Kolnikov c'erano tracce di una pianta tossica, il *Gelsemium elegans*, importata dall'Asia e conosciuta come la pianta dell'infarto. I risultati della perizia necroscopica confermarono l'azione del gelsomino mortale. Le rivelazioni offrirono alla stampa britannica gli ingredienti di una spy story, da film di James Bond e comunisti cattivi, ma era una storia vera. E nemmeno l'unica, nella Londra della finanza segreta e di oligarchi russi in esilio. Nel giro di pochi mesi altri quattro russi, collegabili alle attività di Kolnikov, morirono per cause non naturali nella città che i giornali definivano "Londonistan".

Suslov, grazie ai rapporti con il Cremlino, riuscì a evitare che il suo nome fosse collegato alla morte al gelsomino dell'ex amico. Tutti a Mosca e a Londra lo pensavano, ma una pianta esotica e un infarto non fanno una prova.

Decise di lasciare Londra e trasferirsi in Svizzera. Non ebbe difficoltà a ottenere un passaporto, avendo spostato, oltre alla famiglia, la maggior parte dei suoi fondi. Rimpianse le partite di golf nella campagna inglese, i sabati allo stadio di Wembley, la divertente frenesia e l'impercettibile momento in cui, nei quartieri residenziali più esclusivi, tutto sembra ricomporsi in un ordine discreto, sovrastato dalla sacralità della privacy.

Il lusso, a Londra, è un privilegio silenzioso.

Con una moglie affascinante e tanti soldi si poteva vivere molto bene anche lontano dall'Inghilterra. La morte di Kolnikov e i guai con il fisco britannico furono dimenticati in fretta.

Suslov continuò a governare gli affari dal suo ufficio di rue de la Paix, a Ginevra, e cominciò a costruire un sogno ambizioso, la collezione di opere d'arte.

I ricchi possono comprarsi tutto, i miliardari anche cose stravaganti, come un biglietto per la luna e le vite degli altri.

Ma possedere un'opera famosa è una cosa eccezionale, come impadronirsi dello spirito dell'artista e del suo tempo. È un diritto esclusivo sulla bellezza. Il prezzo può essere incredibilmente alto, ma uomini come Suslov erano disposti a pagarlo. Anche perché la bellezza può essere un grande affare.

L'uomo giusto per costruire il sogno era Claude Massena. Questo Suslov non poteva saperlo, ma lo scoprì in fretta frequentando le gallerie private di Ginevra e le aste di Christie's.

«Maryam» ricordò Laurence «era una conoscente di Suslov e si trovava a Skopelos quando fu invitato mio marito. Il resto lo immagina, commissario.»

Quando si salutarono, Bastiani le chiese di incontrarla di nuovo. Comunque si sarebbero rivisti al funerale di Massena.

Dopo il riconoscimento della salma, spettavano a lei le decisioni sulle esequie. Aveva disposto la cremazione. Pensò che il luogo più adatto per le ceneri fosse Ginevra, la città delle fortune di Claude. Per la cerimonia, fissata venerdì alle quindici, aveva scelto la piccola chiesa di San Nicola, in place du Campanin.

Il giorno stesso la vedova Massena si recò nello studio notarile di Jean Pierre Legrand. Suo marito non aveva fatto testamento. Non aveva previsto di morire così presto, o forse aveva deciso che la sua ex moglie non fosse la destinataria del patrimonio.

Era triste quando salutò il notaio. Non avrebbe voluto intraprendere una battaglia legale per far valere i diritti suoi e di suo figlio. Legrand non le fu di aiuto, ma promise che si sarebbe dato da fare. Le rivelò che Massena aveva stipulato presso lo studio soltanto due contratti di assicurazione, oltre al rogito per La Magnolia.

Nient'altro.

11

Sergej Suslov convocò Gimmy Balkany, il suo avvocato, nella villa di Cologny, un villaggio alle porte di Ginevra in cui le possibilità di una residenza erano stabilite dal conto in banca. Salvo essere assunti come custodi.

Il miliardario russo aveva acquistato la proprietà da un banchiere inglese, caduto in disgrazia dopo la nazionalizzazione della National Bank of Scotland, l'istituto di credito crollato in seguito alla crisi finanziaria del 2007.

Era una villa a due piani del primo Novecento, circondata da giardini all'italiana, con le vetrate affacciate sul lago Lemano, da cui si scorgeva, in lontananza, il famoso getto d'acqua che è un po' la cartolina turistica della città di Calvino.

Suslov aveva fatto venire dall'Italia artigiani e architetti per restaurare l'immobile e riprendere l'atmosfera originaria. Alla fine, il conto dei lavori era stato così elevato che le imprese appaltatrici avevano avuto qualche imbarazzo a presentare le fatture.

Dal salone principale, arredato in stile vittoriano, con grandi divani di velluto rosso, si accedeva, attraverso un'ampia scala a ellisse, a una galleria scavata nel sottoscala. Una sorta di bunker, con pareti di cemento armato, difeso da una porta blindata di cui soltanto Suslov e il suo avvocato conoscevano la combinazione.

Lungo le pareti della galleria, illuminata da faretti che irradiavano una calda luce soffusa, erano appese le tele della sua collezione. *L'art de la conversation* di Magritte, una *Salomè* attribuita a Picasso, l'*Eruzione del Vesuvio* di Turner, un ritratto di san Giovanni attribuito al Guercino, diverse opere dell'avanguardia americana, fra cui Jasper Johns, Pollock e Rauschenberg.

E poi disegni, fotografie, un bronzo di Moore inserito in una nicchia e molti altri pezzi minori, senza un filo conduttore preciso.

Suslov aveva comprato di tutto. Possedeva anche opere della cosiddetta Shock art, quelle terribili composizioni di plastica, video, effetti speciali e a volte di tela, che lievitano di valore quanto più riescono a esprimere, almeno secondo la critica, il messaggio esistenziale, contorto e introverso, del loro autore. Nel caveau custodiva tele che sentiva affettivamente sue, che solo lui e pochi intimi potevano ammirare. Non erano a rischio, dato lo schieramento di guardie del corpo, doberman addestrati, telecamere e sistemi di allarme. Si trattava di opere che gli rammentavano il momento emozionante del loro acquisto e lo portavano in territori inesplorati della mente ogni volta che si soffermava a contemplarle.

Aveva depositato altre opere, acquistate per decine di milioni di dollari, ai Ports Francs, in attesa di soddisfare l'ambizione di una galleria pubblica che portasse il suo nome.

Nel bunker di casa, c'era uno spazio libero di un paio di metri in larghezza, lo spazio che nei musei compare con la dicitura "prestito temporaneo" o "in corso di restauro".

Suslov aveva in mente la destinazione. Un momento che attendeva con ansia.

Prima che l'autista lo accompagnasse all'ufficio della REPP, nel centro di Ginevra, Suslov era solito prendere il secondo caffè della giornata nella biblioteca, una piccola sala con boiserie azzurre piene di libri e un gigantesco schermo tv acceso sulla CNN. Quella mattina scorrevano immagini di scontri fra esercito ucraino e guerriglieri separatisti di lingua russa nella regione del Donbass, segretamente appoggiati da Mosca.

«Putin si è cacciato in un guaio. Dopo la Cecenia, ci mancava un'altra guerra in Ucraina!» commentò ad alta voce. Non lo preoccupavano morti e immagini di terre devastate dai combattimenti, ma il crollo del rublo, per effetto dell'embargo deciso dagli Stati Uniti e dalla Comunità europea, e le difficoltà di uomini d'affari, suoi amici, messi sulla lista nera di coloro che non potevano circolare liberamente all'estero. Si consolava con il listino della Borsa, per quanto riguardava le quotazioni delle industrie militari in cui aveva investito.

L'isolamento della Russia era il cruccio maggiore. Per miliardari come lui, la consapevolezza di essere a pieno titolo membro della comunità internazionale degli affari era una sensazione fisica, una questione di autostima che appunto li ricompensava della storica esclusione dell'epoca comunista. Anche per questo, Suslov aveva investito in arte e mondanità, in cultura e arredamento. Voleva scrollarsi di dosso la polvere, come i contadini che quando vanno in città si lucidano le scarpe alla perfezione.

Sperava che la guerra civile in Siria, in corso da quattro anni, riportasse la Russia nel grande gioco della diplomazia e contribuisse alla sua rispettabilità e agli affari. Amici moscoviti lo informavano sulle intenzioni di Putin d'intervenire a sostegno del regime del presidente Assad, storico alleato di Mosca.

Sopra il caminetto troneggiava un ritratto di sua moglie Natalia, nonostante avessero divorziato da circa due anni, dopo quindici di matrimonio. Il pittore aveva esaltato l'ovale perfetto del volto, gli occhi azzurri, i lunghi capelli biondi.

Natalia era una modella russa, diventata famosa in Europa. Copertine di "Elle", campagne pubblicitarie per Givenchy e Saint-Laurent, testimonial della vodka Smirnoff. Dopo il matrimonio e la nascita di due bambini, uno in fila all'altro, era uscita dal mondo della moda per dedicarsi al marito e alla famiglia. Ma si annoiava. Abituata ai riflettori, non le bastavano weekend a Saint-Moritz, shopping senza limiti di spesa e vacanze sull'*Aurora II*, lo yacht che Suslov aveva per vezzo battezzato come l'incrociatore di Lenin nella Rivoluzione d'Ottobre.

Era un'imbarcazione di lusso imbarazzante, ma senza i tocchi pacchiani degli yacht che sembrano assemblati in un mobilificio anziché in un cantiere navale. L'*Aurora*, realizzata in un cantiere italiano e disegnata da un architetto francese, era un progetto raffinato, con struttura in acciaio e pregiato legno di tek. Gli arredi erano bianchi, con sottili finiture azzurre. La struttura, ottantadue metri di lunghezza e dodici di larghezza, era filante e affusolata, come un gigantesco motoscafo d'altura. Il varo era avvenuto nel decimo anniversario di matrimonio.

Il divorzio era stato drammatico per entrambi e costoso per Suslov. Il giudice aveva concesso a Natalia di tenere i figli e le aveva attribuito un assegno di mantenimento da trenta milioni di euro l'anno, oltre alla casa di Londra e altre "voci" secondarie, come le scuole, il personale di servizio, l'utilizzo nei mesi estivi dell'*Aurora II*. Un disastro. Ma Suslov non poteva rimproverare i legali inglesi, che avevano usato ogni mezzo giuridico per limitare le pretese di Natalia.

Era evidente di chi fosse la colpa: troppe assenze per affari e amanti, senza un minimo dell'ipocrita discrezione che talvolta accontenta le mogli appagate dal benessere e dai figli. Fra i due, c'erano state anche violente discussioni, finite sui rotocalchi.

Il giudice stabilì le responsabilità e fu rigoroso nella ripartizione dei beni. Non imparziale, come se avesse un conto in sospeso con i magnati russi.

Balkany tentò di fare valere un'intercettazione telefonica, poi definita non pertinente e ottenuta illegalmente, nella quale il magistrato faceva battute sul cattivo gusto dei personaggi alla Suslov. "Sono capaci di andare a cena in ciabatte in un ristorante a tre stelle."

I legali di Natalia riuscirono a dimostrare che il patrimonio del marito, collocato in fondi d'investimento e in società d'import export, aveva triplicato il valore nell'ultimo quinquennio: l'assegno di mantenimento doveva essere calcolato su nuove basi. Milione più, milione meno.

Suslov dirottò centinaia di milioni di euro in opere d'arte, nel tentativo di ridurre il patrimonio finanziario ufficiale. Poi affidò a Massena un compito delicato. L'uomo che aveva realizzato i suoi sogni di collezionista fu incaricato di nascondere i pezzi migliori in un luogo sicuro. E Massena sembrò scambiare la custodia temporanea per prestito definitivo. Questo era il sospetto di Suslov e anche la convinzione di Balkany.

"In fondo, anche la vita è un tempo in prestito" disse al suo datore di lavoro.

12

Suslov affondò nella poltrona Chesterfield di pelle marrone intarsiata e cominciò a scorrere la mazzetta di giornali e riviste, alzando di tanto in tanto lo sguardo su qualche barca a vela che solcava il lago Lemano. Nonostante l'alone di sospetti e ritratti malevoli apparsi sui giornali dopo la morte di Kolnikov, non aveva l'immagine stereotipata dell'oligarca circondato da puttanelle mentre tracanna vodka di prima mattina.

Al contrario, sembrava avere sempre vissuto a Londra. Eleganza innata. Nei modi e nel vestire. Il fisico gli era d'aiuto. Alto, magro, con l'aria di chi fa ginnastica e sta attento a tavola. Parlava inglese e tedesco, e dopo il trasferimento a Ginevra aveva studiato anche il francese. Aveva una laurea in economia, conseguita a Mosca, corredata da un master in statistica alla Freie Universität di Berlino.

La sua passione era la storia dell'Ottocento, periodo cui erano dedicati i suoi libri. Conosceva passaggi fondamentali di un'epoca grandiosa, la Russia dello zar Alessandro, vincitore di Napoleone e padre della Russia moderna.

I giornali svizzeri parlarono della morte di Massena con risalto maggiore degli altri quotidiani europei. Era un cittadino svizzero, oltre che una celebrità nel mercato dell'arte. L'agitazione nelle redazioni era sollecitata da speculazioni sulle conseguenze per l'immagine dei Ports Francs.

Era una di quelle storie che mettono in subbuglio l'opinione pubblica, il governo e la comunità finanziaria. Gli svizzeri sono sempre convinti di vivere nel migliore dei mondi possibili e vanno in crisi quando qualche cosa sconvolge l'imperturbabile tranquillità del Paese. Sono anche abili a mettere polvere sotto il tappeto, fingendo di credere che il sistema sia immune da malefatte che il sistema stesso produce.

Sui Ports Francs, i giornali avevano squarciato il velo di riservatezza, per non dire omertà, che avvolgeva un luogo in cui transitavano merci per decine di miliardi. Pagine di descrizioni approfondite e inchieste che già in passato avevano interessato l'hangar doganale grande quanto venti campi di calcio. Uno in fila all'altro, ricolmi di ricchezze e tesori.

Suslov leggeva con nervosa curiosità, per quanto sapesse come stavano le cose, avendo utilizzato strutture dei Ports Francs per i suoi affari. Era preoccupato che il suo nome fosse associato alle attività del mercante e quindi alla sua morte. Ma i giornali si dilungavano nella descrizione delle merci. E i particolari allargavano lo scandalo: auto d'epoca, *grands crus millésimées*, orologi, gioielli, pietre preziose, mobili, sculture, dipinti.

Un collezionista del Lussemburgo aveva in custodia trentaquattromila bottiglie di vini eccezionali, come un Romanée-Conti, valutato un milione e settecentomila euro. In un altro container blindato c'era una collezione di orologi di un fondo d'investimento canadese, conosciuta al pubblico perché la direzione aveva organizzato una visita privata per possibili acquirenti. Fra i pezzi pregiati, un Patek Philippe del 1952, fabbricato soltanto in tre esemplari e valutato un milione e duecentomila euro.

La direzione dei Ports Francs doveva rendere pubblico l'inventario ufficiale dei beni custoditi. Il documento precisava che era interesse dei clienti far sapere che cosa fosse in vendita, dal momento che non erano previste tasse, ma soltanto una commissione di deposito. I giornali obiettavano che nessuno conosceva il contenuto di centinaia di "stanze" blindate, sorvegliate giorno e notte da gendarmi svizzeri, guardie private e cani addestrati.

I cronisti scavarono anche nelle attività del passato.

Anni prima, nell'ambito di un'inchiesta della magistratura, era stata autorizzata la perquisizione del caveau di un antiquario italiano, un certo Medici, un cognome nobile che aveva stimolato la passione per l'arte. Nel deposito furono trovati tremila reperti provenienti da tombe, chiese, musei, scavi archeologici. Statue, vasi, bronzi, affreschi e lapidi venivano "preparate" alla vendita nei circuiti legali di collezionisti.

La polizia svizzera era riuscita a rintracciare due mummie e duecento oggetti antichi provenienti dai magazzini del Museo del Cairo, esportati illegalmente dopo la violenta deposizione del presidente Mubarak. Il caveau apparteneva a una società d'import export canadese.

«Il mercato dell'arte» spiegò un funzionario a "Le Temp" «è alimentato dal traffico di tesori provenienti da zone di guerra o da Paesi instabili dove i musei non sono sorvegliati e difesi. Saccheggi e distruzioni di siti archeologici fanno arrivare nelle tasche di guerriglieri e terroristi sette miliardi di dollari all'anno.»

Nei Ports Francs c'erano anche beni e collezioni di dittatori deposti. Proprio in quei giorni, il governo provvisorio libico aveva richiesto la collaborazione delle autorità per il recupero di opere appartenute a Gheddafi.

"Ports Francs et Entrepôte" era insomma l'insegna di una banca un po' anomala, con cassette di sicurezza in cui nascondere l'attività più nobile dell'essere umano.

La direzione era corsa ai ripari, stabilendo regole più rigide. I depositari dovevano compilare una scheda per ogni pezzo preso in carico, indicando provenienza e valore. Ma era comunque facile nascondere un'opera d'arte rubata. Bastava che fosse trasportata con volo privato, caricata su un camion con certificato di transito e depositata nei caveau che si trovano nelle vicinanze dell'aeroporto. Ufficialmente, l'opera non risultava nemmeno entrata in Svizzera.

o sembrava impressionato e non capitato lì per
pesso avviene ai vernissage, giusto per esserci
iare due chiacchiere facendo finta di conosce-
tore di turno.
in alberghi come il Kempinski, passano clienti
unque molto ricchi. Le esposizioni sono a invi-
to di cocktail, e non è difficile procurarsene uno.
i presentò verso le sette. Scese da una Range
inglese, lasciò le chiavi al portiere e si fece lar-
affollata. Non essendo alto, si tenne sulla pun-
er aumentare la visuale. Lo sguardo attraversò
iscopio la schiera d'invitati che si scambiavano
te di mano, sguardi d'intesa sul valore dell'arti-
sullo stato dell'innevamento artificiale.
d'incontrare Massena. A un tratto, scorse la
ante e longilinea di Maryam e non poté fare a
ermarsi sulla provocante scollatura che esaltava
nciato e i capelli neri che luccicavano come seta.
era al suo fianco, di spalle. Lo riconobbe dalla
rossiccia e rada sulla fronte. Si salutarono con
rdialità. Balkany approfittò del passaggio di un
rese al volo dal vassoio due coppe di champa-
e a Maryam e a Massena e li invitò ad appar-
in un angolo meno affollato.
o parlarci un momento?» chiese con tono quasi

si mostrò disponibile. Massena troncò la con-

o Balkany, non ho nulla da aggiungere a quanto
ere a Suslov. Ho sempre onorato i miei impegni.
i che mi sono stati affidati sono stati eseguiti nel
i modi. La prego di ringraziare il signor Suslov
nento dei miei onorari. Ho comprato secondo
oni, dopo averlo informato. Delle tele che recla-
nulla, è fantasia. E la vostra insistenza è un'ac-
n merito. Buonasera, avvocato. Vuole un consi-
i questi Papetti. Le quotazioni sono in crescita.»

«I beni in custodia» ammise la direttrice dei Ports Francs «sono tassati soltanto al momento in cui escono dai depositi. Ma qui possono rimanerci per anni.»

Suslov ebbe una reazione di fastidio, quasi fisica. Fece una smorfia, bevve un po' d'acqua per togliersi il sapore del caffè e – cosa che faceva raramente – si accese una sigaretta. Per quanto addentro nel mondo degli affari e collezionista importante, aveva una conoscenza approssimativa del mercato in cui si era buttato con passione. Si era affidato a Maryam e a Massena. Entrambi lo avevano raggirato, spolpato e tradito. Di questo si era convinto.

L'avvocato Balkany lo trovò assorto in questi pensieri. Non lo aveva mai visto fumare da quando lo conosceva. Cioè da almeno una decina d'anni.

Joseph Balkany, detto Gimmy, era un georgiano corpulento, con i capelli ondulati e un po' unticci, la carnagione scurissima. Aveva un lieve difetto di pronuncia, come se un filo di ferro gli bloccasse la mascella, così da mangiarsi le parole. Balkany si occupava degli affari personali di Suslov. Movimenti di denaro, fondi segreti, protezione e tangenti.

Tutto passava dalle sue mani. E naturalmente anche i pagamenti per i pezzi della collezione del suo datore di lavoro. Suslov si fidava. Si sa che in questi casi la fiducia è proporzionale al debito di riconoscenza della persona in cui la si ripone. E Gimmy gli doveva tutto.

Suslov lo aveva preso con sé al tempo in cui lavorava al ministero delle Finanze a Mosca e lo aveva aiutato a espatriare con tutta la famiglia. La Georgia, dopo l'indipendenza dalla Russia, era devastata dalla guerra civile fra georgiani e separatisti dell'Abkhazia, provincia filorussa, importante sul piano strategico perché affacciata sul Mar Nero.

Si davano del tu, ma Suslov lo trattava come un maggiordomo. Lo guardò dritto negli occhi, con l'aria di chi spera di essere rassicurato.

Balkany era più preoccupato di lui: «Un grosso guaio!

Ho parlato ieri sera con Montecarlo. Per l'inchiesta tutto fermo; sul delitto, ovviamente, vanno avanti...».

«Vuoi dire che Massena si è portato nella tomba i suoi segreti e i miei soldi?»

«Dobbiamo essere prudenti e avere pazienza.»

Balkany stava seduto sul bordo della poltrona, puntando i piedi per non scivolare e accentuando in questo modo il suo atteggiamento servile. La posizione che aveva assunto metteva in tensione la camicia a righe azzurre sottili, che così faceva risaltare la pancia pronunciata. I bottoni di madreperla stavano per saltare, ma Balkany non si scompose. Temeva una reazione impulsiva e cercò le parole adatte a calmare il suo datore di lavoro.

Suslov era nervoso e aveva un'aria di rimprovero. Era abituato a risolvere in fretta e senza scrupoli affari e questioni personali. Aveva puntato su Balkany per questo. "Facciamo come i georgiani..." era la sua frase in codice.

Gimmy aveva un suo p
denza le minacce, velat
na. Il mercante dava risp
gava che le pretese di Su
Dopo averlo inseguit
ad avvicinare Massena
Un incontro che pote
vacanza a Saint-Moritz i
puntamento mondano
molto divertente e sug
si rincorrevano sul lago
Balkany aveva prenc
una giovane modella ru
nare su catalogo, viaggi
Massena era con Ma
to fuori città.
S'incrociarono a un'
dell'Hotel Kempinski. I
liani di maggior success
petti, milanese. I suoi ir
sue fabbriche in disuso
gioco di tratti sfuggenti
te impressione delle cos
mortali. Così scriveva il

Il pubblic
caso, come
o per scamb
re l'interloc
A Natale
famosi e co
to, con segu
Balkany
Rover verd
go nella sal
ta dei piedi
come un pe
sorrisi, stret
sta, banalità
Era sicur
sagoma eleg
meno di sof
il seno pron
Massena
capigliatura
ostentata co
cameriere,
gne, le por
tarsi con lu
«Possiam
sommesso.
Maryam
versazione.
«Avvocat
ho fatto sap
Gli incarich
migliore de
per il pagа
sue indicaz
mate non s
cusa che no
glio? Comp

Il consiglio aveva un tono di presa in giro. Massena ostentava sicurezza e disprezzo per un tipo come Balkany.

L'avvocato lo salutò con una frase che suonava come una minaccia: «Riferirò. Non crederà che il signor Suslov si accontenti delle sue smentite... Abbiamo i nostri informatori. Per un Modigliani lei ha preteso novanta milioni... i conti li faremo dopo!».

Gli girò le spalle, attraversò la sala per recuperare la ragazza e lasciò la mostra, meno di un quarto d'ora dopo esserci entrato.

Occorreva trovare e colpire il punto debole del nemico. Così pensò, mentre tornava in hotel. Ma non arrivava a comprendere l'ostinazione di Massena nel negare l'evidenza e nell'inventarsi scuse. Poteva camuffare, attraverso qualche artificio finanziario e con la complicità dei suoi fornitori, commissioni eccessive o sovrapprezzo. Ma perché ostinarsi a negare di avere nascosto opere del suo cliente? Che cosa aveva in mente?

14

Sergej Suslov aveva soldi e ambizioni, elementi decisivi per accarezzare grandi sogni nei campi più diversi. La frequentazione del Principato gli aveva offerto il terzo fondamentale elemento per realizzarli: le relazioni con la gente che conta.

Balkany andò in missione con due ordini precisi. Doveva studiare più da vicino le attività e i rapporti di Massena a Montecarlo e valutare le possibilità d'investimenti futuri.

Suslov immaginava di trasferirsi prima o poi in una bella residenza affacciata sul mare e di comprare una squadra di calcio, il capriccio di magnati russi e sceicchi arabi.

Loro possono pagare di più i calciatori e vincere. Così ottengono prestigio e migliorano la loro immagine pubblica. Avendo bisogno di entrambi, non badano a spese.

«È un'operazione prematura» lo avvertì Balkany. «Prima bisogna mettere le radici, farsi volere bene, aprire un po' di porte.»

Fra le opportunità che si presentavano, Balkany illustrò un grande progetto immobiliare, sulla costiera ovest, secondo uno schema che già in passato aveva fatto contenti in molti: investitori, costruttori e autorità del Principato. Non essendoci più metri quadri edificabili su un territorio già densamente popolato, si trattava ancora una volta di rubare un po' di spazio al mare. Dream on the Bay era la denominazione del progetto, affidato a una squadra di architetti e urbanisti di Nizza. Nel giro di un paio d'anni, sarebbero sorti in questa zona due grattacieli di trenta piani, uno shopping center, un albergo con centro congressi e un porto turistico. Il progetto, in linea di massima, era già stato approvato. Si trattava di raccogliere capitali freschi per finanziare l'impresa costruttrice e la società che in seguito avrebbe gestito la collocazione delle strutture sul mercato immobiliare.

Fra le persone che Balkany aveva incontrato c'era Vallaud, il direttore dei Servizi giudiziari. Gli chiese un appuntamento per esaminare aspetti giuridici non secondari che ostacolavano l'ingresso di Suslov nell'affare. La stampa locale aveva raccolto indiscrezioni sugli interessi in gioco. E "Nice-Matin" aveva dato voce a circoli culturali ed ecologisti che avevano denunciato possibili danni per il territorio e rischi d'infiltrazione di capitali di dubbia provenienza nel circuito economico del Principato.

Suslov era cittadino russo, residente in Svizzera, con cause pendenti con la magistratura russa e britannica. Ma Vallaud si mostrò più attento ai vantaggi economici dell'operazione e presentò l'avvocato di Suslov ai progettisti della Dream on the Bay. Gli aspetti giuridici e legali furono risolti in una settimana e Vallaud, attraverso un prestanome, ottenne una piccola quota della società.

Balkany mise sul piatto una cinquantina di milioni. Per ingraziarsi le simpatie del Principato, offrì anche una sponsorizzazione della squadra di calcio che in quel momento navigava in bassa classifica. Suslov fece alla fine un buon affare. Si faceva vedere in tribuna d'onore e raccoglieva l'applauso dei tifosi. Il ritorno d'immagine era assicurato. I dividendi sarebbero arrivati più tardi.

Dopo l'inutile incontro con Massena al Kempinski, Balkany si precipitò a Montecarlo e chiese un appuntamento a Vallaud.

L'acquisto della maggioranza della Dream on the Bay aveva invertito i ruoli. Balkany poteva chiedere ciò che voleva e Vallaud doveva mettersi a disposizione. Richieste formulate con tatto e attenzione, ma che in altre circostanze sarebbero state respinte.

Balkany si mostrò convincente. Dipinse Massena come un affarista senza scrupoli e traditore, consegnò una memoria, in cui aveva annotato le opere che presumeva fossero state nascoste o trafugate. «A questi capolavori corrispondono milioni di dollari che dovrebbero trovarsi nelle vostre banche» disse.

In verità, Balkany non pretese subito l'apertura formale di un'inchiesta che avrebbe finito per provocare ispezioni nelle banche monegasche. E Vallaud non era il tipo di magistrato che avrebbe segnato un autogol per amore della giustizia. L'intento di Balkany era di creare attorno al mercante un clima di pressione in cui non si sentisse più al sicuro. Bastava una denuncia e una convocazione al palazzo di Giustizia per fargli sentire il fiato addosso. Balkany sapeva che Massena non avrebbe avuto difficoltà a pagare una cauzione. E Suslov non voleva scandali né pubblicità. Era già nel mirino della stampa, degli avvocati di sua moglie, del fisco svizzero e della magistratura britannica. Avrebbe rotto ovviamente i rapporti con Massena, ma, una volta riconsegnato il bottino, lo avrebbe lasciato in pace. In fondo, la spregiudicatezza di Massena lo intrigava. Non lo considerava alla stregua di un volgare truffatore. Aveva invidiato la sua cultura, il suo *esprit de finesse.* C'era sotto dell'altro, qualcosa di più del denaro, e avrebbe voluto scoprirlo.

Vallaud promise che si sarebbe mosso. E affidò l'incarico a Labrosse. «È un giudice attento e preparato, ma molto prudente. Darà alle indagini il ritmo che si conviene in questi casi» promise a Balkany.

Dopo il delitto, l'avvocato di Suslov cercò di nuovo Vallaud.

Ma le condizioni erano cambiate. Il direttore non era più manovrabile. Si era mostrato disponibile, ma nell'interesse del Principato e senza rovinarsi la reputazione.

Utilizzò un telefono pubblico e chiamò Balkany a un numero che l'avvocato garantiva sicuro.

«Non posso credere che... Come avete osato? E proprio qui, in casa nostra! È mostruoso... Adesso, lei questo lo capisce, la giustizia farà il suo corso. Da parte mia...»

«Capisco dottore, lei non avrà pensato che... Per quanto mi riguarda, Massena ha fatto la fine che si meritava, ma questi non sono i nostri metodi. Si calmi e non si faccia strane idee. Abbiamo altri mezzi per sistemare i nostri affari!»

«È comunque opportuno che i nostri rapporti si chiudano qui. Quanto al signor Suslov, gli faccia sapere che non avrò riguardi per nessuno! Ho affidato l'inchiesta al commissario Bastiani, un poliziotto esperto, il nostro uomo migliore.»

Balkany ebbe un fremito di stizza. Voleva riagganciare d'istinto, ma percepì lo stato d'animo di Vallaud. "Se la sta facendo sotto" pensò. "Dottor Vallaud, lei può dormire tranquillo. Le do la mia parola!"

Intanto Bastiani e Labrosse erano da giorni al lavoro.

Occorreva sviare i sospetti. Sulla reputazione del capo, Balkany si giocava la vita. Impresa complicata. Le persone interessate alla caccia al tesoro cominciavano a essere troppe.

15

La cerimonia fu breve e semplice. La chiesetta di San Nicola appariva troppo grande per le poche persone che vollero dare l'estremo saluto a Claude Massena: come se con lui fossero scomparsi anche amici e relazioni. Niente che meritasse un fiore o un telegramma di cordoglio. L'orrore della morte, i sospetti sugli affari, le insinuazioni sulle sue frequentazioni avevano tenuto alla larga collezionisti, antiquari, galleristi, banchieri e il bel mondo di feste e cene di gala in cui era stato spesso al centro dell'attenzione.

Anche gli artisti che aveva reso ricchi e famosi, facendone lievitare le quotazioni, creando attorno a loro curiosità del pubblico ed elogi della critica, si erano dimenticati del loro pigmalione. Nemmeno il figlio aveva sentito il bisogno di accompagnare la madre in Europa.

Laurence sedeva sulla prima panca a destra della chiesa. Indossava un tailleur attillato bianco e portava un cappellino nero, con la visiera di pizzo che le copriva la fronte. Le mani, belle e affusolate, stringevano un fazzoletto di pizzo bianco. Nei terribili giorni che stava vivendo non era ancora riuscita a piangere.

Accanto a lei il notaio Legrand, che di tanto in tanto le bisbigliava qualche cosa all'orecchio. L'atteggiamento era protettivo. Era passato a prenderla all'hotel e l'avrebbe riaccompagnata dopo la cerimonia.

Nella seconda fila c'era un funzionario del Principato. Alto e austero nel suo abito grigio fumo. Doveva assistere la vedova Massena nelle incombenze burocratiche che seguono ogni funerale e agevolare le sue decisioni sulla sepoltura.

Bastiani s'infilò nell'ultima fila e rimase in piedi tutto il tempo della cerimonia, in attesa che il prete pronunciasse l'"Andate in pace".

Nessuno dei presenti fece un discorso o una preghiera alla memoria. Le parole del prete furono le uniche che restituirono a Massena, almeno da morto, un tratto umano e compassionevole: «Preghiamo per il nostro fratello Claude. A lui va la nostra gratitudine per il suo generoso contributo al restauro della nostra chiesa».

Bastiani si guardò attorno, seguì le espressioni dei presenti e sperò che a un certo punto apparisse l'unica persona che gli premeva incontrare. Ma Maryam, l'amante di Massena, aveva deciso di non venire nemmeno al funerale.

L'unica traccia che gli agenti della Gendarmerie erano riusciti a scovare era il numero di targa della Mercedes della donna. Il radar, piazzato sulle pendici di Montecarlo, nello svincolo che immette nell'autostrada, aveva fatto il suo dovere, senza sconti e senza guardare in faccia a nessuno. La targa era stata fotografata mentre la Mercedes sfrecciava a cento chilometri orari sullo svincolo, quaranta oltre il limite.

L'immagine aveva documentato giorno e ora. Era la conferma del passaggio che Maryam aveva dato alla cameriera di Massena e del fatto che fino a quel momento aveva avuto la disponibilità dell'appartamento alla Magnolia.

Immesso numero di targa e nazionalità nel database, era stato semplice risalire al titolo di proprietà del veicolo. La Mercedes era stata immatricolata in Svizzera e pagata con bonifico da una società di Ginevra, la Maro Fine Art, di cui Maryam risultava dipendente. Maro era l'abbreviazione di Maryam Rosberg, il suo nome da sposata.

Bastiani aveva contatti nelle varie polizie europee. Poteva rivolgersi a qualche amico alla polizia del Cantone di Ginevra. Era venuto a sapere che la Maro Fine Art amministrava fra l'altro una galleria d'arte in cui Maryam aveva lavorato prima di conoscere Massena.

La segretaria aveva comunicato a Bastiani un indirizzo privato, rue Saint-Joseph, accanto alla stazione. Due locali più servizi, con contratto di affitto intestato a Massena. La polizia di Ginevra aveva fatto un sopralluogo: Maryam non abitava l'appartamento da almeno due mesi.

Il suo telefono era muto. Impossibile localizzare la cellula. Bastiani, ipotizzando che la sim card fosse stata distrutta, aveva chiesto a un funzionario della polizia svizzera la cortesia di controllare l'utenza. Uno scrupolo inutile.

Maryam sembrava scomparsa.

Bastiani aveva organizzato la partenza per l'indomani, con un volo da Nizza.

All'uscita della chiesa salutò Laurence e la mise al corrente del viaggio.

«Le auguro buona fortuna. Trovi quella donna...» disse lei.

«Farò del mio meglio. Quando tornerà a New York?»

«Il prima possibile. Qui non resta molto da fare. Il notaio si sta occupando di tutto. Quando toglierete i sigilli, metterà in vendita la Magnolia. So che mio marito aveva qualche conto a Montecarlo, ma pare che la cosa non mi dovrebbe riguardare. Quindi meglio ripartire e dimenticare.»

«Le costerebbe rimanere ancora qualche giorno?»

«Commissario, mi sta dicendo che sono indagata anch'io?»

«Stia tranquilla. Ho rispetto per la sua vicenda. Penso solo che potrebbe essere utile che lei rimanesse.»

«Non vedo che cosa potrei fare!»

«Molto più di quanto immagina. Andrò qualche giorno a Ginevra per fare delle verifiche. Se potesse rimanere almeno fino al mio ritorno...»

Laurence lo osservò perplessa, in silenzio. Poi fece un cenno al notaio, che la attendeva poco lontano, già a bordo della sua Porsche Carrera.

«Mi stanno aspettando, mi lasci riflettere. Le telefono stasera» rispose in modo vago.

16

L'indomani Bastiani partì di buonora, per non rimanere intrappolato nel traffico caotico lungo le strade di accesso all'aerostazione di Nizza. Il taxi superò colonne di autobus turistici, con scritte in tutte le lingue, parcheggiati sul corridoio d'asfalto in prossimità dei gate.

Il commissario osservò le comitive che si avvicinavano agli ingressi, trascinando bagagli. Era gente spensierata, rumorosa, sorridente, la folla di ogni estate in cui avrebbe voluto mescolarsi...

Prese la carta d'imbarco al distributore automatico, superò i controlli e si diresse alla sala partenze. Comprò giornali e attese che l'altoparlante annunciasse il volo. Era in coda al gate, quando si sentì chiamare da una voce conosciuta.

«Buongiorno, commissario. Spero non le dispiaccia se l'accompagno.»

Si girò quasi di scatto.

Laurence sorrise, con l'aria gentile e timida di chi chiede un permesso senza sapere se potrà essere accordato. Aveva deciso che il marito fosse seppellito a Ginevra e aveva dato disposizioni per il trasferimento delle ceneri.

«Non credo di aver bisogno di un'assistente» replicò Bastiani. Il tono era volutamente ironico. Era sorpreso, ma realizzò di avere già immaginato la situazione che adesso si materializzava mentre salivano a bordo. L'aveva inconsciamente desiderata e se ne rese conto seguendo l'incedere leggero e seducente di Laurence. Era attratto dalla sua fragilità, che si poteva percepire nei suoi sguardi sfuggenti.

Indossava morbidi pantaloni neri che ondeggiavano accompagnando i suoi passi e una giacca di pelle, anch'essa nera. Ma non dava l'impressione di essere in lutto. Il nero era una nota di raffinatezza, la scelta meno complicata di molte donne quando devono preparare una valigia o decidere che cosa indossare.

Bastiani cercò di ragionare sui motivi che l'avevano spinta a seguirlo. Si diede una risposta maschile, ma era capace di autoironia e la scartò. Non ritenne un motivo sufficiente le pratiche burocratiche per la sepoltura di Massena in Svizzera. Comunque, lei avrebbe dovuto informarlo. Si ricordò delle parole dopo la cerimonia. Partire, prima possibile, dimenticare...

Perché aveva cambiato programma? Che cosa si aspettava da lui?

Le domande scivolarono sul terreno dei sospetti. Molto probabilmente stava recitando la parte della vedova a cui restavano le briciole del tesoro. E non era disposta ad accettarla. Bastiani si fabbricò un castello d'ipotesi, un diabolico gioco dietro la fragilità di una donna che sembrava chiedere aiuto.

Presero posto a bordo, lontani l'uno dall'altra. Laurence aveva chiesto al portiere dell'albergo di acquistarle il biglietto. Nemmeno immaginava che avrebbero preso lo stesso volo. Avrebbe cercato Bastiani a Ginevra. Invece arrivarono insieme.

Bastiani aveva prenotato al Terminus, nei pressi della stazione di Cornavin. Un tre stelle anonimo, con arredi dozzinali, in linea con le tariffe previste per le trasferte di servizio.

La signora Massena invece si concesse il Beau Rivage, l'albergo più elegante di Ginevra, carico di tradizione e storia. Al primo piano, in una nicchia dorata, c'erano fotografie e souvenir del soggiorno di Sissi, l'imperatrice d'Austria assassinata da un anarchico mentre passeggiava di fronte all'hotel, sul lungolago.

Bastiani l'accompagnò con un taxi e proseguì per il Terminus. Le augurò una buona serata.

«Le telefono appena avrò qualche notizia interessante.»

La sera, ordinò in camera un sandwich e una birra. Non aveva voglia di andare da solo al ristorante. Accese il computer, eliminò la quotidiana overdose di pubblicità, offerte di servizi, sconti e acquisti online e rilesse il rapporto della scientifica. Poi cercò di addormentarsi, ripensando a Laurence e al suo viaggio improvviso.

Accese e spense la luce fioca dell'abat-jour e inseguì le ombre sul soffitto. Andò alla finestra, si accese una sigaretta e rimase a osservare per un po' le file di automobili che transitavano a passo d'uomo. Immaginò che una trasportasse un assassino e si divertì a lanciare il mozzicone, sperando di colpire quella giusta. La cicca zampillò sul selciato, mancando il bersaglio.

Tornò a letto. Si addormentò profondamente e dimenticò l'ostilità del buio.

17

Dopo l'imbarazzante colloquio con il direttore generale, il giudice Labrosse non si era perso d'animo. Nonostante l'umiliazione, il potere di condurre l'indagine era nelle sue mani. C'era stato un delitto e l'assassino era in libertà. Considerò l'arroganza di Vallaud un'intollerabile intrusione. E Bastiani, con quel suo atteggiamento risoluto, era diventato uno stimolo ad andare avanti. Gli uomini non sono tutti uguali, ma anche coloro che non hanno il coraggio nel sangue sanno cogliere la loro occasione e così riscattano titubanze, arrangiamenti, compromessi. Gli venne in mente una frase di Bastiani: "Io non sono nato con la camicia, ne ho sudate parecchie". Ecco, era il momento di fare i conti, se non con la coscienza, almeno con la reputazione da damerino.

Prese un appuntamento con il notaio della signora Massena e ottenne la copia dell'atto di compravendita dell'appartamento alla Magnolia. Formalmente, Legrand avrebbe potuto rifiutarsi, ma era suo dovere difendere gli interessi della vedova: chiese alla segretaria di fare delle fotocopie. L'atto di compravendita era sottoposto alla legislazione francese, che obbliga l'acquirente a fare un bonifico a favore del notaio che stipula l'atto. Lo stesso notaio effettua il versamento del denaro, dopo le firme. La procedura serve a impedire pagamenti in contanti e riduzioni delle imposte dovute, anche se qualcosa sfugge al fisco.

A Labrosse non interessava sapere se Massena avesse fregato le casse del Principato per pagarsi quell'angolo di paradiso sul golfo, ma scoprire da quale banca e conto fossero partiti i soldi.

Un'ora dopo aver ottenuto le informazioni, il giudice si trovava al secondo piano di una palazzina moderna, con la facciata rosa, in avenue de Citronniers. Era la sede di una piccola banca, dal nome sconosciuto, la Muriel Banque Privée, una targa d'ottone nella miriade di istituti di credito e società finanziarie con indirizzo a Montecarlo. Secondo consegne superiori e tradizione, il direttore, Louis Bertell, fu piuttosto freddo e naturalmente restio a parlare dei suoi clienti. Ma Labrosse tirò fuori argomenti convincenti, quali l'eventualità di un'ispezione. «È un atto giudiziario dovuto, in questi casi» disse.

In cuor suo, sapeva che Vallaud non avrebbe avvallato una procedura del genere, per quanto prevista da leggi e regolamenti, ma il bluff allentò la resistenza del direttore.

Bertell era magrissimo, il volto scavato e completamente calvo. Occhialini di metallo e naso aquilino accentuavano la sua aria riservata e sgusciante. Mentre parlava, si teneva la mano davanti alla bocca e non si capiva se il gesto servisse a camuffare le parole o a nascondere una dentatura piuttosto sconnessa.

Accontentò Labrosse poiché, probabilmente, aveva compreso che ciò che stava per fare era il minore dei mali, nell'interesse della banca che gli garantiva uno stipendio. Del resto, pensò che il suo cliente, da morto, non avrebbe protestato.

Batté velocemente qualche tasto sul computer, attese che comparissero nomi, numeri e importi e girò lo schermo verso Labrosse, seduto di fronte a lui.

«Non facciamo prima a stampare?» chiese il giudice.

«Non pretenderà anche questo. I morti non parlano e non cambiano idea, ma le cose messe nero su bianco... Cerchi di capire» pregò Bertell.

Labrosse non aveva nessuna comprensione per i tipi come

Bertell. Era consapevole che nessun sistema avrebbe potuto funzionare senza quei piccoli funzionari che applicano regole ed eseguono ordini senza domandarsi perché. Ma si limitò a prendere qualche appunto. Non era il momento di aprire un contenzioso e mettere una banca di Montecarlo sotto i riflettori. E forse non era nemmeno necessario.

La schermata sul conto di Massena gli fornì le notizie che cercava. Ringraziò il direttore e si tolse il piacere di lasciarlo in sospeso: «Per ora è tutto. Se sarà necessario tornerò a trovarla».

Massena non usava il conto della Muriel Banque per spese personali e carta di credito. Faceva acquisti in contanti. I movimenti bancari erano soltanto una ventina. Nella prima linea era stato registrato un bonifico in uscita di tre milioni e trecentocinquantamila euro, corrispondente all'acquisto della Magnolia.

Trentamila al metro quadro, notò Labrosse, ma questi sono i prezzi a Montecarlo.

Anche altri importi erano rilevanti e tutti in entrata. Dodici milioni, quattro milioni, sedici milioni, due milioni e così via fino a due bonifici di trenta milioni a distanza di una settimana l'uno dall'altro.

La Muriel Banque era dunque la cassaforte personale di Massena, più sicura di una qualsiasi banca svizzera.

I versamenti provenivano da istituti di credito stranieri e da paradisi fiscali. Londra, Parigi, Ginevra, isola di Man, Jersey, isole Cayman, Panama. I conti erano intestati a società. Non sarebbe stato semplice risalire a persone fisiche, ma le attività di Massena offrivano qualche pista. Quanti dei suoi clienti erano nella condizione di versare più di settecento milioni, fra euro e dollari, in meno di tre anni?

Il giudice, nei minuti che gli aveva concesso il direttore, aveva annotato la data dell'ultimo versamento, la vigilia di Pasqua. La morte di Massena era stata probabilmente decisa pochi giorni dopo.

La sera stessa, Labrosse cenò con sua moglie e alcuni amici al Café de Paris. Caroline indossava un tailleur di Chanel, giacca a quadretti bianchi e neri, pantaloni di raso.

«Sei bellissima» le disse quando la vide, baciandola sulla bocca.

A tavola, la conversazione virò sulle prossime vacanze estive, sui pro e contro di proposte esotiche e paradisi tropicali. Per la prima volta, il giudice si sentì a disagio. Avrebbe voluto essere a cena con Bastiani, magari nella pizzeria di Peppino.

A un certo punto della serata, Caroline annunciò con orgoglio che suo marito era stato incaricato dell'inchiesta sulla morte di Massena. Ma lui la zittì. «Non è una cosa che merita pubblicità, ti prego, mia cara.»

La reazione spense sul nascere curiosità morbose sul delitto e fantasie da salotto sul tesoro del mercante. Soltanto un'amica di Caroline si lasciò scappare una battuta di cattivo gusto: «Certo, da quel che si è letto, vorrei essere la vedova Massena».

Labrosse la fulminò.

18

La segretaria del gabinetto dentistico Rosberg&Associati annotò nome e telefono del commissario Bastiani e fissò un appuntamento per il tardo pomeriggio.

«L'agenda del dottor Rosberg è pienissima, ma la riceverà. La metto in coda. Ci sarà da attendere, ma la riceverà.»

Rosberg era uno dei più stimati e richiesti dentisti di Ginevra. Aveva già fatto abbastanza soldi, ma per nessuna ragione si sarebbe fatto sfuggire un nuovo cliente. Così lavorava fino a sera tardi, senza concedersi una pausa per il pranzo. E qualche volta riceveva anche il sabato mattina. Diceva di amare il suo lavoro, ma il lavoro sembrava non amare lui. Con quelle vistose borse sotto gli occhi e i capelli radi e ingrigiti, dimostrava molto più dei suoi cinquant'anni. E sua moglie lo aveva lasciato anche per questo.

Bastiani s'inventò una terribile infiammazione alle gengive e fu ricevuto. Il dentista lo fece accomodare sulla poltrona, un'assistente gli mise attorno al collo un bavaglio verde di stoffa sterile e gli piantò la lampada da laboratorio sul volto. Poi uscì per preparare le radiografie. Prima che Rosberg procedesse alla visita, Bastiani si presentò e spiegò il motivo dell'appuntamento.

«Poteva dirlo subito, l'avrei ricevuta fuori orario» replicò il dottore.

«Non potevo essere sicuro che avrebbe accettato d'incontrarmi. Siamo in territorio svizzero e qui non ho nessun diritto» spiegò Bastiani.

Il dentista fu franco e in apparenza sincero. Da tempo non aveva notizie della ex moglie. Del resto, non aveva ragione di riceverne. Erano separati da anni e non avevano figli. Un classico divorzio breve, senza bisogno di avvocati. Avevano diviso qualche oggetto di valore. Il dottore si era tenuto l'appartamento di proprietà nel centro di Ginevra e un bilocale a Megève.

Maryam era andata a vivere in affitto, fino a quando non aveva cominciato ad abitare nell'appartamento di Massena.

Il conto in banca, circa trecentomila euro, era stato diviso a metà. Maryam era stata generosa e magnanima. La decisione l'aveva presa lei, e la sua nuova vita prevedeva prospettive economiche più interessanti.

Il dottor Rosberg pregò il commissario di seguirlo nel suo studio.

«Prende un caffè?» gli chiese, accendendo la Nespresso.

«I dentisti dicono che danneggi lo smalto...»

«Non più del fumo, commissario. E lei, si vede, fuma troppo.»

«Se dovessimo eliminare tutte le cose che fanno male...»

«Non so chi lo abbia detto: le cose buone fanno male o sono illegali.»

«Credo Wilde... Ma allora dovrei cambiare mestiere» rispose Bastiani.

La conversazione con il dottore lo stimolava. Gli piaceva scambiare qualche riflessione sulla vita con gli sconosciuti. Un po' come fanno gli anziani in pensione che s'incontrano la mattina nei bar di provincia. Una cosa che molti considerano una perdita di tempo e che invece arricchisce. E la gente si apre. Esattamente ciò che Bastiani voleva.

«Lei era a conoscenza della relazione di sua moglie?»

«Certamente. Ginevra è una città di provincia. In certi ambienti si sa tutto. Le signore della buona borghesia non hanno molto da fare. Vanno in palestra, ai cocktail e parlano di amanti e mariti. Dei loro e di quelli delle altre. Io non sono stato un marito geloso. Sposando Maryam, avevo accettato il rischio di avere una donna che tutti desiderano. Fu lei stessa a presentarmi Massena, durante un ricevimento nella galleria. Certe cose, se si è innamorati, si capiscono al volo. Bastarono dieci minuti di convenevoli per sentirmi un intruso nel loro mondo di artisti e linguaggio da iniziati. Francamente, di arte moderna non ho mai capito niente. Credo che Massena fosse l'uomo giusto per lei. Lo penso davvero, mi creda. Maryam è una donna piena di vita, perennemente inquieta. Nessuno la può avere per sé, tantomeno controllare. Lei pensa e decide e nulla la ferma. Il successo e i soldi se li è sudati dopo una giovinezza non certo felice. E senza soldi non può più vivere.»

Il dottore raccontò che Maryam, in gioventù, aveva frequentato l'Accademia di Belle Arti. Poi aveva fatto l'interprete, la segretaria, la grafica in una galleria.

«Curava i cataloghi per le mostre. Occuparsi d'arte era il suo sogno. Mi dispiace per come sono andate le cose...»

Il dottor Rosberg aveva saputo del delitto dai giornali. Raccontò di avere provato a telefonare alla ex moglie un paio di volte. Senza risposta.

«Non sembra preoccupato!»

«Sinceramente no. Le avrei fatto le condoglianze, giusto per cortesia. Ma Maryam faceva la sua vita. Aveva cambiato anche... il dentista. Era sempre in viaggio. Adesso potrebbe essere a Singapore o a Hong Kong o a New York, per quanto ne sappia. In Asia ci andava spesso... I clienti più importanti oggi sono cinesi.»

«Mi scusi, ne sta parlando al passato» osservò Bastiani.

«Non si faccia strane idee! Le giuro che proprio non so nulla. Mi è venuto così. Succede quando parliamo di una vita precedente, di una persona che abbiamo amato e che, in un certo senso, non c'è più. Come moglie, voglio dire... Adesso che me lo fa notare, comincio a preoccuparmi. Ma non ho proprio idea di dove possa essere andata.»

«Abbiamo fatto controllare il suo telefono... L'ultima volta che la cellula è stata agganciata è stato il giorno dopo la scoperta del delitto. Poi più nulla. Penso che si sia resa irreperibile o sia fuggita. Speravo che mi avrebbe aiutato lei!»

«Vado a memoria, ma credo di aver sentito l'ultima volta mia moglie ai primi di aprile... Come le ho detto, i nostri rapporti...»

«Mi parli della relazione con Massena.»

Il dottor Rosberg accennò al lavoro della moglie in galleria e ai frequenti viaggi in compagnia di Massena, per aste internazionali e relazioni con importanti collezionisti. Poi rievocò i rapporti con Suslov, che erano stati la causa della perdita di Maryam e della sua infelicità.

«Suslov era il cliente numero uno. Maryam assisteva Massena nelle vendite e redigeva i certificati di autenticità delle opere. A quanto ne so, con Suslov si frequentavano anche nella vita privata, voglio dire al di là degli affari. Fu tutto casuale, commissario. Maryam dovrebbe riconoscermi una percentuale sui quadri che ha venduto a Suslov o almeno farmi un regalo! Scherzo, mi scusi. Voglio solo dire che gli affari di Maryam sono cominciati nel mio studio e che qui è finito anche il mio matrimonio. In sala d'attesa, per essere precisi.»

Rosberg rievocò un incontro, avvenuto circa quattro anni prima, quando erano ancora sposati. Maryam era passata a prenderlo al lavoro, verso sera, per andare a una cena. Nell'anticamera, in attesa di essere visitata, c'era Natalia, la moglie di Suslov. Le donne si scambiarono qualche parola di cortesia, sfogliando riviste, come succede nelle sale d'aspetto dei medici. La lingua russa facilitò la confidenza. Si lasciarono i numeri di telefono e promisero di rivedersi. Divennero amiche. Maryam e suo marito andarono spesso a cena nella villa di Suslov.

«È un uomo d'affari potente, ricchissimo. A tavola, ci parlò della sua passione per l'arte e del desiderio di mettere insieme una collezione. Maryam si diede da fare nel suo giro di galleristi e antiquari. Contattò un mercante di Maastricht e propose a Suslov l'acquisto di un acquerello di Chagall. Molto piccolo, raffigurante una sirena sulla baia di Nizza.»

«Anch'io capisco poco di arte, ma adoro Chagall. Nizza è la mia città» confidò Bastiani.

«Alla fine di una cena gli mostrò la fotografia del dipinto sul suo iPad. "Può essere suo per cinque milioni!" gli disse. L'acquerello fu acquistato. Suslov voleva qualche cosa di eccezionale e di valore assoluto. E in fretta. Non badava al prezzo. Era pronto a investire decine, centinaia di milioni di dollari. Maryam diventò una collaboratrice di assoluta fiducia. Suslov era impaziente di ricevere notizie per un possibile acquisto. "Bel colpo, Maryam, sei formidabile, sei un angelo" le ripeteva.»

Il dottor Rosberg sembrò emozionarsi nel rievocare gli affari dell'ex moglie. Non aveva nessuna competenza, ma le quotazioni che roteavano nelle cene con Suslov, associate a un pittore famoso o a un dipinto ammirato in una mostra, lo avevano coinvolto nella grande festa di ricchezza e vanità di cui Maryam era regina.

Suslov però pretendeva sempre di più. Così Maryam gli aveva proposto d'incontrare l'uomo che lo avrebbe accontentato.

Claude Massena non parlava russo. Anche lui aveva bisogno di una regina. Il loro sodalizio cominciò su un'isola greca.

Dopo aver salutato il dentista, Bastiani chiese alla segretaria di potere andare alla toilette. La porta dell'antibagno dava su un lungo corridoio da cui si accedeva al gabinetto delle visite, all'ufficio della segretaria e alla sala d'aspetto dei pazienti. Fra l'ufficio della segretaria e lo studio di Rosberg la distanza era una trentina di metri. Il commissario calcolò in circa mezzo minuto il tempo di percorrenza. Si trattenne in bagno, lasciando scorrere l'acqua nel lavabo, con l'orecchio teso ai movimenti nel corridoio. Tenne la porta socchiusa e seguì con lo sguardo la segretaria, attendendo che lasciasse il suo posto. Si sarebbe allontanata un paio di minuti almeno, il tempo di accompagnare il paziente, prepararlo alla visita, presentare a Rosberg cartella clinica e radiografie e ritornare alla scrivania.

Lo schedario dei pazienti era sul tavolo, aperto. Scorse velocemente l'ordine alfabetico, sperando che Natalia Suslov avesse conservato il cognome da sposata. Alla lettera "S" trovò ciò che cercava. Annotò su un post-it il numero di cellulare e si girò di scatto, giusto nell'attimo in cui la segretaria tornava al suo posto. Con il corpo coprì la vista dello schedario e con le mani dietro la schiena rimise a posto la scheda di Natalia.

«Desidera qualcosa?» chiese la segretaria con aria stupita.

«Attendevo di pagare la visita, il dottor Rosberg mi ha detto di accomodarmi da lei.»

«Veramente, non mi ha dato istruzioni...»

«Sarà per un'altra volta. Le lascio il mio biglietto. Lo dia al dottore e lo ringrazi da parte mia.»

Uscì di fretta, prima che la donna si accorgesse che c'era qualcosa fuori posto. Avere approfittato della cortesia di Rosberg e dell'ingenuità di una segretaria lo mise un po' a disagio.

Ma si ricordò dell'insegnamento di un anziano maestro, alla scuola di polizia: "Possiamo pensare al prossimo e dare la caccia a un malvivente, non si possono fare le due cose allo stesso tempo".

19

«Signora Massena, vuole scendere? La stanno aspettando nella hall.»

Il portiere dell'Hotel Beau Rivage di solito s'informava se l'ospite fosse in camera, se attendesse visite e se avesse voglia di riceverne. Ma Gimmy Balkany non era il tipo da fermarsi davanti al filtro di un *congierge*. Gli bastò allungare un bigliettone rosso porpora da cento franchi per convincerlo ad avvertire la signora Massena.

Laurence si era alzata presto. Dopo mezz'ora di jogging sul lungolago era risalita a fare la doccia e aveva ordinato la colazione in camera. Aveva ancora i capelli bagnati e l'accappatoio di spugna addosso quando squillò il telefono.

S'infilò in fretta maglietta e jeans.

Non conosceva l'avvocato di Suslov, ma ne aveva sentito parlare da suo marito. Non poteva fare a meno di riceverlo. L'avrebbe cercata il giorno dopo e il giorno dopo ancora.

Balkany e Suslov non avevano dovuto consultare indovini per prevedere il viaggio della signora a Ginevra. Restava da sapere quando, ma, essendo clienti assidui del Beau Rivage, avevano buoni informatori. E, considerando il livello dei conti e delle mance, non c'era impiegato dell'albergo che non si mettesse sull'attenti.

Balkany attese in un salottino di velluto rosso, appartato dal viavai di ospiti nella hall. Quando Laurence arrivò, scattò in piedi e accennò a un baciamano, mellifluo e fuori posto. Non era una visita di cortesia. Laurence ne era consapevole e si era preparata all'incontro nel minuto trascorso sull'ascensore, guardandosi allo specchio come per ripassare a memoria anche l'espressione da assumere.

Non fu abbastanza fredda e razionale e sbagliò la prima mossa. «Avvocato, non capisco il motivo di questo incontro. Non ho proprio nulla da dirle.» Pronunciò la frase tutta di fila, illudendosi di chiudere subito la conversazione.

«La prego di accettare le più sentite condoglianze, anche da parte del signor Suslov. Come credo sappia bene, i rapporti con suo marito, negli ultimi tempi, si erano guastati, ma di fronte alla morte anche gli affari importanti passano in secondo piano. Credo sia nel suo interesse parlarci con reciproca fiducia. Lei ci potrebbe aiutare...»

«Avvocato, mio marito ha fatto una fine orribile! A me interessa sapere chi lo ha ucciso e perché. Si era fatto molti nemici. Questo è certo. E uno di questi è il suo datore di lavoro!»

«Non vorrà insinuare...?»

«Non insinuo niente, avvocato. Non scopriamo oggi come i russi regolano gli affari. Non so che farmene delle sue condoglianze. Credo non ci sia altro da aggiungere.»

«Signora, mi lasci dire. Può pensare ciò che vuole, ma chi ha voluto la morte di suo marito non ci ha fatto certo un favore. Con tutto il rispetto per il povero Massena, dovrebbe essere chiaro che il signor Suslov è la vera vittima di questa situazione. Suo marito aveva ricevuto milioni di dollari e teneva in custodia opere d'arte che non gli appartenevano!»

«Mi pare che le insinuazioni adesso le faccia lei! Mio marito non era un ladro!»

«Non volevo offenderla. Questa non è una caccia al tesoro! Pretendiamo soltanto una spiegazione. Dovrebbe almeno comprenderlo. Presto o tardi, il problema si risolverà con buona pace di tutti. I soldi, signora Massena, vanno e vengono. Ma le opere? Rothko, Leger, Mondrian, Modigliani, Chagall e tanti altri... finiti chissà dove. Sappiamo che lei è arrivata a Ginevra con il commissario Bastiani. Basterà che ci avverta, se scopre qualcosa. Ci rifletta...»

Balkany sperava di ottenere qualche informazione da Laurence e si preoccupava di arrivare alla meta prima di Bastiani. Essendo in corso l'inchiesta sull'omicidio di Massena, il patrimonio di opere sarebbe potuto finire sotto sequestro e forse restituito al legittimo proprietario soltanto dopo contenziosi e ricorsi. Un calvario giudiziario e una pubblicità anche fiscale che voleva assolutamente evitare.

Adesso c'erano di mezzo anche le questioni ereditarie, su cui la vedova Massena certamente si sarebbe battuta con tutte le armi possibili.

Laurence trovò le energie per troncare la discussione.

«Eravamo separati da anni. Claude non mi dava di sicuro la chiave della cassaforte. Si rivolga alla magistratura! Potrebbe scoprire se davvero mio marito ha nascosto qualcosa. È libero di dubitare... Non ho altro da aggiungere.»

Si salutarono freddamente. Anziché chiarire le cose, l'incontro aveva finito per confermare sospetti e accuse reciproche.

L'avvocato se ne andò con la certezza degli imbrogli di Massena e cominciò a ritenere che Laurence non fosse fuori dalla partita. Da parte sua, Laurence avrebbe scommesso qualsiasi cosa sul fatto che l'emissario di Suslov sapesse molto sulla fine di suo marito.

Suslov fu informato del colloquio e diede a Balkany quel genere di ordini che non rientrano nelle competenze di un legale di fiducia, ma che Balkany sapeva come eseguire.

La sera stessa, uno dei suoi guardiani, Andrej, un rumeno alto e muscoloso, con i capelli a spazzola ingrigiti, per quanto ancora giovane, prese una camera al Beau Rivage. Fu scelto perché parlava un francese quasi perfetto ed era privo di ogni scrupolo.

L'avvocato gli allungò un rotolo da diecimila franchi per le spese.

«Per ora seguila, poi vedremo» gli ordinò prima che prendesse servizio.

20

«Pronto, parlo con la signora Suslov?»

«La signora non può rispondere in questo momento. Vuole lasciare un messaggio?» Era una voce di donna, che riattaccò.

Qualcuno aveva risposto al posto di Natalia, ma il numero era giusto. Natalia non aveva cambiato né il telefono né il dentista.

Provò a richiamare un paio di volte nel giro di una ventina di minuti. Alla prima, scattò la segreteria. Alla seconda, Natalia rispose.

Bastiani si era preparato una giustificazione plausibile. Si presentò come Oliver Dalton, avvocato di Gleenfield&Associates, lo studio legale di Londra che aveva curato la causa di divorzio di Natalia. Contava sul fatto che negli studi di alto livello lavorano un gran numero di praticanti e associati in varie città: Natalia non avrebbe potuto conoscere tutti. E sperò che non avesse voglia di controllare. Cambiò anche le impostazioni del cellulare, in modo che il numero personale non apparisse. Sfruttò i suoi studi di legge per rassicurarla sulle pratiche in corso. Usò termini giuridici in inglese. Natalia li comprendeva in modo approssimativo e si convinse che stesse davvero parlando con uno dei suoi avvocati.

«È importante che possa vederla» le disse. «Stiamo preparando la rogatoria da trasmettere alla magistratura svizzera. Suo marito è residente a Ginevra...»

Nei giorni precedenti, la causa di divorzio dei coniugi Suslov aveva avuto una svolta. Bastiani l'aveva saputo dai giornali che cavalcavano la vicenda. Un divorzio miliardario, infarcito di pettegolezzi e scambi d'insulti fra marito e moglie, è sempre un prodotto sicuro per la stampa in crisi di vendite e lettori.

I legali di Suslov avevano ottenuto una riduzione dell'appannaggio. Natalia avrebbe ricevuto un milione di euro al mese, oltre a cento milioni che Suslov definiva con arroganza "buonuscita". Cifre notevoli, ma insufficienti per Natalia, decisa a ripartire all'assalto.

Non era per i soldi. Ne avrebbe avuti abbastanza per tutta la vita e la generazione successiva. Voleva umiliare il marito, colpirlo in ciò che aveva di più caro. Gli avvocati si battevano per dimostrare che Suslov, investendo centinaia di milioni di dollari in opere d'arte, aveva creato un diversivo del patrimonio personale, svuotando parzialmente fondi e società in cui Natalia era cointeressata e sui quali poteva vantare diritti.

A un marito ricco e potente non può capitare nulla di peggio di una moglie offesa, frustrata, ansiosa di rivincite personali.

Pur essendo attraente, ricca e ancora giovane, Natalia era sola e insoddisfatta. Le mancavano mondanità e relazioni importanti, il palcoscenico di lusso e potere al cui centro si collocava, brillando di luce riflessa. Adesso era soltanto una ex modella russa, con un patrimonio che solleticava le fantasie dei bellimbusti di cui sono piene le località blasonate e i club per golfisti. Ma nessuno, nel giro delle precedenti frequentazioni, avrebbe osato corteggiarla, nel timore d'irritare Suslov. Nessuno, nemmeno gli amici più intimi della coppia, si era più fatto vivo.

Anche Maryam si era tenuta per qualche tempo alla larga.

«Quando possiamo incontrarci? Vuole venire nel nostro studio?» proseguì Bastiani.

«Non sono a Ginevra, rientro la prossima settimana. Quanto si può trattenere?»
«Se preferisce, posso raggiungerla. È piuttosto urgente.»
«Se non sbaglio c'è un volo ogni weekend.»
«Non mi ha detto per dove?»
«Mi scusi, avvocato. Sono molto confusa in questi giorni. Mi trovo a La Punt, un villaggio vicino a Saint-Moritz.»
«Mi dia il tempo di avvertire i miei collaboratori. Potrei essere da lei domani nel tardo pomeriggio.»
«Va bene, l'aspetto. Mi chiami quando arriva a Saint-Moritz. La Punt si trova una decina di chilometri più avanti nella vallata dell'Engadina. È facile da raggiungere, è un piccolo villaggio, con un'unica strada. Non sarà difficile trovare la casa. Comunque mi richiami, le darò le istruzioni. A presto, avvocato.»
Bastiani riattaccò e si preparò a partire subito.
Accese il suo pc, fece una ricerca e decise per la soluzione più rapida. Un volo per Milano e un'auto a noleggio per Saint-Moritz. Chiamò un taxi e si fece accompagnare all'aeroporto. Arrivò in tempo per l'ultimo volo. Decise di non dire nulla a Laurence.
Non riusciva ancora a fidarsi. E c'era il rischio che lei lo seguisse a Saint-Moritz.
Sentiva che gli avrebbe fatto piacere, ma non poteva permettersi di cedere a una fantasia. Non c'era coerenza nelle sue confuse emozioni che gli facevano immaginare le cose come avrebbero potuto essere e come viverle. Aveva tutta la notte davanti. E poteva essere un bel sogno.
L'indomani, di buonora, percorreva velocemente i tornanti del passo Maloja al volante di una Giulietta Alfa Romeo noleggiata all'aeroporto di Linate.
Era una bella giornata, tersa e senza nuvole. Il sole esaltava il profilo ancora innevato delle montagne più alte. La strada attraversava la vallata, costeggiando i grandi laghi dell'Engadina, nelle cui acque si riflettevano distese di pinete con infinite sfumature di giallo e di verde. Avrebbe voluto fare una sosta, contemplare da una panchina quel

paesaggio incantevole che sembrava un antidoto all'angoscia e alle brutture del mondo. Invece proseguì, senza curarsi dei limiti di velocità e del rigore della polizia svizzera.

Gli andò bene. In pochi minuti, raggiunse Saint-Moritz. Chiese indicazioni per La Punt. Attraversò un vecchio ponte sul fiume ed entrò nel villaggio, formato da due file di eleganti chalet lungo l'unica strada. La descrizione di Natalia era stata precisa.

Si respirava la tranquilla atmosfera dei paesi di montagna. E il periodo di fuori stagione accentuava un silenzio irreale. Maggio, nelle stazioni sciistiche, è il mese di chiusura per ferie. La maggior parte degli chalet erano vuoti e i pochi ristoranti e bar avevano le saracinesche abbassate.

Bastiani stava per richiamare Natalia e chiedere indicazioni, ma non fu necessario. Alla fine della strada, in leggera salita, superò un garage con la serranda lasciata aperta. Era l'unica casa apparentemente abitata. Nel garage, così ampio da contenere almeno due vetture, c'erano una Toyota Land Cruiser nera e una Mercedes coupé grigia. Bastiani ebbe un sussulto. Fece un rapido calcolo di probabilità e connessioni.

Il bel ritiro di Natalia era una casa a tre piani, con le mura coperte di legno d'abete. Dai davanzali sporgevano cespugli di ginestre e gerani.

S'interrogò su quali sorprese potesse riservargli una giornata fino a quel momento fortunata. Non credeva al destino, ma la consuetudine con l'ambiente dei casinò di Montecarlo gli aveva instillato la curiosità di comprendere che cosa passasse nella mente di un giocatore e di conoscere la misteriosa alchimia di calcoli e sensazioni. Per ragioni professionali non poteva giocare, ma si divertiva a immaginare che con la giusta combinazione di numeri o di carte avrebbe potuto vincere. Pensò che anche la vita in fondo è una combinazione di possibilità.

Le probabilità di rintracciare Maryam erano poche. Forse aveva pescato fra i monti dell'Engadina il suo numero fortunato.

Mentre si avvicinava all'ingresso dello chalet, si preparò ad affrontare la reazione di Natalia, una volta che avesse svelato la sua identità. Fece prima un giro esterno della casa, per verificare se non ci fossero guardie del corpo armate.

Non poteva sapere che Natalia si era liberata dall'immagine corrente delle ricche famiglie russe, con la loro ostentata esibizione di soldi e potere, e dall'ossessione per la sicurezza, da una vita sorvegliata da bodyguard e telecamere. Dopo il divorzio, aveva ritenuto sufficienti un paio di cameriere e un autista.

"Non ho nulla da nascondere, non voglio essere sorvegliata a vita" aveva detto agli avvocati, che avrebbero voluto inserire nel contratto anche alcune guardie retribuite da Suslov.

Bastiani si presentò al videocitofono. Indossava un abito grigio scuro, con camicia azzurra a righe, colletto bianco e cravatta a righe regimental. Si era adeguato allo stile londinese.

Il portone blindato si aprì con uno scatto automatico. Dal piano terra, saliva una scala interna a chiocciola, ampia e imponente. Si affacciava su un salotto con pareti di legno, interrotte da inserti di cemento a vista. L'ambiente era elegante, essenziale, come impongono le nuove leve di architetti, con la discutibile pretesa di alleggerire la calda tradizione degli arredi di montagna.

Natalia gli andò incontro. Era di una bellezza eterea e delicata. Indossava pantaloni bianchi e un pullover a collo alto verde.

Bastiani incrociò i suoi occhi blu, gli occhi grandi e malinconici delle donne slave che sembrano voler raccontare le sofferenze della terra da cui provengono. Non ci si libera da quello sguardo, nemmeno se si è cambiato vita in un'altra parte del mondo.

«Buongiorno, sono Oliver Dalton.»

«Buongiorno, avvocato, si accomodi. Un tè o un whisky? Immagino che sia stanco... Vuole riposare? In quale albergo alloggia?»

Bastiani cercò di svicolare le domande, un po' ansiogene.
«Non si preoccupi, non sono stanco. La strada era sgombra e il paesaggio incantevole. Un bicchiere d'acqua va benissimo» rispose, osservando la vetrata del soggiorno, affacciata sulla vallata.
«Si accomodi» ripeté Natalia, avvicinandosi ai divani, sistemati a ferro di cavallo di fronte al caminetto.
C'era un'altra donna seduta vicino al fuoco acceso.
Bastiani notò il portacenere pieno di mozziconi, con il filtro sporco di rossetto. Era bruna, silenziosa, bellissima. Aveva una sigaretta alla bocca e mandava in alto anelli di fumo. Una carta d'identità. Maryam si era materializzata come l'aveva immaginata.
Natalia fece le presentazioni.
«Avvocato: la signora Maryam Rosberg.»
«Molto piacere» rispose Bastiani, cercando di controllare la sorpresa e la voglia d'interrogarla subito.
Dopo la rottura dei rapporti fra Suslov e Massena, le due donne avevano continuato a frequentarsi. L'amicizia si era anzi rafforzata, essendo diventata un sodalizio d'interessi convergenti. Natalia aveva trovato un'alleata nella battaglia contro il marito. E Maryam un rifugio sicuro, per quanto provvisorio. Suslov non avrebbe compromesso una causa di divorzio milionaria mandando i suoi uomini a casa di Natalia.

Il salotto era impregnato di nicotina, come in una stanza in cui fosse in corso da ore una partita di poker.
Bastiani avvertì il bisogno di aprire il secondo pacchetto di Marlboro della giornata. Diede due boccate lunghe e profonde, che bruciarono in fretta quasi mezza sigaretta.
Poi ruppe gli indugi.

21

«Signora Suslov o... Natalia... posso chiamarla così? Ehm, da dove cominciare? Voglio essere sincero, e vi prego di scusarmi per ciò che sto per dirvi.» Si rivolse anche a Maryam, che abbassò lo sguardo.

«Prima di preparare la prossima udienza, vorrei fare di nuovo le presentazioni...» aggiunse con un'aria ingenua e un sorriso cordiale così efficace da lasciare Natalia e Maryam senza parole.

«Vi devo una spiegazione: sono Bernard Bastiani, commissario della brigata criminale di Montecarlo. Mi occupo dell'inchiesta sulla morte di Claude Massena. Non ho un mandato, ma vi prego di ascoltarmi. Credo che potrete essermi d'aiuto.»

Aveva parlato con calma disarmante. Ma la reazione di Natalia fu automatica. Si alzò quasi di scatto e si rivolse a Bastiani con un tono stridulo e stizzoso.

«È assurdo e insopportabile! Un poliziotto in casa mia! Commissario, conosco abbastanza i miei diritti per buttarla fuori... Violazione di domicilio, falsa identità, millanteria... E in un Paese straniero! Vuole che avverta i suoi colleghi svizzeri o se ne va con le sue gambe?»

Sfogò la sua irritazione in inglese, la lingua straniera che padroneggiava meglio.

Maryam invece rimase immobile, senza parlare. Sembrava spaventata, ma aveva abbastanza sangue freddo da controllarsi. Era consapevole di rischiare quantomeno un interrogatorio, dopo la precipitosa fuga da Montecarlo.

«Natalia, credo sia più utile ragionare. Lei, commissario, viene a cercare assassini in Engadina? Non vede quanta pace c'è in queste valli?»

Era fredda e sarcastica.

Accese un'altra sigaretta. Si era allungata sulla poltrona, con le gambe accavallate. Non portava calze. La sua pelle lucida, come se fosse spalmata di crema doposole, rimandava messaggi di seduzione che non lasciarono indifferente Bastiani. Abbassò lo sguardo fino ai piedi, affusolati e nervosi, risalì e arrivò al punto in cui la gonna blu di maglia sottile, corta e avvolgente, lasciava scoperte le cosce. Maryam incrociò lo sguardo del commissario, tirò giù la gonna che risalì subito con un altro accavallamento delle gambe. Un gioco ogni venti, trenta secondi.

Natalia intanto si era calmata. Rimase in silenzio, seguendo lo scambio di battute fra Maryam e il commissario come un'estranea in casa propria. Bastiani concluse che era più bella di Maryam, nonostante la magrezza, eccessiva per i suoi gusti in fatto di donne. Una bellezza meno provocante e incombente.

Cercò di tranquillizzare entrambe.

«Non cerco assassini in Engadina e vi prego di scusare questa intrusione. Credo che abbiate interesse a sapere la verità sulla morte di Claude Massena, ma dovete darmi una mano. Finora ho scoperto che Massena era in affari con il signor Suslov e che lei, Maryam, aveva rapporti con entrambi. Ritengo che Massena sia vittima di una vendetta. Ha montato un affare, i clienti truffati non l'hanno perdonato. Ma lei, Maryam, deve dirmi che cosa sa e quando l'ha visto l'ultima volta.»

Era riuscito a non farsi buttare fuori. La situazione era quasi sotto controllo. Aggiunse: «Lei è scomparsa dopo l'omicidio! Lei, Natalia, nasconde la signora Rosberg in casa sua...».

Maryam reagì come se si fosse preparata all'interrogatorio. Snocciolò uno dietro l'altro i capitoli della sua difesa.

«Commissario, stare alla larga non è un reato. Non mi risulta di essere ricercata. Ho voluto cambiare aria, tutto qui. La sola cosa che posso confessarle è la paura. Chi ha ucciso Claude in quel modo è capace di tutto. Io non ero a Montecarlo il giorno del delitto. Ero a Parigi, posso provarlo. Ho saputo della morte di Claude dai giornali. Sono rientrata a Ginevra e ho chiesto ospitalità a Natalia per qualche giorno. Non parlavo con Claude da alcune settimane. Lo credevo in viaggio, in Sud America, o almeno così mi aveva detto.»

«Non voglio intromettermi nella sua vita privata, ma se tutte le coppie non si parlassero per settimane... Comunque ci risulta che fosse a Montecarlo a fine aprile. Ha preso una multa per eccesso di velocità.»

«Non ricordo esattamente il giorno. Ma Claude non era con me. Vivevamo un momento di difficoltà. A volte, se si vuole recuperare un rapporto, meglio una pausa di silenzio.»

«Ma il silenzio è durato anche dopo il funerale» replicò Bastiani con una battuta infelice.

Maryam s'irrigidì. Non sopportava i funzionari pubblici, avendo spesso litigato con la polizia per eccessi di velocità e con gli agenti del fisco per le sue dichiarazioni disinvolte.

«So che ai poliziotti non insegnano le buone maniere. Non vorrà discutere il modo di piangere una persona cara?»

Bastiani incassò. «Mi scusi, non volevo offenderla. Se si sente in pericolo, potrebbe rendere una testimonianza spontanea. Potremmo proteggerla.»

«Commissario, voglio soltanto sparire! Lei sa di che cosa è capace un russo incazzato...»

«Se rimane in questa casa la troveranno in fretta. Io non ci ho messo molto.»

«Qui mi sento al sicuro. Anche se sapesse che sono qui, Suslov non può fare nulla contro Natalia. I suoi uomini staranno alla larga. Vorrei andare all'estero appena possibile. Il mondo di Claude non mi appartiene più. La verità, commissario, è che sono rimasta a secco. Claude non mi ha lasciato nulla. Finirà che dovrò chiedere aiuto a mio marito...»

Disse proprio "mio marito". Sembrava sicura di potere ancora contare sulla gentilezza e l'affetto del dottor Rosberg, del quale continuava a usare il cognome.

Era lucida e determinata. Bastiani si chiese che cosa nascondesse la sua ostentata sicurezza, il tono quasi burocratico della conversazione. Maryam si riferiva a Massena per parlare di soldi, di "cose da sistemare". Nessun accenno personale, nessuna emozione nei riguardi dell'ex amante. I suoi occhi potevano suscitare al tempo stesso attrazione e sgomento. Erano belli, vivaci, luminosi e ricambiavano lo sguardo con una forza impenetrabile. Ma le pupille, dietro un velo che pareva dilatarle, riuscivano a nascondere ogni genere di emozione. Nel gioco dei suoi sguardi, Maryam era indecifrabile.

Bastiani provò a provocarla ancora: «Abbiamo perquisito l'appartamento di Massena. C'erano ancora i suoi vestiti, rossetti, profumi... Lei è forse l'ultima persona che l'ha visto vivo...».

«Dopo la morte di Claude, ho ricevuto minacce al telefono, ogni notte. Un'ossessione. Un uomo continuava a ripetere: "Te la faremo pagare"... e le lascio immaginare gli insulti, le oscenità che mi ha vomitato addosso. Alla fine ho staccato la spina. Ho chiamato Natalia, ho fatto un nuovo abbonamento e ho gettato la card del mio cellulare. Ma come è possibile sospettare di me? Tutti sapevano dei miei rapporti con Claude e dei nostri affari. Ci volevamo bene. Claude aveva promesso di sposarmi...»

«Ma era anche amica di Suslov...»

«E con questo? Tutti eravamo amici. Le cose cambiano, commissario, e la vita è imprevedibile. Forse è bella proprio per questo, non crede? Suslov è sicuro che Claude lo abbia imbrogliato. Di conseguenza, ho avuto difficoltà a parlargli, a spiegarmi. Si è creato un clima di diffidenza reciproca. Suslov mi ha cercato più volte, prima della morte di Claude. Pretendeva che lo convincessi a mantenere gli impegni, ma io non sapevo di quali impegni parlasse. È la verità, commissario. Suslov non credeva nemmeno a me. Una volta ha mandato avanti il suo avvocato, un certo Balkany, un tipo volgare e violento. Suslov non va per il sottile. È sempre stato duro e ostile.»

La sua voce atona e cavernosa non era adatta a esprimere commozione, ma adesso sembrava meno fredda e distante.

«Eravamo amici» aggiunse, rivolgendosi a Natalia, come se volesse condividere il rimpianto di tempi più sereni.

Si era raggomitolata sul divano, tenendosi la testa fra le mani. Pareva un animale ferito. Natalia le si sedette vicino e l'abbracciò.

Sembrava finalmente autentica, quando iniziò a ricordare le serate nella villa di Suslov, a Ginevra.

Sergej e Natalia, Maryam e Claude. Due coppie affiatate che erano diventate un quartetto ben assortito dagli stessi gusti, dagli affari e dal piacere di vivere.

I camerieri servivano champagne. La musica classica di sottofondo allietava la conversazione. Parlavano di arte e viaggi, delle prossime esposizioni e di vacanze. Per un weekend di lusso e spensieratezza c'era sempre a disposizione il jet privato di Suslov. Le giornate sembravano dilatarsi. Ogni meta era a portata di desiderio. Un concerto a Salisburgo, un bagno a Skopelos, le piste di Saint-Moritz, una cena a Montecarlo, il palco alla Scala di Milano.

Era stato il periodo più felice ed emozionante della sua vita.

22

Maryam non aveva trascorso una giovinezza serena in Ucraina. Il padre, funzionario del ministero dell'Industria, morì d'infarto a quarant'anni. Lei era ancora bambina. La famiglia tirò avanti con la modesta pensione di uno Stato sull'orlo della bancarotta. La madre di Maryam era malvista dai vicini perché russa. Così le due donne si trasferirono in un quartiere di periferia. Il municipio assegnò loro un alloggio di tre stanze, umido d'inverno e torrido d'estate, in un palazzone di venti piani, annerito dalla fuliggine.

Frequentò il liceo artistico a Kiev. Si alzava alle cinque per arrivare in classe alle otto. E rientrava al tramonto. Un treno che attraversava lande nebbiose per molti mesi dell'anno era la seconda casa, l'angolo dei compiti e dei ripassi. Quando faceva buio, girovagava fra un vagone e l'altro per non rimanere sola. Fra compagni di scuola e operai pendolari c'erano volti senza nome o storia, ma familiari per consuetudine.

Una sera non vide nessuno di quei visi che era solita incontrare, spesso nelle stesse file di sedili. Aveva preso il treno più tardi. Si alzò, passò nel vagone successivo e in un altro ancora. Incrociò lo sguardo di un uomo che credeva di conoscere, uno del quartiere. Portava un cappello di lana calato sulla fronte. Si sentì sollevata, accennò a un sorriso. Là fuori, tutto sembrava immobile e deserto. Quando scese alla stazione, s'incamminò su un sentiero imbiancato che attraversava un giardino. Ancora qualche minuto e sarebbe arrivata a casa, si sarebbe rannicchiata fra le coperte, con i piedi ancora gelati per la camminata nella neve.

L'uomo l'aveva seguita. «Facciamo un pezzo insieme» disse. E ridusse in fretta la distanza. Arrivò alle spalle e la prese con la foga di un animale affamato. Maryam provò a divincolarsi. Agitò un po' i pugni sul suo petto. Poi si arrese.

Non riuscì a sapere molto, soltanto che si chiamava Grigorj. Uno che abitava da solo e che partiva spesso, come le raccontarono nel vicinato. E non tornò più.

Quando si accorse di essere incinta, provò a cercarlo ancora, ma realizzò che suo figlio non avrebbe potuto conoscere il padre. Grigorj era morto. Si era arruolato come mercenario in Cecenia. Era stato ucciso da una mina alla periferia di Groznyj.

Sua madre le consigliò di abortire. Durante la visita, a gambe aperte sul lettino, sentì le dita del medico aggirarsi nella sua intimità indifesa. Lui tastava con delicatezza e professionalità, mentre le diceva di stare tranquilla e che tutto sarebbe finito in fretta.

Forse è proprio nei momenti di maggiore debolezza e solitudine che viene fuori il carattere delle persone. Maryam gli urlò di smettere, afferrò il braccio del dottore che stava per praticarle un'iniezione di anestetico, scese dal lettino e scappò fuori dall'ambulatorio.

La gravidanza fu tranquilla e la bambina nacque sana e forte, ma le energie si erano esaurite. Maryam non aveva nemmeno la voce per schivare giudizi, cercare un sostegno o un sussidio. L'ultima cosa che riuscì a fare per sua figlia fu di evitarle l'orfanotrofio. Si affidò a un circuito internazionale di adozioni, i genitori designati vennero a prendersela. Erano una coppia di tedeschi, due tipi perbene, lui titolare di un'officina meccanica, lei casalinga. Le lasciarono mille dollari e la speranza di avere fatto la cosa giusta.

Maryam decise di andarsene in Europa. Partì con i suoi mille dollari e tanta voglia di non voltarsi indietro. Fece la commessa in una boutique di Londra per pagarsi l'università.

Un giorno il dottor Rosberg entrò nella boutique per comprare una camicia e cambiò la sua vita. Almeno per un po', almeno fino al punto di rendersi conto che il matrimonio borghese, pieno di benessere e attenzioni gentili, per lei non era abbastanza. La sofferenza doveva essere risarcita con gli interessi.

A Ginevra la attendeva il mondo di Claude Massena. Un mondo di arte e glamour in cui entrò da protagonista, ammirata da tutti per la sua bellezza e stimata per le sue competenze. Ma il divorzio di Suslov aveva rotto l'incantesimo e innescato reazioni a catena. E lei aveva deciso di stare dalla parte di Massena.

Bastiani si chiese fino a che punto si fosse spinta a difendere il suo amante, mentre continuava a raccontare la sua vita.

23

«Suslov sospettava di tutti. Di me, di Claude, di Natalia. Si sentiva tradito dagli amici e preso in giro da Claude, ma era ancora il più forte. I sospetti divennero accuse e minacce. Claude si sentiva braccato, si assentava spesso e non voleva che lo accompagnassi. Era scostante. C'erano giorni in cui non ci scambiavamo una parola. Di solito, invece, era affettuoso. Al cinema mi teneva la mano come un adolescente. Tutto cambiò all'improvviso, senza un motivo comprensibile, come una maledizione. Se a letto mi avvicinavo, si girava dall'altra parte. Non abbiamo più fatto l'amore. Ho avuto l'impressione che non si fidasse più di nessuno, e nemmeno di me. Una sera m'interrogò, sospettava che avessi avuto contatti con Suslov a sua insaputa. Pretendeva che stessi dalla sua parte, senza darmene un motivo logico. Lo tranquillizzai, ma era vero: avevo rivisto Suslov dopo il suo scontro con Claude.»

«Posso chiederle perché accettò? Voleva rompere con Massena?»

«Volevo chiarire le cose. Prendemmo un caffè al Metropole. Era gentile, sembrava che volesse corteggiarmi. Ero imbarazzata. Cominciò a fare domande, ma non sapevo come rispondere. Cercai di convincerlo che Claude non aveva motivi per tradire la sua fiducia. Suslov parlò di quadri scomparsi, di altri pagati un prezzo eccessivo con la mediazione di Claude. Voleva sapere i nomi dei collezionisti con i quali era in contatto. Conoscevo Rauch di Philadelphia, Stein a Parigi, Berlinghieri a Firenze, ma non potevo sapere chi avesse procurato tutte le opere che Suslov aveva pagato. Mi disse anche di avere scoperto che due Matisse, fatti comprare da Claude, non provenivano da una collezione privata, ma erano stati rubati e che il proprietario ne pretendeva la restituzione. Claude aveva rapporti d'affari che non confidava nemmeno a me.»

«Suslov le parlò di un Modigliani mai arrivato a destinazione?» incalzò Bastiani.

«È una vicenda assurda! Mi creda. Le cose non stanno come si racconta o come suppongo pensi lei!»

«Le credo se mi aiuta a capire» replicò Bastiani.

Maryam si decise a raccontare.

«Ogni anno, in primavera, andavamo una settimana a New York. Un viaggio d'affari, una bella abitudine. Incontravamo galleristi e andavamo in cerca di nuove opportunità. Di solito Claude alloggiava al Plaza, ma l'ultima volta prenotò un piccolo hotel al Village. Andavamo ai concerti, all'opera, alle mostre. L'anno scorso fu fantastica quella di Braque e Léger al Moma...

Un giorno, ricevette una telefonata da Leo Cohen, un finanziere, presidente di un *hedge fund* nell'Illinois. Uno che mi era stato presentato durante un ricevimento a Ginevra. Parlarono una ventina di minuti, ma non ascoltai la conversazione. Cohen gli fissò un appuntamento a Chicago. Claude partì con lo shuttle del mattino e rientrò la sera stessa. Andammo a cena all'Oyster Bar, sotto la metro di Central Park, e lui mi parlò della possibilità di acquistare un Modigliani: "È un colpo eccezionale. Un nudo di donna. Modigliani ne dipinse quattro simili, nello stesso periodo. La mostra a Parigi fece scandalo. Poi le opere presero strade diverse. Questa era scomparsa!".»

«Come proseguì la trattativa?» chiese Bastiani.

«Cohen pretendeva sessanta milioni di dollari. Claude prese tempo. Voleva verificare provenienza e autenticità. Si conoscevano, ma il loro rapporto era superficiale. In passato, Cohen gli aveva procurato qualche tela dell'avanguardia americana. Mai nulla di così importante. Claude non si fidava.»

«Le fece vedere l'opera?»

«Cohen lo aveva lasciato fotografare. *Nudo di donna su cuscino blu* era il titolo. Claude era eccitato, per quanto abituato a trattare opere importanti. Questa era particolare... scomparsa e ricomparsa nelle sue mani! Tuttavia volle fare ricerche prima di concludere.»

«Che cosa si è saputo in seguito?»

«Claude conosceva i segreti del mercato e aveva molte possibilità di acquistare capolavori. L'arte vale una cinquantina di miliardi, e lui ne voleva una parte per sé. Sapeva che le quotazioni di Modigliani erano in ascesa. Decine di miliardari sognano di averne uno, a qualsiasi cifra. Suppongo che offrì il dipinto a Suslov e ad altri potenziali compratori. Li mise in competizione in una specie di asta personale. Ma queste, sia chiaro, sono mie supposizioni.»

Maryam era scossa e agitata, ma sembrava sincera. La voce rauca, a volte sgradevole, assumeva improvvise tonalità di dolcezza. Trasmetteva emozioni, essendo lei stessa rapita dalla vicenda artistica che aveva sconvolto la sua vita.

«La storia di un'opera di cui non si è saputo più nulla, passata nelle mani di diversi proprietari, andava verificata. Quando rientrammo a Ginevra, Claude prese un appuntamento con un consulente a Parigi. Un esperto d'arte del periodo impressionista. Una vera autorità in materia. Il consulente andò a Chicago, visionò il quadro e confermò l'autenticità. Claude fece sapere a Cohen di conoscere un acquirente importante, pronto a pagare il prezzo pattuito, sessanta milioni. Versò un acconto di dodici milioni e organizzò la spedizione. Per il trasporto in Francia, affidò la tela a un diplomatico suo amico, in servizio al consolato generale di New York. Lo riempì di dollari per pagare il favore. Il Modigliani, senza cornice, arrivò a Parigi nel container non ispezionabile del diplomatico. Ho capito più tardi perché non lo fece spedire direttamente ai Ports Francs, ma nel suo appartamento di Parigi.»

«Che cosa ha capito?»

Maryam si morse le labbra, come se si fosse pentita di avere ceduto al bisogno di confidarsi. Al tempo stesso, pensò che il commissario le sarebbe stato utile per essere protetta da Suslov.

«Una sera disse: "Potremmo godercelo un po' noi due". Non era mai successo che Claude tenesse in casa opere di una tale importanza. Modigliani lo aveva affascinato, direi ossessionato. "Se sogni in grande, il sogno si avvera" mi ripeteva. Sospettai che il sogno fosse di tenerlo. Possederlo è la parola più esatta. Aveva disponibilità di denaro, ma non credo fosse in grado di mettere insieme sessanta milioni. Strano il destino, commissario! Modigliani lo aveva venduto per qualche migliaio di franchi...»

«Trovo strano che Cohen lo abbia consegnato dopo avere ricevuto solo un acconto» insinuò Bastiani.

«Claude gli aveva promesso un versamento di venti milioni in due rate. Questo genere di accordi è frequente. I consulenti finanziari in Borsa lo fanno tutti i giorni. Nel mercato dell'arte girano cifre ufficiali e cifre pattuite. Cohen pretendeva il saldo su uno dei suoi conti offshore, a Panama, credo. Ci voleva tempo. Nel nostro ambiente non si firmano ricevute: bisogna fidarsi.»

«Come cominciò la trattativa con Suslov?»

«Claude propose un certo prezzo. Credo novanta milioni. Ma dopo avere incassato i primi acconti, che girò a Cohen, non consegnò il quadro. Come le ho detto, voleva possedere la bellezza. Quel nudo abbandonato sulla seta blu lo osservava per ore. "Godiamocelo ancora" ripeteva. Lo aveva appoggiato al muro, davanti al letto matrimoniale. Una sera mi prese fra le braccia e mi fece sdraiare a pancia in giù. Volle fare l'amore potendo guardare la donna di Modigliani. Mi capisce...?»

Bastiani annuì. L'allusione era chiara, al punto che la scena erotica davanti al nudo di Modigliani gli attraversò la mente. Maryam lo attraeva e immaginò la sua sinuosità agitarsi secondo l'armonia di una musica conosciuta.

«La trattativa proseguì, ma il Modigliani rimase nella casa di Parigi. Suslov mi disse che Claude aveva continuato ad alzare il prezzo, ma che alla fine era stato trovato un accordo. Non so dirle che cosa avvenne dopo. Claude si comportava come se il quadro fosse suo. Un gioco da novanta milioni di dollari.»

«Claude non le parlò dell'accordo raggiunto?»

«Claude non mi parlava più di niente» sospirò Maryam e si decise a rivelare il momento della rottura con il suo amante.

«Le stavo raccontando dell'incontro con Suslov. Claude passò per caso nei pressi del Metropole e mi intravide dietro le vetrate che danno sulla strada. Quella sera, mentre cenavamo, si alzò di scatto e mi diede all'improvviso uno schiaffo. Era la prima volta che mi picchiava. Stringeva un bicchiere, con tanta forza da romperlo. Mi guardò fisso. Non dimenticherò quello sguardo di rimprovero e disprezzo. Era diventato triste e amaro, convinto che lo avessi tradito. Socchiuse gli occhi: "Non posso più fidarmi nemmeno di te" disse.»

Bastiani continuava ad ascoltarla, senza distogliere lo sguardo dal suo volto. Oltre che la versione degli avvenimenti, gli interessava cogliere ogni impercettibile sfumatura che potesse convincerlo della veridicità del racconto. Maryam si era aperta, come se volesse liberarsi di un peso. Bastiani realizzò che adesso c'erano tre donne che per ragioni diverse avevano bisogno di lui. E tutte temevano le mosse di Suslov.

«Suslov afferma che il quadro non è mai stato consegnato. Ma io non ho mai creduto che Claude lo avesse fatto sparire. La sua era una tentazione, un sogno impossibile, comunque non realizzato.»

Quella considerazione personale lasciò interdetto Bastiani.

Maryam volle aggiungerne un'altra: «A lui non sarebbe piaciuto il titolo di ladro di opere d'arte. Era capace di illudere e sedurre il suo mondo di collezionisti e appassionati. Credo che persino uno specchio dovesse sembrargli un trucco del destino, una cosa che deformava l'uomo che voleva essere o che credeva di essere. Ingannare se stesso era la cosa che gli riusciva meglio. Nella vita, voglio dire. Quanto agli affari, era irraggiungibile.»

Natalia intervenne a sostegno dell'amica. «Lei non sa di che cosa è capace il mio ex marito» aggiunse.

«Lo posso immaginare» rispose Bastiani, che riuscì a ingraziarsi anche Natalia, disposta a sostenere qualsiasi cosa pur di mettere Suslov in cattiva luce.

Ormai si era convinto che Maryam fosse fuggita per paura.

Era venuto il momento di congedarsi. Giocò la carta della disponibilità, sperando di costruire un'alleanza preziosa.

«Riparto per Milano, tornerò domani a Ginevra. Ho una camera al Terminus e questo è il mio telefono.»

Allungò sul tavolino il biglietto da visita e strinse le mani delle due donne. Voleva che recepissero il messaggio. «Sono a disposizione per qualsiasi cosa.»

Natalia gli posò una mano sulla spalla, con insolita confidenza: «Arrivederci, commissario, ci pensi prima di pestare i piedi a Sergej Suslov. Glielo assicuro, non è un avvertimento, ma un consiglio».

Maryam lo accompagnò alla porta. Bastiani si soffermò sulla soglia.

«Le chiedo un'ultima cosa. Conosce l'esperto che visionò il quadro?»

«Claude si serviva di diverse persone. In questo caso parlò con un professore di Parigi, uno della Sorbona, ma non sono sicura.»

24

A Milano, Bastiani prese una camera in un motel, uno dei paradisi artificiali per coppie di amanti, le cui insegne pullulano nei pressi dell'aeroporto. Ingressi riservati, specchi alle pareti delle camere e bottiglia di spumante compresa nella tariffa.

Ma era solo, e il portiere lo osservò un po' stranito prima di consegnargli la chiave.

Dal suo pc prenotò per l'indomani un volo per Parigi.

Fece un lungo bagno caldo, in una vasca idromassaggio che bastava per due. Realizzò che in vita sua non aveva mai fatto un bagno di coppia. Si propose di colmare la lacuna, almeno con l'acquisto di una Jacuzzi.

Accese la televisione. Il telegiornale della sera era un dolente necrologio dell'umanità che annegava nel Mediterraneo in cerca di salvezza. Migliaia di dispersi fra le onde, vittime d'ignobili traffici e dell'indifferenza del mondo civile.

Cambiò canale e guardò distrattamente un vecchio film di Woody Allen, *Prendi i soldi e scappa*.

Si stava addormentando quando squillò il cellulare. Riconobbe la voce di Laurence, così sensuale, qualsiasi cosa dicesse.

«Comprendo la riservatezza. Ma poteva almeno avvertirmi!»

Il tono era di disappunto, quasi un rimprovero. Avevano voluto fare un pezzo di strada insieme. Ma Bastiani aveva preso una scorciatoia, senza nemmeno fare una telefonata. Laurence era rimasta due giorni in albergo, in apprensione per le minacce ricevute e non sapendo nulla dell'unica persona su cui sperava di potere contare.

«Mi deve credere, non era possibile viaggiare insieme. Troppo pericoloso per lei. Credo di avere finalmente in mano qualcosa di serio. Le spiegherò tutto, non appena...»

«Non appena quando? Spero prima che mi ammazzino! Ho avuto una visita molto sgradevole. Balkany, l'avvocato di Suslov, è venuto in albergo per minacciarmi! Credono che sia stata complice di Claude, capisce? Ho paura, commissario. Mi faranno fare la stessa fine...»

«Si calmi, Laurence, e mi ascolti, la prego. Suslov e i suoi uomini minacciano tutti in questo momento. Ho incontrato sua moglie Natalia e Maryam. Anche loro hanno paura. Ho l'impressione che Suslov brancoli nel buio e spari in tutte le direzioni. Da quel che ho capito, si sente una vittima. Strano, ma è così.»

«Conclusione di cattivo gusto. Suslov ha fatto ammazzare mio marito!»

«Non deve dire queste cose al telefono. Per ora non abbiamo prove. Maryam mi ha dato notizie interessanti. Da verificare, comunque una pista da seguire. È sicuro che il Modigliani non è mai stato consegnato. Forse suo marito stava tentando un'operazione complicata e pericolosa. Ma avremo tempo di scoprirlo.»

«Bernard... posso chiamarla Bernard? Non la facevo così ingenuo! Al suo posto non crederei a una sola parola uscita dalla bocca di Maryam. Quella donna ha manovrato tutti, mio marito era completamente perso... Non mi stupirei che avesse organizzato anche la sua fine!»

«Capisco la sua rabbia. Per mestiere dobbiamo sospettare di tutti, ma per ora credo che anche Maryam sia in pericolo.»

«Sarebbe in buona compagnia!»

Bastiani apprezzò l'ironia: sdrammatizzava una conversazione che avrebbe voluto interrompere. Non si ricostruiscono inchieste al telefono.

Laurence però sembrava aggrapparsi a una pausa o a un sospiro di cortesia del commissario per rimanere in contatto. Cambiò argomento, gli raccontò di quanto fosse piacevole la primavera a Ginevra. Poi gli lanciò un messaggio che si prestava a molte interpretazioni.

«Bernard, la prego, non mi lasci sola. Ho bisogno di vederla!»

«Mi dispiace, in questo momento non posso tornare a Ginevra. Parto subito per...»

Ebbe un'esitazione prima di rivelare la prossima meta. Ma non poteva mentire. E non lo fece. Laurence lo aveva seguito a sorpresa a Ginevra, lo avrebbe raggiunto anche a Parigi? Il loro dialogo all'aeroporto di Nizza stava per ripetersi, e anche questa volta era stata Laurence a prendere l'iniziativa.

«Le ho già detto che non ho bisogno di un'assistente» disse Bastiani.

«Sono io che ne ho bisogno. Non le darò fastidio. Comprendo i suoi scrupoli professionali. Non voglio nemmeno sapere in quale albergo alloggerà. Sappia soltanto che sarò a Parigi. La cercherò se avrò bisogno. Mi cerchi lei se... ne avrà voglia. Buonanotte, commissario!»

Riattaccò.

Bastiani rimase ancora un istante con il cellulare in mano, un po' interdetto. Laurence l'aveva sorpreso ancora una volta.

25

Il commissario arrivò la mattina presto all'aeroporto Charles de Gaulle, prese la RER fino a Châtelet e s'incamminò lungo la Senna, passando accanto alle bancarelle di libri usati e souvenir. Si fece largo fra comitive di turisti cinesi e giapponesi, in fila dietro la guida con ombrellino colorato. Sembravano un numero infinito e si capiva perché fossero loro i più corteggiati contribuenti della Parigi turistica.

C'erano coppie di fidanzati a passeggio sulla sponda del fiume e ragazze che prendevano il sole, sdraiate con i piedi a pelo dell'acqua. Un'immagine ricorrente nella primavera parigina. Con l'arrivo del primo caldo, dopo il lungo inverno piovoso, le giovani donne sembrano prese da una strana gioia, si liberano di calze e pullover e vogliono abbronzarsi in fretta.

Il commissario gettò un'occhiata su quel rituale di piedi nudi, unghie dipinte e "ballerine" abbandonate sul selciato che erano un misterioso richiamo dei sensi. Ripensò alla sua giovinezza trascorsa alla scuola di polizia, alle scorribande a Parigi con i compagni di corso e alle studentesse che si potevano incontrare sui bordi della Senna, distese al sole, accanto ai libri sparsi, agli zaini e alle borsette.

Lasciava la scuola il venerdì sera e rientrava all'alba di lunedì per non perdersi nemmeno un secondo di quella vita a passo di danza. Ma non amava Parigi. O aveva smesso di amarla. Il che è la stessa cosa. Diceva che Parigi promette molto e poi delude, come una bella donna con l'alito cattivo.

Johannes Reich, professore di storia dell'arte alla Sorbona, abitava al terzo piano di una casa alta e stretta di rue de Rosiers, la zona ebraica di Parigi a ridosso del Marais, uno dei quartieri più vivaci della capitale.

Negli anni Ottanta, il Marais fu sconvolto da un attentato antisemita che provocò sei morti e una ventina di feriti. I terroristi lanciarono una granata contro le vetrate del Goldman, un ristorante alla moda, con i tavolini sistemati sulla *terrasse* all'aperto. Colpirono nel mucchio. Gli autori della strage furono identificati trentatré anni dopo.

Dal giorno dell'attentato, c'erano poliziotti a guardia dei cosiddetti "luoghi sensibili": la sinagoga, le biblioteche e le scuole, i mercatini kosher, il monumento alla memoria delle migliaia di ebrei deportati durante la Repubblica di Vichy, vergognosa pagina francese di collaborazione con il nazismo.

Il clima d'insicurezza non si era mai dissolto. Anzi, la minaccia terroristica di varia natura incombeva sempre più su tutta Parigi. Ma gli abitanti sembravano far finta di nulla. Le notti erano rumorose, lunghe e affollate. Il silenzio attendeva l'alba, quando il servizio dei netturbini restituiva un lindore uniforme a vicoli e case con travi a vista e mura sbilenche: le poche risparmiate dal barone Haussmann, il prefetto di Napoleone III che aveva avuto l'ordine di modernizzare Parigi. Si erano aperti grandi boulevard, ma era stata cancellata la città medievale.

Le agenzie immobiliari definivano il Marais "il quartiere degli artisti", un trucco collaudato per far salire le quotazioni e non dire che era anche il quartiere degli omosessuali, o dei "single raffinati", secondo una definizione politicamente corretta.

Bastiani aveva chiesto alla segreteria della Sorbona la lista dei professori con la cattedra di storia dell'arte e letto le loro biografie sull'annuario dell'ateneo. Aveva fatto qualche telefonata a coloro che, oltre a titoli e pubblicazioni, erano menzionati come consulenti di case d'aste ed esperti di certificazioni.

Al telefono, Johannes Reich fu gentile. Il commissario lo invitò a pranzo da Bofinger, vicino alla Bastiglia.

Era il suo ristorante preferito quando passava da Parigi. Gli piaceva tutto, tranne i prezzi. Arredi e atmosfera conservavano l'impronta della Belle Époque, come in un dipinto di Degas, pieno di euforica voglia di vivere. I camerieri con grembiule lungo, gilet nero e baffi a manubrio servivano ostriche e champagne ai clienti usciti dai teatri e dall'Opéra. L'allegria era contagiosa.

Reich accettò l'invito, ma propose di andare per cena. «Prima venga a casa mia, potremo parlare con più calma.»

Al telefono, Bastiani fece un accenno a Massena ed ebbe la sensazione che il professore avesse voglia di parlare.

Di Massena e di quadri scomparsi.

Digitò il codice sul citofono. La casa era senza ascensore. Salì le scale ripide e strette. Sentì il rumore dei propri passi, lo scricchiolio un po' sinistro delle scale parigine, con gradini di legno le cui fessure sembrano rughe del tempo.

Reich lo attendeva sul pianerottolo.

Aveva dedicato la vita a cattedra e ricerche, senza preoccuparsi dello stipendio modesto e degli scatti d'anzianità. Conduceva un'esistenza severa, ma piena di piccole gioie intellettuali che riusciva a trasmettere con lo sguardo all'interlocutore di turno e agli studenti più assidui.

Aveva addosso una giacca a quadretti bianchi e neri di vecchio taglio, consunta sui gomiti e cadente, e una camicia color porpora. I radi capelli bianchi contornavano la nuca e gli scendevano fino al collo. Bastiani notò una quantità eccessiva di forfora. L'aspetto trascurato tuttavia non rendeva il professore sgradevole. Sorrideva di continuo ed esprimeva con gli occhi vispi e celesti il piacere che qualcuno fosse interessato ai suoi studi, molto più della maggioranza dei suoi studenti.

A volte pensava di comprenderli. Si chiedeva che cosa in fondo li spingesse a occuparsi di pittura e restauro, a sognare di diventare artisti, a cercare riconoscimenti e successo con scarse probabilità di trovarli. E ripeteva ai nuovi iscritti una lezioncina che molti di loro avrebbero ricordato per tutto il corso: "Voi create con il corpo e l'anima, il mercato s'impadronirà del vostro talento. Nella maggior parte dei casi non succede mentre siete ancora in vita e spesso non succede mai. Ma siate fieri di quello che fate".

Bastiani si accomodò in salotto. Dovette farsi largo fra pacchi di riviste e giornali, libri sparsi e vecchi dischi di vinile. Avvertì l'odore, un misto di polvere e naftalina, di vecchie carte e rilegature che hanno gli ambienti chiusi e le biblioteche. Le pareti erano tappezzate di volumi in doppia e tripla fila.

Reich ne aveva così tanti che aveva "condannato", come dicono i francesi, una finestra per infilarci scaffalature fra gli stipiti. Nei ripiani in basso c'erano fogli, documenti, lettere legate con un fiocco.

«È tutto catalogato nella mia testa. Per questo impedisco di mettere ordine» disse Reich al commissario e si spiegò: «Sono vedovo. Viene una donna a fare un po' di pulizia, ma ha l'ordine di non toccare la libreria. Lei ha letto Canetti?».

«Confesso, ne ho solo sentito parlare. Troppo pesante per un poliziotto» ammise Bastiani.

«In *Auto da fé*, uno studioso è sommerso dai libri e morirà nel grande incendio del suo sapere inutile. Bisogna tenere una finestra sul mondo, è la differenza fra cultura ed erudizione.»

Bastiani si sentì confortato dalla fine del protagonista. Poi chiese di Massena.

«Ero un suo consulente. C'è una quantità di falsi in circolazione, ma il progresso ha facilitato il lavoro degli esperti. È possibile analizzare gli impasti dei colori e riconoscere minerali che erano usati secoli fa. Anche se la copia fosse perfetta, si riesce a stabilire quando sia stata dipinta. Ma qualcuno ci casca sempre.»

«Massena le parlò di un Modigliani che stava per acquistare?»

«Mi disse di una scoperta di cui era orgoglioso. Dovevo partire per Chicago per verificare l'autenticità del quadro. Mi mandò un biglietto business, cinquemila dollari e il voucher per una camera allo Sheraton. Di solito presento la fattura, ma in certi casi, commissario, come si fa a rifiutare? Massena aveva urgenza di concludere.

Incontrai un certo Cohen. Ero sicuro. Si trattava del *Nudo di donna su cuscino blu*».

«Pare sia una delle opere più importanti di Modigliani.»

«Era il ritratto della modella Lunia Czechowska. La relazione fra i due fu breve e tormentata, come tutte le sue storie d'amore. Lunia era bruna, con grandi occhi blu: era un'ebrea immigrata dalla Polonia. Modì le fece una dedica: "La vita è un dono dei pochi a molti, di coloro che sanno e che hanno a coloro che non sanno e che non hanno". La storia finì, ma mantennero l'amicizia. Lunia sposò un mercante, Léopold Zborowski, il quale cercò di aiutare Modì fino alla fine. Modigliani» aggiunse Reich «beveva e spendeva molto, si drogava, soffriva di tubercolosi. Vendeva quadri per pagare i debiti. Anche il *Nudo* fu venduto per sopravvivere alla follia distruttiva.»

Bastiani era colpito dal modo in cui Reich raccontava vicende artistiche di un'epoca di Parigi. Nelle parole del professore c'era una colta musicalità che accordava date, aneddoti, ricordi.

«Che cosa accadde dopo?» chiese.

Senza volerlo, aveva messo l'inchiesta fra parentesi.

«Alla Rotonde, un caffè di Montparnasse, Modì conobbe Jeanne Hébuterne. Era una pittrice, seducente, misteriosa. Fu un amore meno breve, ma infelice come gli altri. Litigi violenti e furibonde scenate. Lui ubriaco, lei isterica. Andarono a vivere in una mansarda. Gli amici trovavano bottiglie vuote sparse per la stanza e scatole di sardine, il loro unico sostentamento. Modì prometteva di curarsi, ma dopo clinica e buoni propositi era più sbronzo e collerico di prima. Quando Modigliani morì, Jeanne per la disperazione si suicidò gettandosi dal quinto piano della casa dei suoi genitori. Avevano una bambina, che fu affidata a Lunia. Al momento del suicidio, Jeanne era incinta del secondo figlio di Amedeo.»

Reich s'interruppe per offrire un caffè al commissario.

«La ringrazio. La prego, vada avanti.» Bastiani lo stava a sentire come si ascolta una favola. E Reich la raccontava con il gusto per la sorpresa.

«Dopo la morte di Modigliani, il quadro rimase a casa di Lunia. Suo marito decise di non venderlo. Quando lo esaminai da Cohen, fui sicuro che si trattava di quella tela.»

«Com'era arrivato a Cohen?»

«Questo è il punto. Era autentico, ma non potevo stabilirne la provenienza e Massena aveva fretta. Disse che stava per fare l'affare della vita!»

«Forse Massena pensava di tenerlo o di giocare al rialzo. Doveva essere importante per lui dimostrare che Cohen non era il proprietario legittimo. E Cohen di certo non poteva permettersi di passare per un trafugatore di opere d'arte. Aveva una reputazione da difendere. Lei avrebbe potuto trovare una prova...»

Reich tradì un leggero disappunto: «Non mi presto a questo genere di affari. Altrimenti sarei ricco. E comunque, a volte, è impossibile scoprire la proprietà di un'opera d'arte. Basta che non appartenga a una persona fisica, ma a una società. E lei sa, commissario, che le società si possono registrare ovunque. I capolavori si comprano, si espongono, talvolta si rubano e si nascondono, ma non sappiamo chi davvero li possiede».

«Professor Reich, mi perdoni. Non osavo nemmeno pensare a una sua complicità. Sono confuso, questo è un genere di affari che sfugge alla mia esperienza. Dunque, mi spieghi: Massena voleva forse approfittare delle sue competenze storiche per fregare Cohen? A lui importava capire se fosse autentico e non si chiese se fosse un quadro rubato?»

«Non nel senso che intende lei. Un'opera non si può rubare, appartiene a tutti. Massena conosceva tutti i segreti del mercato e tentò il colpo: mettere le mani sulla società di Cohen e giocare al rialzo con il suo cliente. Non era il capolavoro che saliva di prezzo, ma la società proprietaria del dipinto. C'è la stessa differenza che avere azioni Ferrari e possederne una. All'ultima asta da Christie's, sono stati pagati centosettanta milioni per un "nudo" simile. Modigliani ne aveva fatti quattro tra il 1916 e il '17, ma allora non erano stati né apprezzati né venduti. La quotazione da Christie's partì da cento milioni e in venti minuti si arrivò al doppio. Lo prese un cinese. Ha comperato il mito. Modigliani non è più importante di Picasso, ma il suo fascino fa lievitare le quotazioni e di conseguenza la speculazione finanziaria. Fino agli anni Settanta, un Modigliani poteva essere venduto per un milione di dollari. Poi sono stati pagati trenta, quaranta milioni e ancora di più.»

A quel punto Reich prese un altro libro, una biografia di Modigliani.

«Guardi qui» disse.

Era la descrizione di una cena con l'artista: "Modigliani pagava le cene con i suoi disegni, la padrona del ristorante li buttava in uno scantinato e i topi li rosicchiavano".

«Capisce il valore del mito?».

«Un'altra domanda, professore. Che cosa s'intende per legittima proprietà?»

Bastiani l'osservò mentre si avvicinava alla libreria. Reich salì una scala di legno e sfilò dallo scaffale un faldone.

Sull'etichetta c'era una data: 1938.

26

«Legga qui» disse Reich mostrando un documento: *Kommission zur Verwertung beschlagnahmter Werke entarteter Kunst.*

Bastiani comprese solo *Kunst*, arte in lingua tedesca.

«La Commissione per le espressioni artistiche organizzò il sequestro dell'"arte degenerata", cioè non conforme all'ideologia nazista. Era sotto il controllo di Goebbels, ministro della propaganda.»

Reich aveva speso anni di ricerche sulla sorte di migliaia di opere distrutte o trafugate.

«I nazisti la definirono purificazione. Molti musei furono saccheggiati. Cinquemila tele bruciate. Un grande falò del bello e dello spirito! Dopo le leggi razziali, confiscarono opere di famiglie ebree e di oppositori politici. Molti ebrei furono deportati anche per derubarli delle loro proprietà. Derubare un popolo dell'arte significa ucciderlo due volte. I nazisti trovano oggi imitatori. I tagliagola islamici hanno distrutto statue di Buddha, distrutto Palmira e saccheggiato musei, e si finanziano con opere che rivendono in Occidente. Hanno arruolato archeologi, complici del grande massacro.»

Decisero di fare una pausa. E s'incamminarono da Bofinger.

Reich ordinò la specialità della casa, i bolliti misti. Bastiani si limitò a un filetto ai ferri. A tavola, il professore parlò di capolavori scomparsi che riaffioravano da un limbo di ricostruzioni storiche controverse.

«Capolavori che vanno all'asta, per la felicità di un nuovo ricco al quale non importa nulla dei nazisti, di civiltà cancellate, delle sofferenze degli artisti.»

Reich mangiava di gusto e sorseggiò due bicchieri di Saint-Émilion. Ma ogni tanto si arrestava per approfondire un dettaglio. Nel suo racconto Bastiani percepì un senso di appartenenza.

Tornando verso casa, Reich si appoggiò al suo braccio.

«Ha intuito le mie origini? Vengo da una famiglia di ebrei che vivevano a Berlino, quando era un bel posto per vivere! Il nostro nome era Reichman. Ci trasferimmo in Francia dopo l'ascesa di Hitler. Ma, dopo la Repubblica di Vichy, anche la Francia non era più sicura. I francesi denunciavano le famiglie ebree. Mio padre riuscì a corrompere un funzionario che ci fece avere nuovi passaporti. Da allora ci chiamiamo soltanto Reich! Buffo per un nemico del Reich! Ma non bastò a salvarlo.»

Il professore si fermò. Abbassò le palpebre e sospirò: «La mia famiglia... I miei genitori, i nonni, la sorella di mia madre, mio zio. Nessuno è tornato».

I suoi occhi s'inumidirono. «La nostra tragedia è irrimediabile» disse. Sembrava più vecchio.

«Abbiamo letto libri e visto film, la dimensione del male non è concepibile» commentò Bastiani.

«I morti non parlano e i vivi non sanno. Non bastavano Himmler o Goebbels per fare funzionare una simile mostruosità. Ci volevano impiegati e burocrati per organizzare le deportazioni. Anche il macchinista del treno è colpevole. Ma torniamo a noi. C'è un capitolo che dovrebbe conoscere.»

Aprì il portone e salì in silenzio le scale. Bastiani notò che ansimava meno di lui e diede la colpa alle Marlboro della giornata.

In salotto, Reich riprese il racconto.

«I gerarchi si resero conto che la confisca delle opere poteva procurare vantaggi economici. Fu organizzata una rete internazionale per esportare opere sequestrate e procurare valuta estera. C'erano mercanti, soprattutto americani, pronti a pagare in contanti. I soldi transitavano in banche svizzere. Almeno ottomila capolavori furono esportati. Molti gerarchi accumularono fortune di cui si sarebbero serviti per vivere nascosti dopo la guerra. L'arte tornò utile sia alle vittime sia ai carnefici. Alle vittime per sopravvivere e ai carnefici per scampare a punizioni e condanne.

Goebbels aveva una collezione privata con maestri del Rinascimento italiano. Göring tenne per sé tele di Cranach, Van Gogh, Chagall, Matisse, Kandinskij. È stato ritrovato negli archivi francesi l'elenco delle opere di cui si era impadronito. Più di un migliaio. I nazisti annotavano tutto, con il loro maledetto Sütterlin!»

«Mi scusi, come ha detto? *Sut...*»

«Sütterlin, la scrittura simile al gotico. La curatrice del Jeu de Paume, Rose Vallard, fu incaricata dal ministero della Cultura di organizzare le restituzioni e così saltarono fuori gli elenchi. Le dittature hanno un debole per la burocrazia. I nazisti trattavano i capolavori come le vittime: un'immensa schedatura del mondo civile. Göring aveva una piccola Versailles, la Carinhall. Botticelli, Dürer, Renoir, Monet, Poussin, Vermeer... 1376 dipinti, 250 sculture, 168 arazzi. La spoliazione dei musei francesi serviva a costituire un grande patrimonio tedesco. C'è poi un capitolo di cui nessuno vuole parlare...»

«La prego, professore, continui!»

«Molte opere sono riapparse in musei e collezioni, ma non sappiamo niente della provenienza. In questo i nazisti non c'entrano. Gli affari li hanno fatti tutti, mercanti ebrei compresi. C'è in giro gente che crede che rubare ai ladri non sia reato. I nazisti avevano una rete di mutuo soccorso a livello internazionale, fondi nelle banche svizzere, risparmi personali e opere d'arte. I cacciatori di nazisti, come Simon Wiesenthal a Vienna, hanno ottenuto qualche risultato. Ma le maglie erano larghe. Uno come Mengele, il dottore di Auschwitz, riuscì a scappare in Argentina e formò un'altra famiglia con bambini ariani. Fu scovato negli anni Settanta, ma era già morto. Adesso può capire perché non siano stati trovati tanti capolavori.»

«Crede che sia il caso del Modigliani?»

«Paul Guillaume, un mercante di quell'epoca, scrisse che Modigliani passò come una meteora, "tutto grazia, tutto collera, tutto sprezzo". Le opere che ci ha lasciato non sono più di un centinaio. Il catalogo più attendibile ne indica qualcuna di più, perché l'autore ricorda anche tele perdute. Il *Nudo di donna su cuscino blu* era una di queste. Ma non è tutto.»

27

Reich sembrava compiaciuto di accompagnare il commissario nel labirinto di una storia infinita di cui conosceva molti segreti.

Andò in cucina e tornò in salotto reggendo in modo un po' maldestro un vassoio con sopra una birra e una caffettiera.

Gli chiese se avesse sentito parlare di "Cornelius Gurlitt, sconosciuto pensionato a Monaco di Baviera". E gli rinfrescò la memoria con un ritaglio di giornale che aveva pubblicato la notizia della morte di un pensionato rimasto per decenni sconosciuto all'efficiente macchina burocratica della Germania di oggi.

Bastiani scorse le righe.

"Gurlitt non aveva tessera sanitaria, non riceveva pensione, non era registrato in municipio e nemmeno all'ufficio delle imposte. Faceva pagare a sua figlia l'affitto della casa a Schwabing, il quartiere degli intellettuali e degli studenti a Monaco. Una vita nascosta e anonima, protetta dalla piatta mentalità della provincia tedesca, che rifugge da pettegolezzi e curiosità sui vicini di casa. Bastano un buongiorno e un buonasera. Cornelius non aveva mai lavorato, ma aveva da parte abbastanza soldi per vivere da uomo invisibile. Più che abbastanza.

Nelle tre stanze polverose e disadorne, il pensionato fantasma teneva nascosto un tesoro inestimabile: circa millecinquecento capolavori dei maestri del Novecento: Picasso, Matisse, Renoir, Klee, Kokoschka, Modigliani, Van Gogh, accatastati alla rinfusa come vecchie riviste.

Gli esperti stimarono il patrimonio di Gurlitt un miliardo di euro, ma probabilmente valeva molto di più, se ognuna delle tele fosse finita a un'asta importante. Cornelius vendeva un'opera e depositava i soldi su libretti al portatore e conti correnti in Svizzera. Fu scoperto per caso, nel corso di un banale controllo alla dogana, sul treno da Monaco a Ginevra.

La vicenda fu svelata dal settimanale 'Focus', con disappunto delle autorità, che avrebbero voluto mantenere ancora un po' il riserbo per risalire ai contatti di Gurlitt e ai legittimi proprietari delle opere."

«Lo scandalo» spiegò Reich «ha lasciato nell'ombra l'uomo chiave, suo padre Hildebrand. I tedeschi sanno mettere le vergogne sotto la polvere...

Il professor Hildebrand Gurlitt era uno studioso rispettato nella Germania nazista, fece parte della Commissione per l'arte degenerata e godette dei favori del Führer, di Goebbels e di Göring. Apparteneva a una dinastia di artisti, galleristi e storici dell'arte.

Fu lui a coordinare il grande saccheggio, persino di collezioni di amici e colleghi di università. Lui gestiva le esportazioni, grazie ai contatti con galleristi negli Stati Uniti e in Francia. Dopo il 1933, era impossibile per artisti come Nolde, Dix, Marc, Schlemmer esporre in pubblico. Vendettero a poco prezzo il proprio talento a galleristi che esportavano le loro opere. Gurlitt nascose centinaia di dipinti nella sua villa di Kaitzer Strasse a Dresda. Dopo i bombardamenti alleati in Sassonia, raccontò che il suo tesoro era andato perduto fra le macerie. Continuò i suoi traffici fino al 1956, l'anno della morte, in un incidente stradale. Le racconto un episodio, perché lei capisca. Paul Rosenberg, un collezionista ebreo che aveva l'esclusiva dei quadri di Matisse, fuggì a New York quando i tedeschi occuparono Parigi. Un mercante, Gustav Rochlitz, rivendette alcune delle sue opere a Gurlitt, fra cui la *Femme assise* ritrovata nella casa di Monaco.»

«In un certo senso aveva la sindrome di Massena» commentò Bastiani. Poi chiese: «Come è possibile che nessuno l'abbia scoperto?».

«Ingannò sia le autorità della nuova Germania sia gli Alleati. Evase anche le tasse. In pratica, truffò lo Stato nazista che lo stipendiava.»

Bastiani rimase in silenzio.

Reich chiuse il faldone.

«Dobbiamo provarci. L'arte appartiene a tutta l'umanità, agli artisti e a coloro che la custodiscono in modo legittimo. Se si spezza questa catena, diventa mercanteggio, speculazione, truffa.»

«Caro professore, ero venuto per un'indagine di polizia e me ne vado con una lezione di vita.»

«Sono felice di esserle stato d'aiuto, ma siamo solo agli inizi. Le malefatte dei nazisti non spiegano tutto.»

Bastiani guardò l'orologio. Si era fatto tardi, ma non aveva altri appuntamenti. Reich aveva dimenticato di doversi alzare presto per le lezioni dell'indomani.

«Molti nazisti si rifugiarono dall'altra parte del Muro, cambiarono divisa e diventarono funzionari del regime comunista. La Stasi, il servizio segreto, aveva una sezione per l'esproprio e l'esportazione di opere per procurare valuta pregiata di cui il regime aveva disperato bisogno. Gli agenti espropriarono privati cittadini e collezionisti e ricattarono i dissidenti. Dicevano di combattere i vizi del capitalismo. Il risultato fu simile, anche se con conseguenze meno drammatiche.»

«Che cosa sappiamo delle opere nell'appartamento di Gurlitt?»

«Ho letto il rapporto, grazie a un amico, consulente della polizia di Monaco. Il Modigliani non era nell'elenco. È possibile che Gurlitt lo avesse venduto prima.»

«Che cosa le disse Cohen?»

«Voleva incassare quanto pattuito. Mi mostrò una lettera in cui erano indicatila la data dell'acquisto e il nome dell'ultimo proprietario, un certo Stieglitz, un gallerista di Brooklyn. Cohen sosteneva aver comprato il quadro nel 1997.»

Reich si alzò di nuovo e si diresse verso un cassettone di mogano sul quale erano ammucchiati libri e giornali. Scorse con la mano il bordo del mobile fino a provocare lo scatto di una molla che permetteva l'apertura di un cassetto occultato dalla cornice. Prese una cartellina di plastica e porse a Bastiani un foglio.

«Ci sono storie che sembrano inverosimili. Ma sono accadute. Anche gli orrori del nazismo non sono concepibili da una mente normale. Questa è la lettera che Stieglitz diede a Cohen. Cohen voleva che la portassi a Massena, ma era più utile alle mie ricerche. Gli diedi una fotocopia. L'ho messa a confronto con altre lettere di Stieglitz. La firma è falsa. Cohen non aveva comprato il Modigliani da lui.»

Bastiani chiese una copia.

«Non le servirà di sicuro, dato che l'originale è un falso. Cohen voleva usare la reputazione di Stieglitz per garantire Massena. Stieglitz è morto due anni fa d'infarto. La galleria è stata chiusa. Non avendo eredi, ha donato la collezione alla municipalità di Brooklyn.»

Reich a questo punto fece un sorriso sornione: «Le auguro buona fortuna, commissario».

Prima di salutare Bastiani, aggiunse: «Sono stato invitato di recente a Varsavia per un seminario. Ne ho approfittato per cercare notizie su un antiquario che avrebbe avuto per qualche tempo il dipinto. Si chiamava Korczak, fu deportato ad Auschwitz. Non sono riuscito a sapere chi l'avesse venduto a lui».

Bastiani tornò a piedi in albergo, l'Angleterre, nel quartiere latino.

Adesso doveva trovare il modo di interrogare Suslov e ottenere un chiarimento da Cohen.

Massena aveva avuto la presunzione di riuscire a truffare entrambi. In mezzo a loro, Laurence. Bastiani continuò a chiedersi se fosse più interessata a vendicare il marito o a mettere le mani sul patrimonio.

Nella camera il letto era a una piazza e mezzo e lui imprecò per le "matrimoniali scomode" dei piccoli hotel di Parigi. Aprì la finestra e osservò le nuvole che attraversavano veloci il cielo di primavera. Si stese sul letto e si slacciò la cintura dei pantaloni che si ostinava a chiudere nel buco più liso ed evidenziato dal tempo: prima o poi doveva rassegnarsi a saltare al successivo.

Fece il numero di casa di Labrosse.

28

Il giudice stette ad ascoltare il riassunto delle notizie fornite da Reich. Poi lo interruppe.

«Caro Bastiani, gli affari dei nazisti ci porterebbero lontano. Noi dobbiamo cercare assassini.»

«Il Modigliani potrebbe essere arrivato a Cohen in modo illegale. Lui lo ha venduto a Massena. Le cose stanno insieme.»

«Sui conti di Massena ho scoperto soltanto bonifici in entrata, pagamenti probabilmente effettuati da Suslov. Ma di sicuro lui aveva pagato Cohen.»

«Che cosa ha scoperto su Cohen?»

«Un tipo che ha costruito una fortuna in pochi anni. Nel 1990 gestiva una società di consulenze con un capitale di una decina di milioni. Dieci anni dopo, il suo fondo Green Rock è stato valutato quaranta miliardi. Un re Mida della finanza. Ha investito in cliniche private, in ricerche su nuovi farmaci per l'Alzheimer, ha speculato in Borsa, garantendo ai clienti interessi a due cifre. Sul suo fondo la magistratura di New York ha aperto un'indagine per *insider trading*, ma la cosa è finita lì. È solo un'impressione, ma credo che Cohen sia stato ingenuo con Massena.»

«Comunque ben retribuito.»

«Non ha capito il piano di Massena. Ho rintracciato un consulente artistico di Cohen, un certo McMillan, uno che ha curato le sue acquisizioni negli Stati Uniti. È stato gentile e disponibile. Mi ha riferito di avere conosciuto Sergej Suslov al Plaza di New York, durante il veglione di Capodanno, nel dicembre scorso. Hanno parlato di aste e collezioni. Suslov gli ha raccontato come era entrato nella trattativa per il Modigliani grazie a Massena e quanto aveva sborsato. Così ha scoperto tutto. McMillan mi ha detto che Suslov era sbiancato e aveva lasciato subito la festa. Lo aveva sentito dire: "Massena me la pagherà". Credo che dovremmo organizzare una visita a Ginevra.»

«D'accordo, giudice. Ci risentiamo presto. E... complimenti, gran bel lavoro.»

Bastiani avrebbe voluto proporgli di raggiungerlo a Parigi. In quei giorni concitati non aveva avuto il tempo di concentrarsi sugli aspetti finanziari. Si era ricreduto sul conto di Labrosse. Il giudice aveva talento. Quel talento che per timidezza rimane a volte inespresso.

Lo richiamò pochi minuti dopo.

«Le andrebbe di fare un weekend in famiglia a Disneyland?»

Fu ironico e usò un tono confidenziale per far intendere a Labrosse che ci teneva ad averlo al suo fianco. Nelle complicate alchimie che regolano i poteri a Montecarlo, lui era un commissario di polizia, nella sostanza "in prestito". Il sostegno del magistrato era importante per andare avanti.

«Credo di essere più utile qui» replicò Labrosse con tono fermo. Aveva capito il messaggio di Bastiani e si sentì rinfrancato.

La sera ne parlò con sua moglie. Le confidò le iniziali incomprensioni con il commissario e il piacere di un'amicizia che stava per nascere attorno a un rapporto di lavoro.

Caroline si mostrò più attenta alle pubbliche relazioni nel Principato.

«Comunque non saresti potuto partire. Domani c'è la festa di compleanno di tuo padre. È invitato anche Vallaud.»

29

Bastiani ordinò la colazione in camera, si fece portare i giornali e avvisò il portiere che sarebbe ripartito nel pomeriggio. Addentò un croissant al cioccolato e gli vennero in mente i rimproveri di sua moglie a proposito di golosità e calorie eccessive. Essendo solo, l'assaporò di gusto.

Il suo cellulare squillò e trangugiò l'ultimo boccone.

«Ciao, Berni, forse abbiamo trovato qualcosa di interessante.» Philippe Louvrier dell'Interpol aveva un tono squillante. «Tipo strano, quel Massena.»

«Vieni al sodo, Philippe! È una settimana che mi sbatto e ho capito solo che erano in tanti ad avere un buon motivo per ucciderlo.»

«Lascia che ti spieghi. È un indizio, può essere utile. O almeno credo. Ho fatto analizzare le tracce rinvenute sul corpo di una ragazza trovata morta al Bois de Boulogne più o meno nelle stesse ore della morte presunta di Massena. Capelli, filamenti di stoffa, sangue. Poi ho fatto ricerche sul dna di Massena e ho incrociato i dati. Ci sono tracce di sperma, Berni. E sono di Massena! Il decesso sarebbe avvenuto per annegamento. Il corpo è rimasto due giorni sott'acqua. Aveva una ferita alla testa. Ma pare che la poveretta avesse buttato giù di tutto, alcol e altra roba.»

«È stata identificata?»

«Ucraina, ventitré anni. Viveva a Parigi con un permesso di soggiorno per studio, ma faceva la hostess allo Star, un club privé di avenue Hoche, dalle parti dell'Étoile. Bella ragazza, dalle fotografie. Alta, bionda, gran paio di tette...»

«Non ti facevo così raffinato... Stai parlando di una giovane assassinata.»

«Non volevo essere cinico, ma qui dentro i morti sono soltanto file. Numeri, dati, fotografie, analisi di laboratorio. Milioni di dati, milioni di morti. Non riesco a commuovermi.»

«Non fa niente. Andiamo avanti. Dunque abbiamo un nome?»

«Sì. Annie Schabowski, ucraina, residente a Kiev. Dal cognome, origini polacche. Era iscritta all'Accademia di Belle Arti. Viveva in una *chambre de bonne* a Belleville, nel ventesimo. La stanza è stata perquisita, nulla d'interessante: qualche vestito, oggetti personali, l'abbonamento ai mezzi pubblici, dei libri. La polizia di Parigi ha fatto indagini allo Star. Ci andava un paio di sere la settimana. Pare che facesse qualche lavoretto extra, mi capisci? Come tante, per pagarsi gli studi.»

«Ho capito, Philippe. Che altro sappiamo?»

«Il corpo della ragazza è stato trascinato in una roggia del Bois. Era in fase di decomposizione quando è stato scoperto. La morte risaliva ad almeno due giorni prima. La ragazza era nuda. Oltre alla ferita alla testa, aveva graffi sulla schiena e sulle ginocchia e stringeva fili d'erba fra le mani. Probabilmente ha cercato di trascinarsi sul greto del canale per chiedere aiuto. Ma era troppo debole.»

«È stata violentata?»

«Difficile stabilirlo. Di sicuro, ha avuto rapporti sessuali con Massena. Ci sono volute cinquanta ore per isolare in un frammento di stoffa le tracce di dna. La genetica non prevede errori. Il medico legale ha trovato tracce di cocaina. Certe serate finiscono con un po' di neve sui tavoli. La polizia ha interrogato i buttafuori e il gestore dello Star. Hanno confermato che aveva lavorato lì la sera in cui è stata uccisa. Era uscita altre volte, prima della chiusura, attorno a mezzanotte, con la stessa persona. Il cliente aveva pagato bottiglie di champagne, il prezzo dell'uscita anticipata.

L'ultima sera il cliente aveva invitato un'altra ragazza e se n'era andato con tutte e due. Una botta da tremila euro. I nostri stipendi in una notte, Berni!»

«Come sei venale, Philippe. Tu non li spenderesti nemmeno se li avessi!»

«Non ne avrei il tempo, Berni. Qui si lavora. E tanto!»

Louvrier sentiva il bisogno di dimostrare all'amico che fare il poliziotto nel palazzo di vetro dell'Interpol non era un lavoro impiegatizio a orari fissi.

«Ma com'è che da voi non si trova mai nessuno dal venerdì al lunedì?» lo sfotté Bastiani. Poi chiese: «Quando hanno visto l'ultima volta la ragazza?».

«Fine aprile. Anche la sua amica non è più tornata al lavoro.»

«È stata identificata?»

«La polizia ha controllato altri locali notturni. Niente. Al gestore dello Star aveva dato la fotocopia di un passaporto, risultato falso. Abbiamo messo in rete la fotografia, ma è molto sbiadita.»

«È stato almeno denunciato per violazione delle norme di lavoro?»

«Se il problema fossero i documenti in regola, sai quanti club dovrebbero chiudere? Dovresti fare una visita al commissario Monard, del sedicesimo arrondissement. È lui che conduce l'inchiesta sulla morte di Annie Schabowski.»

«Andrò a fare anche una visita allo Star. Forse avremo la conferma che il cliente era Massena.»

«Mi sembra evidente!»

«È meglio essere sicuri. E dobbiamo trovare l'altra ragazza. Ucraina anche lei?»

«Probabile, ma sai quante ragazze arrivano dall'Ucraina in Francia?»

«Lo so, lo so. Con la guerra, poi... Ti ringrazio, Philippe. La Costa Azzurra ti aspetta a braccia aperte, ma ormai non ci conto più.»

«Promesso, verrò. Un bacio a Adriana. Stammi bene, vecchio mio.»

Bastiani richiamò il portiere per fermare la camera. Il portiere sbuffò. «Signore, ormai lei ha disdetto, siamo pieni e la sua è già prenotata. Anzi, dovrebbe dirmi a che ora la libera.»

«Le chiedo la cortesia di cercarmi un altro hotel. Devo rimanere a Parigi e non sono qui per fare il turista.»

Il portiere si rifece vivo: aveva trovato una camera all'Hotel Regina, nei pressi del Louvre. «È un cinque stelle, ma è stato appena rinnovato, tengono le tariffe ancora basse: le piacerà.»

Il portiere non aveva mentito. Il Regina, famoso a Parigi per essere stato l'albergo in cui fu fondata la Croce Rossa dopo le guerre napoleoniche, era un palazzo tutto fronzoli, fiori decorati e boiserie. All'interno si respirava una piacevole atmosfera rétro. I lavori di rinnovo non ne avevano modificato la fisionomia, a differenza di storici hotel omologati al gusto dei clienti russi e arabi.

Bastiani infilò alla rinfusa biancheria e pantaloni in una sacca di tela. Viaggiava sempre con bagaglio a mano e non gli piacevano le valigie rigide. Per questo aveva i colli delle camicie sempre un po' spiegazzati.

La camera era spaziosa, con un balconcino affacciato sul Louvre. Dal letto poteva inseguire fino alle cupole il profilo delle statue aggrappate alla facciata del Museo.

Telefonò a Vallaud. Lo informò in modo generico della necessità di trattenersi a Parigi. Poi riferì a Labrosse della ragazza trovata al Bois de Boulogne.

30

Quando aveva troppe cose da fare tutte insieme, Bastiani si rammentava di un consiglio di suo padre, uomo di buon senso: "Fermati e non fare nulla. In alcuni momenti della vita, non bisogna avere tempo per lavorare".

Decise di perderne al quartiere latino, lasciando scorrere pensieri fra le *terrasses* dei bistrôt, sperando che si mettessero in ordine. Il cervello era come una di quelle valigie che al momento del ritorno non vogliono chiudersi. Le cose saltavano fuori in continuazione. Di sicuro, non aveva voglia di vedere nessuno e frenò la tentazione di chiamare Laurence.

Lei si trovava a Parigi, forse a qualche isolato di distanza, in un albergo più lussuoso del suo.

"Lascia perdere, Berni" ripeté a se stesso e si consolò con una bistecca e un bicchiere di Bordeaux all'Entrecote, una trattoria famosa per la carne alla griglia. Piatto unico, manzo di prima qualità e patate fritte. Nulla di speciale, ma davvero gustoso, tanto che i clienti facevano la fila fin sulla strada per un tavolo.

Ordinò un caffè e si pentì subito: a Parigi è impossibile gustare un buon espresso. Pagò il conto e si diresse verso la Senna, camminando sul marciapiede stretto e affollato di rue Bonaparte. Pensò alle stranezze dei francesi, che all'imperatore avevano dedicato una via così piccola, in confronto alle grandi avenue dedicate al generale De Gaulle in tutte le città della Francia.

Girò a sinistra, passeggiando lungo il *quai*. Attraversò il maestoso cortile del Louvre e raggiunse i giardini delle Tuileries. La primavera era finalmente arrivata anche a Parigi. Le aiuole e i vialetti erano uno splendido concerto di colori e varietà di forme. Tutto meticolosamente tenuto in ordine.

Il professor Reich lo aveva informato: "I Modigliani sono sparsi per il mondo e molti appartengono a collezioni private. I più famosi si possono ammirare al Moma di New York. A Parigi, al Museo dell'Orangerie, può vederne qualcuno. Il catalogo completo è controverso".

L'Orangerie chiudeva alle diciotto. Aveva tempo. Passeggiò fra le aiuole e raggiunse l'ingresso. Fece la coda per una decina di minuti, dietro una scolaresca e una comitiva di cinesi. Attraversò il piano terra, senza soffermarsi davanti alle *Ninfee*, la straordinaria opera di Monet, e raggiunse il primo piano per ammirare i dipinti di Modigliani.

Osservò il ritratto di Paul Guillaume, poeta e grande mercante dell'epoca, di cui gli aveva parlato Reich. Entrò nella libreria del Museo e comperò un catalogo.

Faceva caldo e il sole era ancora alto. Fuori, c'erano sedie a sdraio di ferro, sparse attorno alle fontane, a disposizione del pubblico. Ne prese una e la trascinò in una zona ombreggiata. Si accese una sigaretta e si dilungò a osservare gli studenti che stavano uscendo. Smanettavano sul loro iPhone, scattavano fotografie, chattavano commentando quel che avevano appena visto. C'erano ragazzi e ragazze, alcune molto carine. Pensò a suo figlio, che sarebbe cresciuto e avrebbe chattato come loro. L'iPhone, pensò, ti fa compagnia quando sei solo e ti fa sentire solo in mezzo agli altri.

Sfogliò il catalogo. Molte notizie su Modigliani le aveva apprese da Reich e fu felice di averlo incontrato, per l'umanità e la saggezza che gli aveva regalato.

Il catalogo raccontava curiosità insignificanti ai fini dell'inchiesta. Modì veniva descritto come un uomo bellissimo, dai tratti perfetti e latini, sempre ricercato da modelle, ballerine, cantanti di tabarin. L'autore raccontava le serate alla Rotonde, a Montparnasse, con un'atmosfera vacanziera tutto l'anno, tanto che la terrazza all'aperto era stata chiamata "la spiaggia di Parigi". Modigliani faceva qualche schizzo sui tavolini in attesa di ritrarre la sua modella preferita.

"Un disegno di Modigliani è un prodotto dello spirito, dei tesori accumulati nel suo cervello. Una tela è come un poema o un enigma, una sorta di estasi in cui le idee suggerite dalle immagini si mescolano a sensazioni serene e fremiti fortissimi. L'artista esprimeva una volontà cieca e impossibile di andare al di là del presente e se possibile di distruggerlo, come fece della sua vita."

Bastiani cercò fra le pagine notizie del *Nudo di donna su cuscino blu*. La didascalia precisava: *Olio su tela, dimensioni: 60,1 per 92,1, anno di realizzazione: 1916, collezione privata*. Seguiva il nome della modella con il significato dell'opera attraverso le parole di critici e poeti.

"Probabilmente il suo quadro più importante, perché rappresenta un ideale di bellezza. Lo sguardo è perso nel vuoto, a rimarcare il destino dell'essere umano, costretto a una malinconia senza scampo."

"Modigliani, per i suoi nudi, si serviva di differenti modelle, di prostitute, di amanti occasionali."

"La modella del dipinto possiede una carica di sensualità spontanea, estremamente coinvolgente, esplicita..."

Bastiani ripensò a Maryam e a Laurence. È questa la malinconia senza scampo? Poi si soffermò sulle prime righe di una poesia che veniva menzionata nel volume. "Parigi avvolta in una nebbia bluastra, / e forse non visto Modigliani / nuovamente vagava alle mie spalle. Ha la triste qualità / di turbare anche i miei sogni / e di molte sciagure essere causa." L'aveva scritta Anna Achmatova, una delle amanti dell'artista.

Si accese una sigaretta, inseguì le nuvole di fumo che il vento spingeva verso la fontana delle Tuileries.

C'era un senso di pace assoluto, nonostante il traffico dei *quais* rimbombasse a pochi metri dal giardino. Si mise a osservare il passeggio del pomeriggio: mamme con carrozzine e bambini piagnucolosi, padroni di cani che assumono l'espressione dei loro animali – dolci, immusoniti, ringhiosi, assonnati –, turisti e coppie di fidanzati.

In mezzo a quell'andirivieni lento e rilassato, una donna avanzava a passo spedito. Indossava un lungo soprabito nero e pantaloni. Il viso era incorniciato da un ampio foulard che le svolazzava leggero sulle spalle.

«Felice di rivederla, commissario. Si trovano indizi alle Tuileries?»

«Credo di sì» rispose Bastiani, imbarazzato e sorpreso.

Mentre attraversava le Tuileries per tornare in albergo, in place de la Concorde, Laurence si era interrogata su come avvicinarlo.

«A volte il caso sceglie per noi» gli disse.

Bastiani finse di credere che fosse così. Una suggestione cominciava a invaderlo. Era una silenziosa intesa, di cui per esperienza credeva di conoscere il seguito. Frenò le domande ovvie per un poliziotto. Era sincera? Perché lo aveva seguito fino a Parigi? Davvero aveva ricevuto minacce da Suslov? Forse aveva più informazioni sul tesoro di Massena di quanto lui fosse riuscito a scoprire.

Prese una sedia poco distante e la fece accomodare. Sfogliò il catalogo, le mostrò il *Nudo di donna* e rilesse le riflessioni del critico.

«Credo che suo marito sia morto per questo. Malinconia senza scampo.»

«Che cosa significa?»

«L'ho letto qui dentro. Esprime il senso del dipinto e la vita di Modigliani.»

Si alzarono e proseguirono verso place de la Concorde. Poi decisero di spingersi più in là, verso Les Invalides. Costeggiarono l'ospedale militare e la tomba di Napoleone, fino al crocevia trafficato di boulevard Montparnasse, dominato dall'orribile torre che tutti i governi francesi vorrebbero fare abbattere senza decidersi a farlo.

Bastiani teneva il catalogo sottobraccio e si sentiva impacciato.

«Glielo tengo io nella borsa, non pesa molto e lei starà più comodo» propose Laurence. Gli dava ancora del lei.

Poi infilò il braccio sotto il suo.

Lui respirò il suo profumo.

Le cose che avevano letto erano una segreta suggestione che li accompagnava in una dimensione trasgressiva. Per un attimo uscirono dalle loro vite e si lasciarono trasportare alla "spiaggia di Parigi". Montparnasse, la Rotonde, il mondo di Modigliani.

Il caffè era al solito affollato. Montparnasse è uno dei luoghi più vivaci e per molti parigini la zona più autentica della città. Le insegne rimangono accese fino a notte fonda. Il viavai è incessante. Qui i parigini sorridono più che altrove e hanno un'aria spensierata.

Scelsero una saletta interna, un po' appartata. Laurence tirò fuori un rossetto e se lo passò sulle labbra. Lui sorrise dell'ingenua ritualità femminile, di quel gesto di rassicurazione.

Ordinarono toast, salmone e una bottiglia di Chablis. Si raccontarono fino a tardi cose banali delle loro vite da sconosciuti. Poi si avviarono a piedi verso il centro.

Bastiani la osservò. Un'ombra di smarrimento attraversava il suo sguardo, mentre gli stringeva la mano con le dita lunghe e nervose.

«Non ci resterà molto da vivere. Conosco i loro metodi» disse Laurence.

«Potremmo sempre deluderli. Prima o poi faranno una mossa sbagliata» rispose Bastiani, sorridendo.

Camminarono ancora. Insegne di cinema e locali erano un continuo richiamo a una festosa normalità a loro preclusa.

Lei lo stupì ancora. «Vorrei lasciarmi andare...» disse sottovoce. Poi gli confessò di essere stanca e lo pregò di fermare un taxi.

Nel breve tragitto rimasero in silenzio, senza guardarsi. Arrivarono all'Hotel de Crillon. Bastiani non accennò al permesso di salire. Presero l'ascensore senza dirsi nulla.

Laurence si sentiva attratta da lui e fece l'amore come per ottenere un risarcimento dalla vita. Da tempo, i suoi sensi erano spenti. Aveva amato Massena e aveva speso gli anni migliori nella scalata al suo successo. Bastiani la riportò in un territorio segreto dell'anima.

Lui si sentì come un viaggiatore sul limitare del deserto, attratto dalle dune inondate dal sole, timoroso di passi incerti su un orizzonte indefinito.

Gli abiti scivolarono fra un divanetto di velluto e il letto. Si inebriarono nella luce soffusa di un abat-jour. Lui teneva gli occhi socchiusi e osservava i muscoli di Laurence fremere e rilasciarsi alle sue carezze delicate. La pelle rimandava impercettibili brividi. Fecero l'amore dolcemente, parlandosi con gli occhi inumiditi dalla commozione.

Poi Laurence si alzò. Aveva la gola secca e bevve a canna dalla bottiglia di minerale. Le gocce scivolarono lungo il collo, giù fino ai seni. Bastiani inseguì con la lingua quelle gocce e poi la prese di nuovo, in piedi, trascinandola contro la parete.

I loro corpi rotolarono sulla moquette, si trascinarono fin sotto la doccia e poi ancora – fradici e sudati – sul letto. Le gambe di Laurence si avvinghiarono come una tenaglia attorno alla schiena di lui. «Voglio sentirti fino in fondo... più forte che puoi...»

Bastiani non ebbe paura di farle del male e provò un piacere inebriante e violento nel percepire gli effetti dei suoi colpi dentro il corpo di lei che gemeva e urlava.

Poi si abbandonò, sfinito, con le braccia aperte e il capo affondato nel cuscino. Laurence gli baciò la schiena, salì con la lingua fino al collo, gli accarezzò i glutei. Le sue unghie, passando con leggerezza fra le cosce, frugavano fino all'inguine, provocandogli impercettibili brividi. Fino a quando lui si addormentò come un bambino placato.

Anche Laurence si addormentò quasi subito. Sapeva che le ore difficili sarebbero arrivate dopo, con la luce del giorno.

Bastiani uscì molto presto, senza fare colazione.

«Scusami, devo andare. Ti chiamo più tardi» le sussurrò sfiorandole i capelli con un bacio. Pensò alle cose che aveva da fare nella giornata. Il lavoro cacciò in un angolo sensi di colpa che risalivano come il rigurgito della normalità in cui doveva immergersi. Sentì di avere davvero tradito sua moglie. Giurò che non sarebbe successo una seconda volta.

Mentre percorreva il corridoio verso l'ascensore, il cellulare vibrò nella tasca della giacca. Era Adriana. Si sentì come quei ladri che riescono a scappare con il bottino un secondo prima che scatti l'allarme.

«Tutto bene? Sono tre giorni che non ti sento.»

«Scusami. Faccio sempre tardi, giornate terribili. Ma sono a buon punto.»

«Anche Andreas vorrebbe parlarti. Ha chiesto di te. È la prima volta che vai via così tanto.»

«Non succederà un'altra volta. Credimi. Adesso devo proprio andare. Ti richiamo stasera. Promesso.»

«Va bene. Sappi che la casa è piena di Proci, ma io non sono Penelope. Ti bacio!»

La battuta era banale. Ma Bastiani la prese per un avvertimento che necessitava di rassicurazione.

«Torno presto, davvero! E stavolta ci prendiamo una vacanza, dove vuoi tu.»

Laurence aveva gli occhi ancora chiusi e abbracciava il cuscino. Forse dormiva, o fingeva di dormire. Non gli avrebbe chiesto nulla. Pensò che quello che era successo doveva succedere. È tutto scritto nella vita delle persone che il caso fa incontrare e sembra che le circostanze si abituino a loro. Il commissario, con l'aria da ragazzo invecchiato, era il primo uomo di cui poteva ancora fidarsi e che aveva baciato senza tremare. Aveva trascorso gli ultimi anni in una specie di autunno dell'anima e dei sensi. La vita le era passata accanto, senza sfiorarla. Bastiani era arrivato al momento giusto, aveva riempito per una notte gli spazi vuoti dell'abitudine.

"Sono volata via, mi ritroverai ogni volta che ti sembrerà di sentire il profumo delle Tuileries o di vedere un tramonto a Parigi" scrisse su un cartoncino della camera d'albergo.

Lo avrebbe spedito più tardi.

31

Jean-Paul Monard non aveva l'aspetto del poliziotto. Se ha senso l'espressione *phisique du rôle,* non era proprio il caso suo.

Quando entrò nell'ufficio, al 36 di quai des Orfèvres, lungo la riva destra della Senna, Bastiani si trovò di fronte un uomo sulla sessantina, corpulento, grande pancia e guance rubizze, che sono la prova d'amore per la buona tavola. Data la sua mole, l'ufficio, pieno di carte accumulate sugli scaffali e sulla scrivania, appariva ancora più piccolo.

Monard lo attendeva in piedi accanto alla finestra, in maniche di camicia, e gli andò incontro porgendogli la mano.

«Lieto di conoscerla» disse, stringendo la sua come una tenaglia.

«Possiamo darci del tu, collega?» replicò Bastiani.

«Certamente. Scusami, avrei dovuto dirlo io.»

«Non sono tanto più giovane.»

«Li porti meglio di me, questo è certo. Be', mettiamoci al lavoro. Immagino che tu non abbia molto tempo.»

«In effetti, conto di ripartire domani» replicò Bastiani.

Temeva un invito a pranzo, che infatti arrivò dopo pochi minuti.

Monard aveva gli occhi eccitati all'idea di trascinare il collega nel suo abituale bistrôt. Il pranzo si sarebbe prolungato oltre l'orario d'ufficio. Bastiani lasciò cadere la cosa, ripromettendosi di accettare se l'inchiesta si fosse prolungata nei giorni successivi.

Mentre osservava le fotografie del corpo della ragazza scattate dalla scientifica al Bois de Boulogne, Monard mise sulla scrivania i documenti relativi alla morte di Annie Schabowski.

«È stata buttata nel torrente. Se l'avessimo trovata in tempo, forse avremmo potuto salvarla. Era troppo debole per resistere tutte quelle ore nell'acqua. Nessuno ha visto niente. Eppure, di notte al Bois circolano un sacco di persone. Balordi, travestiti, puttane, clienti. Purtroppo nemmeno le ronde della polizia si sono accorte di nulla.»

Per il peso eccessivo e le sigarette, Monard parlava a fatica, ansimando. Bastiani evitò d'interromperlo per non fargli perdere il filo del discorso. Monard non avrebbe potuto inseguire nessuno a piedi, ma aveva un notevole bagaglio di esperienze per condurre indagini complicate. L'aria indolente e bonaria traeva in inganno. Sapeva il fatto suo e fece a Bastiani un rapporto puntuale sulle circostanze del ritrovamento.

«Amico mio, abbiamo analizzato ogni dettaglio. La Schabowski è stata gettata nel torrente in un punto in cui l'acqua è molto bassa. Aveva una caviglia fratturata e segni di ecchimosi sulla parte destra del corpo. Chi l'ha portata al Bois si è preoccupato soltanto di liberarsi in fretta del corpo e andarsene. La ragazza era nuda. Non abbiamo ritrovato né abiti, né scarpe, né mutandine. Soltanto il lenzuolo in cui era stata avvolta, probabilmente per non sporcare i sedili dell'auto. I tecnici hanno prelevato campioni di capelli che non appartenevano alla vittima. È possibile che altre persone si trovassero con Annie e l'assassino. Forse un complice. Oppure qualcuno che è riuscito a scappare per non fare la stessa fine.»

«Probabilmente la ragazza che lavorava con lei e che aveva accettato l'invito di Massena.»

«Caro Bastiani, è scomparsa. Non abbiamo un indizio, una traccia, niente di niente. Scomparsa nel nulla. Pare che si chiamasse Rachele, ma non sappiamo se fosse un nome d'arte. I documenti erano falsi.»

«Avete interrogato le altre ragazze del club?»

«Quelle che siamo riusciti a rintracciare. Il turnover nel locale è rapido. I clienti sono esigenti, vogliono roba fresca e nuova. Le ballerine cambiano ogni due, tre settimane al massimo. Il gestore non si preoccupa di verificare i documenti. Non firma contratti e paga in nero. Noi dobbiamo chiudere un occhio. Se vuoi pescare qualche delinquente, stai certo che prima o poi va a spendere soldi a puttane! Una delle ragazze ha detto di avere conosciuto l'amica di Annie. Le altre hanno negato di averla mai vista. La descrizione è piuttosto vaga, leggi tu stesso.»

Bastiani scorse il verbale.

"Ho conosciuto Annie e Rachele in aprile. Abbiamo parlato per pochi minuti. Quando lavori, non c'è tempo per le confidenze. Intratteniamo i clienti, serviamo champagne e a turno saliamo sulla pista della lap dance. Dieci minuti, la durata di due canzoni. Ci spogliamo e rivestiamo una ventina di volte per sera. I clienti ti tengono d'occhio, se gli vai ti invitano al tavolo o a bere in una camera appartata. C'è una tenda davanti all'ingresso. Nel privé ci sono un divano e un tavolino per le consumazioni. Balli solo per lui, lo fai contento, lo strofini un po', ma è proibito fare sesso. La cosa dura cinque minuti, però il cliente può prolungare se ordina ancora una bottiglia, così si compra il tempo. Quelli che vogliono di più, pagano alla cassa un paio di 'tappi' e possono portarsi via la ragazza.

Annie e Rachele stavano a volte insieme. Rachele aveva occhi scuri e capelli a caschetto, con la frangetta. Era magra, statura normale. Sul palcoscenico si muoveva piuttosto bene. Molto sexy direi, anche se ho sentito qualche cliente lamentarsi per i seni piccoli."

«Non sappiamo altro di Rachele?» chiese Bastiani.

«Ti ripeto che era falso anche il nome. Tante lo fanno, per la reputazione. Sembra volatilizzata.»

«Di questa tipa che avete interrogato che mi dici?»

«Una professionista. Lavorava saltuariamente, nei periodi di magra. E non si è fatta più vedere. È iscritta su un sito d'incontri. Una escort. Si fa chiamare Patricia. L'abbiamo torchiata per un pomeriggio e ha ripetuto le stesse cose. Ma vale la pena di vederla, mi sono sentito il poliziotto di *Basic Instinct*. Accavallava le gambe a ogni risposta e si divertiva a far vedere le mutandine. E che gambe, amico mio! Ecco l'indirizzo, 130 boulevard Malesherbes, nell'ottavo...»

«Grazie. Se mi presento come poliziotto non ci cavo nulla. Meglio contattarla... da professionista!»

«Auguri. E in guardia. Difficile resistere.»

«Immagino le tariffe. Devo resistere per forza.»

Si salutarono. Bastiani tornò in albergo e si mise al computer. Consultò i siti web di escort parigine che Monard gli aveva indicato e cliccò il contatto di Patricia. Nella fotografia si mostrava in ginocchio, a gambe divaricate, in modo da esaltare i grandi seni ben torniti e le sinuosità del corpo meraviglioso. Un classico delle *call girls*, vestita di niente e avvolta in una nuvola di capelli rossi. Sotto la fotografia, un numero di cellulare. Nessuna discrezione, tranne una striscia bianca che le nascondeva parzialmente il viso.

Bastiani fece il numero. Fingendosi un cliente, avrebbe ottenuto qualche cosa di più.

La voce impertinente di Patricia arrivò dopo il secondo squillo. "Hello, qui Patricia, lasciate un messaggio, sarete richiamati."

La segreteria preveniva telefonate di perditempo. Patricia richiamava solo i clienti che lasciavano il numero. Il tono di Bastiani le fece immaginare un'interessante possibilità di guadagno.

«Sono di passaggio a Parigi, Hotel Regina, di fronte al Louvre. Le va bene verso le otto?»

«Per quanto tempo? Ho già un appuntamento nel tardo pomeriggio, potrei verso le nove.»

«Vada per le nove. Mi farà compagnia a cena, poi si vede.»

«Mi scusi, gli accordi si prendono prima. Facciamo quattro ore o vuole la notte?»

«Dipende da...»

Bastiani voleva aggiungere "dalla tariffa" ma la precisazione, al telefono, gli sembrò di cattivo gusto.

«Ne parleremo a voce» lo interruppe Patricia.

«Quattro ore vanno bene» concluse Bastiani. «L'aspetto nella hall. Chieda al portiere di Bastiani. Per qualsiasi cosa, ha il mio numero.»

«Già registrato. Non rispondo mai a chi non lascia messaggi.» Patricia fece un risolino, inviò un insinuante *à bientôt!* e riattaccò.

Il commissario sapeva come trattare le prostitute. Non per averle frequentate, salvo che in scorribande fra studenti, ma per averle interrogate nel corso di tante inchieste. Sapeva coglierne il lato debole, l'intima fragilità, il bisogno femminile di essere comunque trattate con delicatezza e rispetto.

32

Patricia scese dal taxi alle nove precise. Il portiere del Regina interruppe la registrazione di una coppia di clienti americani e perse lo sguardo sull'incedere della ragazza che avanzava come una gazzella. Portava tacchi altissimi e sembrava camminare sospesa. Indossava una minigonna attillata e un golfino di seta blu cobalto che lasciava trasparire la punta dei capezzoli. Un leggero soprabito beige le copriva le spalle.

Sembrava uscita da un cartellone pubblicitario per entrare nel mondo degli uomini, dei loro desideri e delle loro fantasie. La sua provocante indecenza contrastava con la dolcezza del viso, la sua aria scanzonata ed eterea.

Bastiani era seduto nel bar interno, separato dalla hall da una vetrata e parzialmente nascosto da grandi ficus benjamin. Si era preparato a un incontro che doveva apparire divertente e galante. Dopo essersi rasato con cura, si era passato sul viso un dopobarba profumato e aveva indossato giacca blu e camicia bianca, senza cravatta. Sembrava un uomo d'affari in vena di distrazioni clandestine, pronto a soddisfare i desideri economici della gentile accompagnatrice. Aveva noleggiato una vettura, una Mercedes nera, parcheggiata di fronte all'albergo, lasciando le chiavi al valletto. Anche questo gesto da cliente vip avrebbe rafforzato la messinscena.

Non fu difficile riconoscerla. Le andò incontro. Patricia sembrava piacevolmente sorpresa di trovarsi di fronte a un tipo dall'aria perbene e tranquillizzante, di quelli che pagano e non creano problemi perché non vogliono averne. Cominciò a fidarsi.

Bastiani passò subito al tu. «Ti va se andiamo a cena? Ho prenotato alla Grande Cascade. Ti piacerà, potremo stare in giardino.»

La sera era fresca e luminosa, come le sere parigine a primavera inoltrata, la stagione più bella, quando il sole sembra non avere voglia di tramontare mai. Il cielo era limpido, riflessi dorati rimbalzavano sulle facciate monumentali del Lungosenna.

Bastiani lo percorse fino alla Tour Eiffel, svoltò sul ponte del Trocadero, raggiunse Porte Dauphine e s'infilò sulla *phériphérique* che conduce al Bois de Boulogne.

La Grande Cascade era un locale elegante, all'interno di una palazzina in stile Belle Époque. Attorno, ruscelli e cascate e, poco distante, l'ippodromo di Longchamp. Durante la settimana, era meta di pranzi d'affari e meeting di società. La domenica, un classico per famiglie e ricorrenze importanti. La sera, il luogo romantico e discreto per cene a lume di candela.

Bastiani stimolò la conversazione con domande banali, voleva che fosse Patricia a parlare di sé. Si era presentato come ingegnere della divisione francese di una multinazionale americana. «Mi occupo di macchinari per prodotti agricoli, dalla raccolta all'imballaggio.» Le confermò l'immagine di manager brillante, ben pagato e lontano da casa da giorni. Il cliente migliore.

Patricia accennò alla sua vita. Suo padre, di origini algerine, aveva sposato una francese. Il matrimonio misto spiegava la carnagione olivastra. I capelli rossi erano un suo capriccio.

Era nata a Lione, dove aveva vissuto fino al liceo. Poi si era iscritta all'università di Parigi, economia e commercio. Aveva appena compiuto ventisei anni.

«Quando ti laurei?» chiese Bastiani.

«Sono in ritardo con gli esami. Se si fa tardi la notte, non si ha tempo per studiare!»

«Potresti andare a letto presto...»

«Guarda che non mi obbliga nessuno. Non sono il genere di ragazza trascinata sul marciapiede. Ho scelto io. Conosco vantaggi e rischi. Ma intanto posso permettermi tutto ciò che desidero. Un giorno, con quanto ho messo da parte, farò un master in America. Scusa, dove stiamo andando?»

Patricia cambiò tono, quando Bastiani imboccò i viali alberati.

«Siamo al Bois de Boulogne, il ristorante è a cinque minuti, ti piacerà. Tranquilla, non ti porto nei prati!»

«Non pensavo a questo, stupido! Avrei preferito restare in città. Non ci conosciamo. Tutti hanno l'aria distinta, ma non si sa mai. E tu non mi hai ancora pagato. A proposito, si paga in anticipo!»

«D'accordo, miss Pretty Woman. Eccone cinquecento subito. Il resto, dopo cena. Non abbiamo parlato di tariffe...» aggiunse. Si ricordò delle spese che avrebbe dovuto giustificare, anche se Vallaud aveva disponibilità di cassa per le inchieste importanti.

«Facciamo millecinquecento.»

«Va bene, offro io la cena, naturalmente.»

«Sei un bel tipo. Hai voglia di scherzare. Questo mi piace.»

«Da adesso puoi chiamarmi Berni.»

Patricia si era tranquillizzata. Ma il passaggio nel Bois aveva evocato in lei qualcosa di sgradevole che Bastiani percepì. Adesso veniva la parte più difficile, convincerla a confidarsi.

Il piano faceva a pugni con la situazione in cui si era ritrovato. Patricia era un richiamo sconvolgente. Il profumo, la bocca, lo sguardo impertinente e dolce, le gambe perfette evocavano in continuazione la possibilità dell'estasi, erano una risposta a ogni desiderio. Questione di sguardi, di gesti, di centimetri, senza prudenze, grazie al potere dei soldi. La voglia di accarezzarla saliva dentro di lui come un fremito. Sentì il cuore battergli forte, le labbra secche, il membro irrigidito, come capita agli adolescenti.

Ripensò alla notte con Laurence, che lo aveva appagato, ma era violentemente attratto dalla giovane *call girl*. Peccato doversi ricordare di essere un commissario. Patricia era dolce, raffinata, prometteva sesso con impudente leggerezza.

Bastiani continuò a guidare, deglutendo la saliva attivata dagli stimoli del cervello, appetito e sessualità.

Quando arrivarono al ristorante, il sole stava tramontando e la folta vegetazione avvolgeva il parcheggio nella penombra.

Patricia allungò una mano dietro la sua nuca e cominciò ad accarezzargli i capelli.

«Che voglia che hai!» gli sussurrò all'orecchio, provocandogli un brivido. Poi con l'altra mano cominciò ad accarezzargli l'interno delle cosce, fino all'inguine. La muoveva su e giù, impedendogli d'iniziare la manovra di parcheggio e di spegnere il motore.

«Aspetta, abbiamo tutta la sera...» Bastiani riuscì a controllarsi e forse fu lo sforzo più grande della sua vita, almeno in fatto di donne. Le sfiorò leggermente le labbra con un bacio. Parcheggiò e le aprì la portiera.

A tavola, ordinarono un flan di verdure e una sogliola, una bottiglia di Chablis e acqua minerale. Erano seduti vicino a una vetrata che dava sul giardino. I tavoli erano abbastanza distanti, ma da quello accanto a loro provenivano frammenti della conversazione fra coppie noiose. Parlavano di politica e sembravano partecipare a una gara di luoghi comuni sulla Francia. Le tasse troppe alte, i ricchi che se ne vanno, il declino dello Stato e i guasti della sinistra al potere.

Patricia e Bastiani si scambiarono occhiate complici.

«Perché non se ne vanno anche loro da questo Paese?» disse lei, sorseggiando il suo secondo bicchiere di Chablis.

Mentre il cameriere puliva le sogliole e le ricomponeva alla perfezione nel piatto di portata, Bastiani pensò che la vicinanza di estranei avrebbe obbligato Patricia a controllarsi. Era il momento di passare all'attacco.

«Ti sei preoccupata perché ti ho portato fin qui?»
«Normale, succedono brutte cose. Qualche settimana fa hanno trovato in un torrente una ragazza morta. Mi capisci?»
«Certo che ti capisco. Ma ti prego, fidati, non c'è ragione di avere paura.»
«D'accordo, ma dopo cena qui attorno saremo soli...»
«Te lo giuro, fino a quando sei con me, nessuno ti farà del male!»
«Cioè per le prossime tre ore... Che discorsi, ti prego, cambiamo argomento.»
«D'accordo, cambiamo argomento. Scusami, solo una curiosità. Che cosa è successo alla ragazza?»
«Era una che faceva il mio lavoro e l'hanno ammazzata, proprio qui. Pare fosse stata drogata.»
«La conoscevi?»
«Io non frequento quel genere di ragazze!»
«Dimenticavo, tu sei nel giro vip...»
«Comunque, se t'interessa, l'avevo incontrata una volta, in un club. C'ero andata qualche volta, per arrotondare un po'. Ci sono momenti in cui i clienti scarseggiano. Ponti, vacanze, ferie estive. Gli uomini sposati vogliono fare sesso in base al calendario delle scuole dei figli.»
Bastiani rimase stupito da quella confidenza spontanea. Poteva saltare i preliminari, provare ad andare al sodo.
«Ti fidi di me?» le ripeté, prendendole la mano.
«Perché me lo chiedi? Certo che mi fido. Non sarei qui, se no.»
«Allora, raccontami di questa ragazza.»
«Non capisco, perché t'interessa?»
«Ti prego, racconta, poi capirai.»
«A che gioco vuoi giocare?»
«Non è un gioco. Ascoltami. Adesso ti farò un paio di domande. Puoi rispondere o andartene. Sei libera. Sappi che sei in pericolo e che voglio soltanto aiutarti.»
«Domande? Aiutarmi? Scusa, di che cazzo stai parlando? Senti bene, mi sto annoiando. Anzi, mi stai annoiando. Non sono abituata a serate del genere. Abbiamo un contrat-

to. Tante ore, tanti soldi e amici come prima. Scusa la franchezza, ma mi hai rotto.»

Patricia aveva cambiato registro e abbandonato la sua intrigante sfrontatezza. Ritirò la mano dalla stretta del commissario, si alzò di scatto e si diresse all'ingresso. Si accese una sigaretta e rimase a fumare nella veranda esterna.

Bastiani evitò di seguirla. Sperava che tornasse. Ne era quasi certo. Patricia non avrebbe rinunciato al compenso pattuito. In ogni caso, se avesse deciso di chiamare un taxi, l'avrebbe bloccata.

Non fu necessario. Patricia tornò a sedersi, dopo aver gettato la sigaretta a metà. Diede uno sguardo alla sua sogliola, ormai fredda, e lasciò che il cameriere la portasse via.

Bastiani ordinò la carta dei dessert. «Prendiamoci un gelato. Intanto, ascoltami. M'interessa la morte di quella povera ragazza. Sto cercando tutte le persone che la conoscevano e sono arrivato a te.»

«Potevi dirlo, sei uno stronzo di poliziotto... Dovevo immaginarlo, signor ingegnere meccanico del cazzo!»

Il tasso di volgarità di Patricia progrediva con la sensazione sempre più forte di essere caduta in una trappola. I suoi sguardi sensuali si erano tramutati in occhiate di disprezzo.

Bastiani avvertì la sua inquietudine e seppe cogliere la sua debolezza. In fondo, sotto la maschera della prostituta di lusso c'era l'indifesa ingenuità dei suoi ventisei anni.

«Sono un poliziotto, ma non sono stronzo. Patricia, ti prego, ascoltami. Faccio il commissario a Montecarlo. La morte di Annie è un affare della brigata criminale di Parigi. Non me ne occupo personalmente, puoi stare tranquilla. Ti hanno già interrogato e sanno che sei pulita. Non m'interessa che cosa gli hai raccontato. Voglio soltanto sapere qualche cosa di più delle frequentazioni di Annie. Tutto qui. Sto indagando sull'omicidio di uno dei suoi clienti, uno che ha incontrato la sera in cui è stata uccisa. Potrebbe essere stato lui. È una storia molto più grossa della fine di quella povera ragazza. Potresti essere in pericolo anche tu.»

«Io mi faccio i fatti miei. Ho visto Annie allo Star, un paio di sere. Tutto qui. Perché dovrei avere paura?»

«Nessuno ti farà del male. Ma se hai conosciuto questo cliente, le cose cambiano.» Bastiani fece scorrere le foto del suo cellulare e mostrò il volto di Massena.

«Ok, capisco. Ma ti prego, andiamo da qualche parte.»

Patricia si era calmata. Stava riflettendo e misurava le parole. Bastiani le propose il bar della Tour Montparnasse. «Da lassù si vede tutta Parigi e staremo tranquilli.»

In auto, riprese la conversazione. Le raccontò della fine di Massena, dei quadri scomparsi, delle tante persone che avrebbero voluto la sua morte. Per vendetta o punizione. Era convinto che Massena servisse ai clienti che aveva truffato più da vivo che da morto, ma qualcosa era andato storto.

«Ti prego, continua a guidare. Restiamo in macchina. Parigi è bella di notte» disse lei. Poi aggiunse con un filo di voce: «C'ero anch'io quella sera, a casa di Massena».

Bastiani frenò di colpo, istintivamente, e accostò.

Patricia tremava, una lacrima, mescolandosi con il mascara, le rigava di nero una guancia.

Le prese le mani fra le sue. «Fidati di me» le ripeté ancora una volta. Ripartì, cambiò un'altra volta itinerario e si diresse al suo albergo. «Qui potremo parlare con calma. A quest'ora, al bar, non c'è mai nessuno.»

Si sedettero su un divanetto di velluto blu. Ordinarono whisky. Patricia cominciò a raccontare.

Bastiani, per un attimo, provò a immaginare l'imbarazzo se qualcuno di sua conoscenza lo avesse scoperto in quella situazione.

Fu ironico con se stesso. "Difficile dimostrare il dovere d'ufficio."

33

«Hai detto che si chiamava Claude Massena? Lui si presentò con un nome falso, disse di chiamarsi Duvall o Duvallier, non ricordo esattamente, ma credo che fosse lui. Disse di essere svizzero, lo ricordo bene. Di solito non vado a casa dei clienti, ma mi aveva dato un indirizzo che non destava preoccupazioni. Rue La Boétie, a due passi dagli Champs-Élysées e dall'Eliseo. È una zona molto sorvegliata. Non ricordo il numero civico del palazzo. C'erano diverse vetrine di bar, ristoranti, l'insegna di un parcheggio notturno. Mi disse di suonare il citofono al numero ventisei e di proseguire nel cortile. L'appartamento era collegato a una galleria d'arte. Ricordo divani coperti di drappi bianchi, un tavolo apparecchiato con liquori e champagne. Mi pare che non ci fossero finestre, o forse erano nascoste. Le pareti erano coperte da tende rosse fino al pavimento.

Mi stava aspettando sulla porta. Aveva un abito scuro, camicia bianca, cravatta. Un tipo molto elegante e raffinato. Mi fece accomodare su uno dei divani e pregò di attendere. Scomparve dietro una tenda e tornò dopo qualche istante. Con lui c'erano le due ragazze, Annie e Rachele.»

«Le aveva conosciute al club?»

«Non ne ho idea. So che di solito le hostess possono lasciare il locale solo molto tardi. Quella sera invece non era ancora mezzanotte. Credo che avessero già fatto conoscenza, capisci cosa intendo dire? Io però ero la new entry. Lui mi aveva scelto sul sito. Mi aveva telefonato nel pomeriggio e dato appuntamento per la serata. "Organizzo una serata artistica" disse. Compresi al volo l'allusione e domandai: "S'interessa di arte, nature morte o nature viventi?". Ma lui non sembrò afferrare l'ironia. Disse soltanto, questo lo ricordo bene: "Si sbaglia, signorina. Mi interesso alla bellezza". Pensai che volesse organizzare un festino o qualcosa del genere. Non mi scandalizzo di nulla. Anzi, in due o tre ci si sente più sicure. Lui non poteva sapere che anch'io avevo frequentato lo Star e che conoscevo Annie. Ricordo che era nervosa, chiese di andare al bagno almeno tre volte nel giro di mezz'ora, continuava a giocherellare con il suo iPhone. Lui le ordinò di smetterla con un tono brutale. Poi prese un cuscino e lo poggiò sul divano bianco. Rachele cominciò a spogliarsi. Lui le strinse una benda attorno agli occhi e le chiese di sdraiarsi. Le fece piegare le braccia dietro la testa e le accarezzò la frangetta.

"Sei bellissima" le disse. Cominciò a riempire coppe di champagne. Si sedette su una poltrona, proprio di fronte a Rachele. La pregò di restare immobile. Ci chiese di spogliarci e di sederci ai suoi piedi. Si sbottonò la cintura, fece scivolare la chiusura lampo e tirò fuori il suo coso. Puoi immaginare che cosa volesse. Annie si legò i capelli, lui scostò i miei. Ci mise le mani dietro la testa e ci spinse in mezzo alle sue gambe. Si era eccitato. Si fermò quando le nostre bocche stavano per sfiorare il suo membro indurito. Non desiderava altro. Nessuna prestazione, capisci? Dovevamo stare ferme a contemplare come statue la sua erezione spontanea. Teneva gli occhi socchiusi, lo sguardo rivolto a Rachele, sdraiata sul divano. Lei aveva un braccio piegato dietro la testa e allungò l'altro vicino all'inguine. "Non ti muovere, sei perfetta così!" le ordinò. La scena durò una ventina di minuti. Rimanemmo, in silenzio, senza che succedesse nulla.»

«Come nel quadro...» si lasciò sfuggire Bastiani. Tirò fuori il suo iPhone, scorse le fotografie e mostrò a Patricia il *Nudo di donna*.

Patricia ebbe un sussulto.

«Voleva che Rachele si mettesse in quella stessa posizione. Adesso che me lo fai ricordare, le mise dietro la testa un cuscino e le ordinò di rimanere immobile. Era un cuscino blu. Rachele era timida, taciturna, obbedì senza fiatare. I clienti, sai, sono strani. Ci sono quelli che vogliono scopare subito e quelli che cercano un momento di piacere o persino tenerezza. Questi, per fortuna, sono la maggioranza. Ma alcuni hanno esigenze particolari. Qualcuno è prepotente, violento. In certi casi, è meglio assecondarli. Ormai eravamo in ballo.»

«E poi?» chiese Bastiani. L'aveva ascoltata, senza interromperla, sperando in un dettaglio che potesse portarlo sulla pista giusta.

«E poi che altro vuoi sapere? Non accadde nulla. Nulla di nulla. Un pervertito passivo, una specie di guardone, però raffinato. Aveva pagato per vederci in posa. E ha pagato bene. Il brutto è venuto dopo.»

Il viso di Patricia si era contratto. Cominciò a ricordare a monosillabi, con la voce strozzata. Aveva voglia di piangere. Bastiani le prese la mano, l'attirò verso di sé, le accarezzò i capelli. «Puoi fidarti di me.»

Patricia riprese coraggio.

«Lui si alzò, si sfilò i pantaloni, si sbottonò la camicia. Versò ancora champagne e accese l'impianto stereo. Musica classica, il *Titano* di Mahler, disse. Il volume era molto alto. Annie vuotò in fretta il bicchiere e si abbandonò di colpo sul divano, come in trance. Pensai che lo champagne fosse troppo ghiacciato o che lui ci avesse messo dentro qualcosa. Io posai il bicchiere. "Che cosa ci stai facendo bere?" sbottai, ma lui fece finta di non sentire. Incrociai i suoi occhi arrossati. Di sicuro aveva sniffato. E molto.

Poi tirò a sé Annie, la costrinse a inginocchiarsi e la prese da dietro. Lei non reagiva. Le teneva la testa, la sculacciava e la sbatteva con violenza. Urlava qualcosa, ma la musica copriva le parole. Mi alzai e cercai di raggiungere l'ingresso, ma lui mi prese per un braccio. "Stai buona, piccola, tra poco tocca a te!" mi disse.

Era una scena orribile, disgustosa. Non sono il tipo che si tira indietro se un cliente desidera qualche giochino, puoi capire, mi pagano per questo. Ma lui non cercava piacere. Era diventato volgare, stizzoso, violento. Ho in mente i segni degli schiaffi sulla schiena della povera Annie. Ero terrorizzata. Rachele si era raggomitolata e si era avvolta in un telo azzurro che ricopriva il divano, come per nascondersi. A quel punto, lui notò che il cellulare di Annie lampeggiava. Le strappò l'apparecchio e tentò di spegnerlo. Si accorse che aveva scattato qualche foto e aveva avviato la telecamera. Imprecò e scagliò il telefono contro il muro. Poi la insultò: "Bastarda, troia" e altre raffinatezze del genere. Temeva uno scandalo, forse pensò che volesse ricattarlo scattando fotografie. Era invasato, nervoso, rosso in viso, aveva tirato ancora di coca. Le afferrò i capelli, le diede uno schiaffo così forte che lei ricadde all'indietro, la schiena contro il tavolino del salotto. Aveva battuto forte la testa sullo spigolo, il sangue le colava da una tempia e non si muoveva. Lui si chinò su di lei. "Mio Dio, non volevo..." urlò. Era disperato e inebetito. Si mise in ginocchio per rianimarla, piagnucolando come un bambino impaurito.

Mi feci coraggio, afferrai una bottiglia e lo colpii alla nuca, con tutta la forza che avevo. Lui scivolò vicino al corpo di Annie. Raccolsi le mie cose e corsi fuori. Ecco tutto. Sperai che Rachele fosse riuscita a nascondersi e a scappare via. Non la vidi più. Provai a chiamarla forte. Non rispondeva. Avevo troppa paura e sono fuggita.»

Bastiani era ammutolito. Patricia non aveva taciuto i particolari. Stava scoprendo l'altra faccia di Claude Massena. Il marito affettuoso, l'amante appassionato, il mercante colto e raffinato, era violento, prigioniero di ossessioni, pronto a tutto per soddisfarle e capace di uccidere.

Patricia non aggiunse altro. Bastiani la riaccompagnò a casa.

«Non mi devi niente, non abbiamo fatto nulla» gli disse lei con tono professionale.

«Hai il mio numero. Chiamami per qualsiasi cosa e non parlare con nessuno» le raccomandò Bastiani, accarezzandole il viso.

34

Due anni prima, Massena aveva chiesto a un gallerista suo amico, Hervé Novelli, di firmare il contratto d'affitto dell'appartamento di rue La Boétie. Per ragioni fiscali gli serviva un prestanome.

Bastiani lo fece interrogare. Il gallerista raccontò che il mercante utilizzava lo spazio per qualche cocktail in occasione di esposizioni minori e come deposito di opere. Un luogo sicuro, porta blindata, inferriate, ingresso discreto, in un palazzo a pochi metri dall'Eliseo e dal ministero degli Interni, nel perimetro di sorveglianza della guardia presidenziale. È vero che il presidente francese una volta beffò anche le sue guardie e uscì dall'Eliseo in scooter per andare dall'amante e nessuno se ne accorse. Ma restava probabile che ladri e malintenzionati stessero alla larga.

Novelli risultò estraneo all'inchiesta. La notte in cui era stata uccisa Annie Schabowski, era in viaggio d'affari in Giappone. Era rientrato a Parigi una settimana dopo. Poté confermarlo con il conto dell'albergo di Tokyo e la carta d'imbarco del volo. Aveva saputo della fine di Massena dai giornali. Aveva deciso di dare un'occhiata all'appartamento, lo aveva trovato in ordine e non aveva sospettato di nulla. Né segni di effrazione, né residui di presenze umane. Era stato ripulito con cura.

Ma i rilievi della polizia confermarono quanto Bastiani aveva saputo da Patricia. Il dna sulla saliva lasciata sui bicchieri permise di identificare le persone presenti quella sera: Patricia, Annie e Massena.

La terza ragazza, Rachele, non identificata, fu catalogata come "Ignoto 1".

35

Dopo la lunga serata con Patricia, Bastiani non era riuscito a prendere sonno. Erano appena le sette quando arrivò nell'ufficio del collega Monard per fare il punto sull'inchiesta. Misero a confronto deposizioni, interrogatori, dati della polizia scientifica, intuizioni dettate dall'esperienza. Bastiani riferì alcuni particolari del racconto di Patricia e Monard non riuscì a nascondere un po' d'irritazione. Con lui, Patricia aveva eluso molte domande. Bastiani lo pregò di lasciare in pace la ragazza. «Almeno per un po', tanto non ci serve» aggiunse.

Monard annuì. «I tuoi metodi sono più persuasivi» gli disse con una strizzata d'occhio. Poi passò alle sue conclusioni.

«Massena non voleva uccidere Annie. È un'orgia finita male. La ragazza era moribonda. È stato preso dal panico e ha cercato di sbarazzarsene. Ha portato il corpo in macchina e l'ha abbandonato al Bois de Boulogne. Poi ha ripulito l'appartamento.»

«Troppo semplice» replicò Bastiani.

«Semplice? Ci sono assassini professionisti e assassini per caso. Massena apparteneva alla seconda categoria. Che altro poteva fare? Patricia era fuggita. Probabilmente aveva calcolato che non avrebbe testimoniato contro di lui per non essere considerata complice. O avrebbe cercato di comprare in seguito il suo silenzio. Comunque le puttane, se possono, si fanno gli affari loro. Di questa Rachele continuiamo a non sapere niente. Sembra svanita nel nulla. Sappiamo solo, dal racconto di Patricia, che era presente alla scena.»

«Ammettiamo che Massena abbia sistemato le cose da solo. Come ti spieghi che altre persone siano entrate nell'appartamento nelle ore successive? Ci sono tracce sulle maniglie, su una finestra, sul pavimento. In bagno sono state riscontrate impronte di tacchi di scarpe da donna e di scarpe da jogging, numero 43 o 44, certamente da uomo... E c'è un altro elemento di cui siamo quasi sicuri. Stando all'autopsia, Massena sarebbe stato ucciso la notte stessa, ora più ora meno. Comincio a pensare che la spiegazione della morte si trovi a casa sua.»

Monard non riusciva a convincersi. «Le autopsie non danno sempre indicazioni precise sull'ora della morte. Massena è stato trovato a Montecarlo. Potrebbe essere stato portato laggiù quando era ancora vivo. Forse era prigioniero. Lo hanno rapito e costretto a confessare. Vuoi vedere che questa Rachele era d'accordo con i sequestratori? Ha fatto da esca ed è sparita.»

Bastiani tirò fuori dalla giacca una piccola busta di plastica. In trasparenza si vedeva il contenuto, due mozziconi di sigaretta.

«Puoi farli analizzare in fretta?» chiese.

Monard fece chiamare un funzionario della scientifica e diede disposizioni.

«Avrai i risultati prima di sera. Si è fatto tardi, andiamo a pranzo?»

Questa volta Bastiani non riuscì a dire di no e si arrese ai ritmi e alle abitudini goderecce del collega.

Si fecero accompagnare con l'auto di servizio nella zona di Les Halles e pranzarono da Georges, un ristorante tradizionale, specialità della Borgogna. Monard ordinò una bottiglia di Saint-Émilion, un antipasto di salumi e la specialità della casa, manzo alla borgognona. «Qui lo fanno in modo divino. La carne deve cuocere per ore, con verdure, aromi e vino rosso. Devi assaggiarlo!»

Bastiani obbedì a quell'ordine perentorio di cui ebbe a pentirsi per il resto del pomeriggio. Si fermò alla seconda portata, mentre Monard concludeva quel pranzo che si ostinava a definire "di servizio" con un'altra specialità di Georges, la crema alla catalana. Seguirono caffè e digestivo. Monard volle pagare il conto e fu irremovibile. «Questa è casa mia!»

I risultati della scientifica erano pronti già a metà pomeriggio, quando Bastiani e Monard rientrarono in ufficio, dopo una breve passeggiata a piedi. La conversazione con il collega parigino era piacevole e interessante. Esprimeva un giusto distacco fra la professione di poliziotto e la vita fuori dall'ufficio. Era un uomo di mondo, uno che i francesi definiscono *bon vivant*, non solo a tavola. Descrisse a Bastiani le bellezze della campagna della Normandia, dove si era comprato un piccolo cottage e dove trascorreva almeno un paio di weekend al mese con la famiglia: sua moglie e una figlia che gli aveva dato il primo nipotino. «Dicono che la pensione è una stagione triste, ma ti assicuro che in quel paradiso, con il caminetto acceso, un buon bicchiere di vino, e se la salute ti regge...»

Bastiani lo ascoltava e annuiva, scoprendosi ancora lontano da quel genere di esistenza. La sua, nelle ultime due settimane, era stata sconvolta, non solo dall'inchiesta. Sfilarono, su una specie di passerella mentale, immagini e parole di Laurence, Maryam, Natalia, Patricia, le attrici dell'indagine che si erano intromesse nella sua vita. Le emozioni presentavano il conto.

Il funzionario della scientifica entrò nell'ufficio di Monard e illustrò i risultati. «Match sulla traccia di una maniglia e di una sigaretta.» Nel linguaggio tecnico, significava che le analisi delle impronte conducevano alla stessa persona.

Bastiani fu sorpreso e al tempo stesso soddisfatto. Si congratulò con se stesso per avere giocato d'astuzia quando ne aveva avuto l'opportunità. Il viaggio a Saint-Moritz gli aveva portato fortuna. Era stato come buttare una fiche sul banco al momento giusto.

Prima di congedarsi, si era messo in tasca due mozziconi di sigarette, afferrati fra le tante che Maryam aveva consumato durante la conversazione. Adesso aveva una prova. Anche Maryam era entrata di recente nell'appartamento di rue La Boétie. Si trattava di stabilire quando. Prima o dopo il festino di Massena? Prima o dopo la sua morte?

Una frase di Maryam gli tornò alla mente.

"Non ero a Montecarlo, ero a Parigi. E posso provarlo."

36

Dopo l'ultimo litigio con Massena, Maryam aveva lasciato per qualche tempo Montecarlo. Si era trasferita a Ginevra. Massena sospettava di un patto con Suslov, la accusava di averlo tradito, era diventato aggressivo, talvolta violento. L'aveva insultata e presa a schiaffi. E Maryam cominciò ad avere paura.

Ma a Bastiani non aveva raccontato tutta la verità.

Era stata lei a decidere che la loro storia era finita. Forse lo amava ancora, ma aveva perso la stima, il senso di complicità, quindi la fiducia, sentimenti che in un rapporto di coppia sono importanti quanto l'amore. Fra i due era sceso quel genere di silenzio che nasce dal profondo dell'animo. Impalpabile, ma duro come il cemento.

Finì per credere che il suo amante si fosse smarrito in un labirinto di ambizioni e fantasie, senza alcun senso del limite. E non gli perdonava di averla trascinata in un gorgo di affari e ricatti in cui alla fine sarebbero affogati tutti. Loro due per primi. Le sue divagazioni sessuali qualche volta l'avevano divertita e aveva volentieri recitato la parte che alternativamente le aveva assegnato, la regina di cuori, la sottomessa e poi la dominatrice.

Ma i giochi erotici erano diventati ossessivi e offrivano a Massena una sorta di alibi o pretesto psicologico per manovrare il loro rapporto. In quell'ambito, trovava la forza di dirle le cose che non osava più dire nella sua quotidianità di uomo succube dei sentimenti che provava e delle sue debolezze.

«Queste cose lasciale fare ai russi. Loro disprezzano le donne» osservò un giorno Maryam, prima di essere violentemente zittita con la solita dose d'insinuazioni sui suoi rapporti con Suslov e Balkany.

«Sono loro i tuoi amici. È da loro che hai imparato anche a scopare?»

I comportamenti di Massena e le minacce di Suslov le avevano aperto gli occhi.

Massena l'avrebbe distrutta. Suslov si era servito di lei per dare la caccia a Massena. Era fra due fuochi, uno più pericoloso dell'altro. Si era decisa a giocare in proprio, per quanto consapevole dei rischi che avrebbe corso. Voleva liberarsi per sempre di Massena e proteggersi da Suslov.

I sogni di ricchezza e la sua vita di corsa, piena di successo e piacere, stavano per dissolversi. Doveva salvarsi, sottrarsi al gorgo di ricatti e vendette. Era di nuovo sola, come nella desolata periferia della sua giovinezza in Ucraina.

Guardandosi allo specchio si sentiva morire. La sua infinita bellezza sembrava sfiorire. Ogni ruga non era la testimone del tempo, ma la cicatrice di una sconfitta, cui aveva deciso di ribellarsi con tutte le forze che le rimanevano.

37

Milos Kadizov era l'uomo che faceva al caso suo. Arrivò a Ginevra ai primi di aprile con un volo da Kiev. Maryam andò a prenderlo all'aeroporto e quasi non riconobbe il bel giovanotto campione di rugby che si era innamorato di lei e che un tempo lontano la voleva sposare, promettendole che avrebbe fatto da padre a una bambina non sua.

Era un ragazzone sui quarant'anni, con la mascella quadrata, la barba incolta e un profilo da boxeur. Alto, muscoloso, un po' appesantito. Una lunga cicatrice gli segnava la guancia destra. Le profonde borse sotto gli occhi neri davano la misura delle sofferenze patite. Un ciuffo di capelli neri ondeggiava sulla fronte.

Si presentò in jeans e camicia scura, con un giubbotto di pelle sulle spalle.

«Sembri proprio un camionista dell'Est» disse Maryam.

Si erano persi di vista, ma ogni tanto lui si faceva vivo, con un affettuoso messaggio di posta elettronica. Nessuna pretesa, soltanto la voglia di confidarsi con la dolce amica di una stagione della vita ormai finita, la sua donna che aveva detto addio a miserie e disgrazie di una terra martoriata. Erano migliaia a quell'epoca i giovani andati via senza voltarsi indietro, sognando un futuro in Europa.

Con una vaga speranza di rivederla, in un tempo indefinito, magari a Ginevra o a Parigi, si era persino messo a studiare il francese. Per parlare con lei in una lingua che non fossero il russo o l'ucraino. Per sentirsi libero, in un altro mondo.

Anni prima, Milos aveva creduto alla rivoluzione democratica, era sceso in piazza contro il regime filorusso, era rimasto con i compagni di lotta a presidiare con bandiere e striscioni la piazza del Parlamento, durante interminabili notti di gelo e tensione. Poi si era arruolato con i volontari ucraini per combattere nel Donbass, la regione insanguinata dalla guerra civile fra separatisti filorussi ed esercito regolare. Era convinto di stare dalla parte giusta, mentre carri armati e artiglierie facevano scempio di case, divoravano villaggi, strade e la vita stessa. I cecchini tiravano su qualsiasi cosa si muovesse, le ambulanze saltavano sulle mine, la morte non faceva distinzioni di età e divisa.

Quel massacro quotidiano serviva soltanto a portare la guerra sotto i riflettori del mondo, attivare le consultazioni diplomatiche e raggiungere una fragile tregua, immancabilmente violata. Allora cominciava il cinico balletto degli scambi di accuse, d'improbabili prove contro i responsabili di massacri inutili e condanne internazionali senza punizione, fino a quando il Donbass scomparve dai teleschermi e dalle agenzie di stampa, spodestato da un altro conflitto più grande o dall'impotenza di governi e cancellerie a inventare una soluzione buona per tutti.

Milos Kadizov non aveva studiato, ma era intelligente e furbo. E non era disposto a morire per niente. Aveva realizzato che la sua vita non dipendeva dalla mira di un cecchino né dal suo coraggio, ma dalla cinica possibilità che il numero delle vittime fosse abbastanza alto da imporre la ripresa del dialogo fra le parti. Tutti, in effetti, parlavano di compromessi e accordi ancora possibili, prima della morte di una Nazione.

I compromessi non sarebbero stati il frutto di una resistenza gloriosa e tantomeno di una vittoria sul campo di battaglia, bensì di un'intesa sottobanco fra politicanti, nelle chiuse stanze del potere. La guerra si portava via inutilmente una generazione, mentre gli uomini come Suslov ne calcolavano i profitti.

Tutto il suo mondo di camerati e patrioti, di speranze e valori nazionali, si era dissolto come la neve delle uggiose pianure a primavera. Milos cominciò a provare soltanto odio e disprezzo per quanti l'avevano illuso. Non c'era futuro per lui, come non c'era futuro per la terra che aveva difeso.

Sopportò anche la prigionia. Sette mesi in un capannone recintato da filo spinato, senza il rispetto che i codici internazionali prevedono per il prigioniero. Per gli indipendentisti non era un figlio della stessa terra, ma un traditore della volontà popolare. Uno senza onore e dignità, al quale si può sputare in faccia.

Tornò a casa con la morte dentro. Era stato all'inferno, conosceva il mestiere del sopravvissuto.

Maryam gli fornì l'occorrente per esercitarlo al suo servizio.

38

Milos partì per Bruxelles con il TGV del pomeriggio. Quando il treno entrò nella stazione, sotto la pioggia forte dei temporali primaverili, si sentì finalmente tranquillo e rinfrancato. Nessuno aveva controllato i documenti e nessuno, con ogni probabilità, lo avrebbe fatto nei giorni successivi.

Kurt, il suo contatto a Kiev, aveva fatto un buon lavoro. Kurt era un falsario, tecnicamente molto abile e ben introdotto nel mondo dei mercenari in cerca d'identità e dei disertori che cercavano di rifarsi una vita. Bastava essere presentati da uno del giro e avere duemila dollari in tasca.

"Oggi solo posti in piedi" era la sua battuta, quando c'era troppa gente in attesa nel sottoscala alla periferia di Kiev, trasformato in laboratorio e ufficio passaporti. Kurt non faceva domande e non voleva risposte. Pretendeva mille dollari all'ordine e mille alla consegna.

"Vieni con due fotografie e i tuoi dati in stampatello" gli aveva detto, come un qualsiasi impiegato di prefettura. Ai timbri ci avrebbe pensato lui.

Il sistema internazionale di controllo biometrico dei passaporti, collegato ai terminali dell'Interpol, era ormai diffuso in tutto il mondo, ma funzionava ancora a corrente alternata. Milos aveva calcolato che muovendosi in seguito nell'area Schengen avrebbe passato senza difficoltà le frontiere. Kurt, l'uomo dei passaporti, aveva perfezionato la tecnica e aveva ancora ampi margini di mercato.

Milos gli aveva chiesto un passaporto belga. Il suo, ucraino e in regola, era servito per ottenere abbastanza facilmente un visto turistico. Le notizie sulla guerra civile in Ucraina erano sempre più drammatiche. Chi riusciva a evadere dalla spirale di odio e miseria emigrava in Europa. Le maglie dell'accoglienza erano piuttosto larghe.

Avrebbe utilizzato il documento belga per circolare liberamente in Francia. Era diventato Albert Denferre, residente a Bruxelles. Kurt gli aveva fatto avere anche una patente di guida belga e un contatto a Bruxelles per procurarsi un'automobile con targa belga e un'arma.

Milos passeggiò un paio d'ore a Molenbeek, il quartiere degli immigrati musulmani, a una decina di minuti a piedi dagli edifici della Comunità europea. Era in anticipo.

Molenbeek era un ghetto di centomila abitanti in cui la malavita organizzata e il proselitismo islamico convivevano senza darsi fastidio e scambiandosi favori: nascondigli, documenti falsi, armi, spaccio di droga.

C'era un'ex caserma abbandonata, con le facciate coperte d'edera, che tutti chiamavano *petit château* per via delle mura merlate. Il luogo era diventato il ricettacolo di rifugiati e clandestini che cercavano un letto e un pasto caldo in attesa di un permesso di soggiorno. Volontari e assistenti sociali facevano il possibile per controllare una situazione sfuggita di mano. Le camerate erano diventate la nuova casa di intere famiglie. Attorno al "castelletto", profumo di cous cous, donne velate, bancarelle di frutta esotica e bar affollati soltanto da uomini. La sede del commissariato di polizia aveva i vetri rotti, perché bande di ragazzi l'avevano assaltata, tanto per ribadire chi aveva il controllo totale del quartiere. Persino il mondo del peccato aveva cambiato colore. In vetrina c'erano ragazze nere con i capelli crespi.

Finalmente Milos trovò il *tabac* in cui era atteso.

Il contatto di Kurt si presentò all'imbrunire. Era un ragazzo dall'aspetto così simile ai giovani immigrati del quartiere, da passare assolutamente inosservato. Aveva la carnagione scura, indossava una felpa con cappuccio e jeans.

Disse soltanto poche essenziali parole: «Milos? Ecco per voi, *au revoir*» e gli consegnò un biglietto e la chiave di un'automobile. Sul biglietto erano indicati l'indirizzo e il numero civico all'altezza del quale il giovane l'aveva parcheggiata.

Milos gli consegnò tremila dollari in contanti. Uscì dal locale, fece una decina di metri, trovò la vettura e aprì la portiera. Sul sedile di fianco, avvolta in un foglio di giornale, c'era una Beretta con il numero di matricola limato.

La sera stessa si mise in viaggio per Parigi a bordo di una Citroën C4 grigia, un'insignificante utilitaria. Fino a quel momento aveva seguito un percorso a lui noto, sulle rotte dell'illegalità, dei traffici di uomini e armi verso l'Europa.

Fra Belgio e Francia, la frontiera non esisteva. Criminali e terroristi potevano andare e venire indisturbati, almeno fino a quando la Comunità europea non avesse deciso le contromisure.

Passato il confine, era diventato un qualsiasi cittadino europeo. Era bianco e parlava piuttosto bene il francese: poteva essere facilmente il signor Albert Denferre, in viaggio per affari.

Maryam lo attendeva a Parigi.

Fissarono un appuntamento a Montmartre, fra la folla di turisti, venditori cinesi di souvenir e questuanti che assediano le scalinate del Sacré-Coeur, una delle chiese più visitate al mondo, forse per la magica luce obliqua che si riflette sulla facciata marmorea e fa sembrare maestose le sue forme inutilmente pompose.

Da lassù, la vista di Parigi era piena di suggestioni. Lo sguardo si perdeva nel meraviglioso disordine di tetti, campanili, cupole, abbaini e comignoli e nel valzer di ombre prodotte dalle formelle di ardesia e lamiera.

Erano passati quasi vent'anni dal loro ultimo incontro, ma non fu difficile riconoscersi. Milos era il ragazzo con le spalle quadrate che l'aveva protetta e amata nel suo modesto alloggio di Kiev, con il tavolo di formica e il divano sfondato. Maryam gli apparve come in un sogno, ancora più bella, con il suo splendido corpo, i lunghi capelli neri mossi dalle brezze della collina e quell'aria un po' austera ed enigmatica.

Nelle ultime e-mail, Milos le aveva confidato la sua vita da sbandato, nelle taverne piene di fumo e odoranti di grappa di prugna.

E Maryam gli aveva accennato alla possibilità di un futuro. Forse insieme, gli aveva lasciato intendere. Comunque ben retribuito, come faceva supporre il money transfer di diecimila dollari che aveva disposto a suo favore.

Si abbracciarono come due fidanzati in gita. Con il corpo di Maryam che s'incollava per un istante al suo, Milos si sentì pervaso da un'infinita e calda sensazione di tenerezza. Ricordò in un battito di ciglia le notti appassionate, Maryam raggomitolata fra le sue braccia, le promesse scambiate nella fredda luce dell'alba, mentre lui la riaccompagnava a casa e i loro piedi facevano cantare la crosta di neve gelata.

Lei lasciò che la tenesse per mano, scendendo la lunga scalinata attraverso i vialetti fioriti che portavano alla stazione della funicolare. Poi si sedettero nella veranda di un bistrôt.

«Restiamo fuori, così posso fumare» disse Maryam. Si accese una sigaretta e rimase avvolta nella sua nebbia di fumo grigiastro.

Lo aveva agganciato. Il suo modo di conquistare un uomo era infallibile e collaudato. Questa volta non c'erano in ballo soltanto affari e soldi, ma la sua stessa vita. Non avrebbe potuto fallire. Del resto, l'impresa di conquistare Milos era di una facilità disarmante. Vent'anni possono essere un'eternità o un soffio di vento, se la conversazione riprende nel punto esatto in cui si è interrotta.

L'abbraccio di benvenuto era un'indefinita promessa, su cui Milos già fantasticava.

Maryam lasciò che i suoi sguardi la avvolgessero. «Mi

trovi ancora bella?» gli chiese, con il compiacimento di conoscere la risposta.

Ordinarono uova fritte, insalata e birra, dopo uno sguardo distratto all'insignificante menu.

Maryam gli raccontò dei quadri nascosti da Massena, delle minacce ricevute da Suslov e della rottura con l'ex amante. Poi gli spiegò il suo piano.

«Sono nei guai, e mi sento come in una gabbia senza via d'uscita. Ho bisogno che qualcuno mi protegga. Quando questa storia sarà finita, andrò lontano e tu mi aiuterai. Ho un po' di soldi da parte, ci faranno comodo.»

Milos la ascoltava incantato, seguendo il movimento delle sue labbra nell'atto di tirare lunghe boccate.

«Mi stai a sentire?» gli chiese Maryam con aria irritata.

Lui annuì: «Stai tranquilla, ti prego. Credo di avere capito tutto. Non sarà difficile, ce la faremo!».

Avrebbe risposto così, qualsiasi cosa Maryam gli avesse chiesto o rivelato. Lei non ebbe bisogno di aggiungere altro. Gli avrebbe spiegato più tardi il piano per incastrare l'ex amante e costringerlo a condividere i suoi tesori. Del resto, li sentiva già un po' suoi. Avvertiva come un'ingiustizia la folle ambizione di Massena, il bisogno di chiudere la sua ricchezza in uno scrigno di cui soltanto lui aveva le chiavi. Quante volte erano arrivati insieme alla conquista di un capolavoro? Non c'era giorno che non le scorressero nella testa le sequenze della loro forsennata cavalcata in un mondo di cui entrambi conoscevano il segreto del successo e della ricchezza.

Erano stati una coppia perfetta. Amanti, sodali, abili e spregiudicati affaristi. Aste truccate, quotazioni al rialzo, clienti trascinati nel gran ballo delle suggestioni, *expertises*: tutto era diventato possibile e tutto era a portata di mano, grazie ai modi raffinati, alle competenze impareggiabili di Massena e alla straordinaria capacità di seduzione di Maryam.

Milos l'avrebbe aiutata e basta, senza fabbricare sogni o

prometterè ricchezza. Milos voleva soltanto lei. Il sogno era il suo corpo e niente altro.

Sentirono addosso gli sguardi di quel genere di clienti annoiati che mangiano da soli e non hanno altro da fare che osservare il vicino di tavolo e captarne la conversazione.

Cominciarono a parlarsi in russo, per non essere compresi. Un giovane, credendoli stranieri, ebbe il cattivo gusto di commentare ad alta voce con il vicino di tavolo l'impressionante bellezza di Maryam a confronto di uno che non poteva che essere un buttafuori o un gorilla, cioè un buttafuori salito di grado. Milos e Maryam finsero di non sentire, chiesero il conto e se ne andarono.

Passarono la notte insieme in un piccolo hotel vicino alla Gare de Lyon, l'Hotel de Bourgogne, una pensione triste e dozzinale, come ce ne sono nei pressi di tutte le stazioni del mondo. Gli ospiti sono spesso viaggiatori, gente di passaggio che nessuno nota e che i portieri registrano distrattamente. Per una mancia, nemmeno copiano il nome sul registro.

Presero la stessa camera, con letti separati. Milos si sdraiò sul letto senza spogliarsi. Si sfilò soltanto le scarpe e le calze. Maryam gettò un'occhiata alle unghie bluastre e martoriate degli alluci e gli vennero in mente per confronto i piedi lisci e ben curati di Massena, uno che aveva sempre portato scarpe su misura.

«Che cosa ti sei fatto?» gli chiese.

«Nulla di grave, succede se cammini troppo nella neve con gli scarponi dell'esercito.»

Non fecero l'amore. I piedi di Milos l'avevano disgustata. Avrebbe deciso lei il momento.

39

Annie Schabowski danzava mollemente al ritmo lento di *Eleonor Rigby*, una vecchia canzone dei Beatles ripresa da Ray Charles. Il disc jockey dello Star aveva messo questa versione, più adatta all'atmosfera del locale.

La pelle bianca da ragazza dell'Est risaltava nella penombra. Indossava un reggiseno rosa, contornato di pizzo bianco, e mutandine nere che s'infilavano completamente fra le natiche, lasciandone in bella vista la perfetta e tornita rotondità. Era magra e agile. Come ogni brava ballerina di lap dance, si avvolgeva come un serpente attorno al palo di alluminio al centro della pista e poi si lasciava andare a testa in giù, facendo ondeggiare i lunghi capelli biondi. Quando scendeva, si sfilava il reggiseno e riprendeva l'ascensione una seconda volta. Alla terza era completamente nuda. L'esibizione durava qualche minuto, poi Annie afferrava i suoi pochi indumenti, che stavano nel palmo di una mano, e svicolava in camerino a rivestirsi.

Altre ragazze le davano il cambio. Lo speaker le annunciava con il loro nome d'arte. Annie era banale ma non l'aveva cambiato. I clienti che non avevano ancora scelto quale delle ragazze invitare al tavolo le inseguivano con lo sguardo lascivo fino a vederle scomparire nei camerini e riapparire sugli sgabelli al bancone del bar. Qualcuna ripassava fra i tavoli per servire champagne e poi si accovacciava accanto all'uomo che si era finalmente deciso a sceglierla. Le loro carezze erano meccaniche e ripetitive, come gli sguardi e i palpeggiamenti, permessi fino al confine di una mutandina o di una giarrettiera e progressivi fino all'esaurimento della bottiglia. Era una giostra notturna di falsa euforia in vendita, che girava nella luce fioca di faretti colorati e metteva insieme volti sconosciuti e solitudine.

Milos osservava quell'andirivieni di ammiccamenti e trattative senza scomporsi né stupirsi. La giostra girava a Parigi come in ogni parte del mondo. Era così, in versione più modesta, anche nelle notti di Kiev. Come se padroni dei locali, hostess, buttafuori e arredatori fossero usciti dalla stessa scuola. Cambiava solo il tono del locale. In qualche caso anche il livello di pulizia e l'età delle ragazze, attorno a tavoli di legno laccato o su divani di velluto russo dai contorni più o meno lisi.

«Di quella ti puoi fidare. Docile, non stupida» disse Boban. Poi fece un cenno con l'indice verso la pista.

Annie andò a sedersi fra i due. Boban ordinò una bottiglia di Pommery, si sfilò dalla tasca dei jeans un rotolo di banconote e allungò alla cameriera trecento euro. Le consumazioni si dovevano pagare subito. I cinque minuti nel séparé con la ragazza si regolavano in seguito, direttamente.

Boban riempì fino all'orlo le coppe e lasciò che Milos e Annie proseguissero i convenevoli in lingua ucraina. Carpiva parole della conversazione, ma preferì starsene in disparte e in silenzio.

Il suo compito era esaurito e non vedeva l'ora di andarsene. La messinscena delle presentazioni era stata perfetta. Un lavoretto eseguito con professionale rapidità. Milos gli passò un rotolo da mille dollari per il servizio.

Boban era un russo, immigrato da una decina d'anni a Parigi. Per lo Stato e per il fisco francese era titolare di una ditta d'import export, che riforniva ristoranti e supermercati. Prodotti di qualità dei Paesi dell'Est, vodka, caviale, salmone e merluzzo del Baltico. Viveva in periferia, a Bobigny, un ex sobborgo industriale sulle cui macerie la municipalità di Parigi aveva progettato di costruire il villaggio olimpico e un centro congressuale.

Aveva moglie e due ragazzini, cresciuti in Francia. E questa era la sua decorosa immagine di onesto immigrato che aveva trovato una strada nel piccolo commercio.

I suoi viaggi d'affari nei Paesi dell'Est servivano a organizzare l'ingresso e il soggiorno in Francia di belle ragazze disposte a ripagare con gli interessi l'occasione che lui prometteva.

Vantava contatti con agenzie fotografiche, uffici di pubbliche relazioni, impresari teatrali, night club. Le agganciava offrendo prospettive di lavoro come ballerine, impiegate, modelle. Bastava che fossero belle, giovani e in cerca di fortuna. Molte non parlavano nemmeno la lingua del Paese di destinazione. Arrivavano in treno, in aereo, in pullman. Boban si occupava dei visti, delle spese di viaggio e di una prima sistemazione in Francia. Le chiamava le sue "ciliegine".

Alcune ragazze erano partite con l'idea di prostituirsi, ma la maggior parte pensava davvero di trovare l'occasione della vita. La disponibilità del corpo non era richiesta come condizione per raggiungere l'Europa. Molte finivano per farlo, sia pure in un ambito meno brutale e rischioso del marciapiede.

Annie era una di queste. Non avrebbe potuto mantenersi in nessun altro modo a Parigi né iscriversi alla facoltà di Belle Arti.

Boban era il terminale francese di una tratta sulla rotta dell'Europa dell'Est e dei Balcani. Avendo rifornito di "ciliegine" uomini d'affari, magnati arabi e qualche politico importante, non correva il rischio di essere pizzicato. I luoghi d'appuntamento erano residenze private, club esclusivi e grand hotel parigini obbligati a chiudere gli occhi sui capricci della clientela più assidua e facoltosa.

Era stata Maryam a fare incontrare Boban e Milos. Lo conosceva di sfuggita, lo aveva incontrato un paio di volte, a

Montecarlo e a Ginevra. L'avvocato Balkany lo utilizzava come un servizio di catering efficiente e discreto quando si trattava di fare divertire clienti e ospiti di riguardo. Le ragazze erano convocate per una notte o per un weekend, arrivavano a bordo di Mercedes con autista e ripartivano con un migliaio di dollari nella borsetta. Maryam sapeva che Massena aveva approfittato di questo genere di servizi, al tempo in cui i rapporti d'affari con Suslov andavano alla grande. L'aveva informata Balkany, un maestro quando si trattava di spargere un po' di veleno.

I capricci erotici di Massena erano ormai un dettaglio secondario. Maryam aveva accettato le infedeltà del suo amante. Lo aveva scoperto e tollerato, qualche volta si era lasciata coinvolgere nelle sue fantasie, fino ad accompagnarlo in locali come lo Star a scegliere i suoi giocattoli.

Poi fu Milos a scegliere per lei.

40

Milos andò allo Star tre sere di seguito. Invitò al tavolo alcune ragazze, lanciando una strizzatina d'occhio ad Annie. Finalmente, la quarta sera, verso le ventidue, entrò il cliente che attendeva.

Era elegante, abito gessato e camicia bianca. Il volto pallido e slavato. Milos notò i capelli rossicci, radi sulla fronte. La descrizione di Maryam corrispondeva.

Il cliente lasciò il soprabito alla guardarobiera con un biglietto da venti e andò a sedersi su un divanetto di velluto rosso, appartato rispetto a quelli disposti a semicerchio attorno alla pista.

Annie aveva finito l'esibizione e attendeva di essere chiamata. Fece un bel sorriso invitante, il cliente rispose con un cenno. Lo raggiunse. Milos osservò da lontano i loro convenevoli.

Il disc jockey aveva alzato il volume.

Il cliente ordinò champagne. Non uno qualsiasi: Chrystal da quattrocento euro. Aveva un'aria annoiata, palesemente infastidita dalla musica troppo forte.

Annie si era allungata sul divanetto. Gli infilò una mano sotto la giacca, sbottonò la camicia e cominciò ad accarezzargli il petto. Lui la scostò in modo garbato. Voleva continuare a osservare la successione di ragazze che danzavano nella luce soffusa.

La scena si ripeté nelle successive serate.

Annie uscì con il cliente, rimase con lui un paio d'ore, incassò mille euro. A tarda notte, riferì a Milos l'itinerario seguito, l'indirizzo dove era stata portata, l'esito della nottata. Raccontò che era stato gentile. «Mille euro e non ha voluto scopare.» Disse anche di essere stata in due indirizzi diversi. Un appartamento a Saint-Germain e un altro vicino all'Eliseo.

In una delle sere successive, un fuoriprogramma mandò Milos in confusione.

Il cliente mise gli occhi su una ballerina, mai vista allo Star prima d'allora. Una piuttosto magra, seni piccoli e capelli neri a caschetto. Quando cominciò ad arrampicarsi sul palo di alluminio in mezzo alla pista, lui, come se fosse stato colpito da una scarica elettrica, si alzò in piedi e la osservò danzare. Annie sembrava non interessargli più, e rivolse un'occhiata interrogativa a Milos. Lui le fece un cenno che voleva dire di restare calma e lasciare che le cose scorressero. Il copione era prevedibile, e non si sbagliò.

Il cliente, tutto preso dalla brunetta, la fece sedere alla sua destra, ma tornò a interessarsi anche ad Annie. Era eccitato. Ordinò una seconda bottiglia e poi un whisky. Le ragazze non si fecero pregare per bere in compagnia. Bevevano a percentuale. Per i clienti, ogni bottiglia significava comperare tempo e trattenerle al tavolo.

Dopo circa un'ora di carezze così professionali da sembrare spontanee, il cliente si alzò, andò alla cassa di fianco e fece chiamare il direttore di sala. I due parlarono qualche istante. Il direttore ebbe un tono cordiale, che mascherava furbi mercanteggi notturni e calcoli sul rapporto fra ore e bottiglie per dare il via libera alle ragazze. Il cliente non badava a spese e stette al gioco.

Poco dopo, il valletto dello Star parcheggiò una berlina blu Peugeot davanti all'ingresso del locale. Annie e la brunetta salirono sul sedile posteriore.

Il cliente accese la radio sul canale "classic" e si avviò verso casa, un appartamento al piano terra di rue La Boétie, nel tratto fra rue d'Artois e avenue Roosevelt. Destinazione prevedibile, ma Maryam aveva ordinato a Milos di non perderli di vista. Voleva essere sicura che quella fosse la meta prescelta per la serata.

Il quartiere offriva il lato oscuro e intristito degli Champs-Élysées, l'avenue più famosa del mondo, il cuore dello shopping e delle notti di Parigi. Nelle vie secondarie, si erano affastellati nel tempo friggitorie, sordidi bar e club per scambisti, discoteche, minimarket alimentari, negozi cinesi per massaggi erotici, farmacie notturne.

La fauna umana che circolava da quelle parti voleva stare al riparo, quasi nascondersi, dallo scintillante luccichio delle insegne di teatri, cinema, alberghi e famose boutique. Un mondo di accattoni, buttafuori, puttane di colore, immigrati, turisti alla ricerca di avventure a basso costo. La notte diffondeva un odore caratteristico e indefinibile, emanato da residui di fritto, sigarette, ascelle sudate e colonie eccessive.

Anche Milos sentì quell'odore. E non lo dimenticò per tutti i giorni che gli restavano da vivere.

La notte confondeva i colori e spegneva le insegne, ma l'odore restava stagnante. Nemmeno un forte temporale, né l'acqua che la municipalità di Parigi faceva sgorgare la sera dai tombini potevano lavarlo via.

Le gocce di pioggia ticchettavano forte sul parabrezza.

Milos seguiva l'auto a distanza. Il cliente parcheggiò in rue La Boétie, in un tratto di marciapiede su cui si affacciavano un night club e un ristorante cinese con due Buddha di ceramica all'ingresso, falsamente sorridenti.

Milos raggiunse a piedi la casa di Massena e si appostò a pochi metri dal palazzo. Entrò in un *tabac* all'estremità della via, le cui vetrine offrivano un angolo di visuale piuttosto ampio. L'insegna bianca e rossa sembrava una premonizione: "Le Monte Carlo", ma il posto non aveva nulla di pretenzioso. C'erano avventori al banco e qualche cliente ai tavolini che si affacciavano sulla via. Il locale stava per chiudere. Lo si capiva dalla fretta con cui due giovani cameriere ripulivano il bar dal cumulo di carte, briciole e scontrini buttati per terra. Una tradizione in un certo tipo di ritrovi a Parigi.

Milos tenne d'occhio il portone e il marciapiede antistante. La Peugeot si era infilata nel garage ad apertura automatica, all'angolo di un'impasse, stretta e buia, così breve da essere senza nome. Se qualcuno si avvicinava al cancello che delimitava la corte interna, un lampioncino automatico si accendeva.

La corte era adorna di aiuole fiorite e cespugli folti e poco curati. Dalla porta interna, di vetro, si accedeva alle abitazioni con un codice. Il cancello era sempre aperto, nonostante il cartello che raccomandava ai condomini di controllare sempre la chiusura. A pochi metri, un clochard con posto fisso chiedeva l'elemosina fino a tardi e ripeteva in automatico: "Si prega di chiudere".

Milos si arrampicò sull'inferriata per circa un metro, sufficiente a fargli raggiungere il cavo di contatto del lampioncino. Tirò fuori il coltello a serramanico e lo tranciò di netto.

La zona attorno era già piombata nell'oscurità.

Tornò al Monte Carlo e ordinò una birra. Si piazzò sulla soglia a fumare una sigaretta. L'umidità della notte aveva fatto scendere la temperatura, ma le sue mani sudavano.

Era teso e accaldato, come non gli succedeva dalle giornate di trincea nel Donbass. Eppure non aveva altro da fare che sorvegliare un portone e attendere che Annie uscisse. L'attesa del nulla lo snervava, come quando s'incamminava in una strada deserta, temendo che da una finestra o da una vettura arrivasse il colpo secco e improvviso di un cecchino. Passeggiava su e giù, ripassando le consegne che Maryam gli aveva dato alla stregua di un ufficiale superiore, determinata e suadente.

Il Monte Carlo spense le insegne. In quegli istanti, Milos vide un taxi che scaricò una ragazza con i capelli rossi.

Circa due ore dopo, una berlina Peugeot blu sbucò dal portone del garage.

Quando la vettura svoltò in rue d'Artois e scivolò via nel riflesso del suo boccale di birra, Milos vide al volante un uomo solo.

Si precipitò alla sua auto, innestò la marcia e cercò di raggiungere la Peugeout, che nel frattempo aveva svoltato sulla destra e imboccato gli Champs-Élysées.

Non era pratico delle strade di Parigi. La berlina subito sparì dalla visuale e lui realizzò che non sarebbe riuscito l'inseguimento. Tornò indietro e si perse nel dedalo di viuzze e sensi unici attorno a Faubourg Saint-Honoré.

Si sentì uno stupido e bestemmiò ad alta voce, mentre scrutava i marciapiedi deserti. Sperò che Annie in quegli istanti concitati non fosse andata via. Decise di aspettare, sotto la pioggia che gli inzuppava i piedi. Era rosso in viso e avvertiva una fastidiosa fitta alla testa. La precedente esistenza stava per concludersi in appostamenti maldestri e ancora non capiva che cosa gli avrebbe riservato il tempo.

41

Maryam andava su e giù nella sua stanza all'Hotel de Bourgogne, lanciando occhiate impazienti all'orologio. Verso le due si distese sul letto, fissando il soffitto e fumando in continuazione. Non aveva cenato. Il suo stomaco era contratto dalla tensione. Dal frigobar prese l'ultima bottiglia di minerale. Poi spalancò la finestra per fare uscire il fumo azzurrognolo e l'odore stantio dei mozziconi che traboccavano dal portacenere. Finalmente si decise a chiamare Milos.

Lui rispose al primo squillo. Balbettò qualche parola, le disse di Massena, della sua uscita improvvisa dal garage, di Annie che non si era ancora vista o che forse era andata via e lui non se ne era accorto.

«Dovevi tenerlo d'occhio, maledizione! E dovevi avvertirmi.» Il tono era al solito di rimprovero nei confronti di un uomo che, come altri nella sua vita, doveva stare al gioco e mettersi al suo servizio.

Milos avrebbe dovuto aspettare Annie e farsi consegnare il cellulare, l'arma del ricatto. Con cinquemila dollari in borsetta – il compenso pattuito – la ragazza avrebbe potuto lasciare lo Star e cominciare un'altra vita. Adesso era tutto più complicato.

Maryam andò in bagno. Si guardò allo specchio, raccolse i capelli neri in uno chignon, si calò sulla testa una parrucca di capelli rossi, cambiò le scarpe con il tacco alto e infilò un paio di Nike. Poi riempì alla rinfusa la borsa con altri vestiti, pagò la camera in contanti e fece chiamare un taxi.

«Faubourg Saint-Honoré, per favore» disse al tassista. Non voleva farsi accompagnare all'appartamento di Massena. Nel suo piano, aveva calcolato anche il rischio che qualche tassista potesse ricordarsi un giorno di avere portato una donna in quel posto.

Nel pomeriggio, si era recata in un negozio di boulevard de Strasbourg, vicino alla Gare du Nord, specializzato in costumi e parrucche. Uno di quei negozi, gestiti da immigrati cinesi, i cui clienti più numerosi e assidui sono le ragazze nere e mulatte che amano indossare parrucche di vari colori, creando così le nuove tendenze etniche che spopolano su Facebook.

Il travestimento ingannò anche Milos. Al primo istante stentò a riconoscerla.

Maryam conosceva il codice del portone d'ingresso, ma non aveva più le chiavi dell'appartamento. Erano passati due mesi dall'ultima volta che vi aveva trascorso la notte, muovendosi fra le lenzuola come un animale docile e addomesticato da Massena, che le stringeva i seni, lo sguardo incantato sul *Nudo di donna*. Aveva rimosso quel rituale perverso di un uomo che aveva creduto di amare. Adesso voleva soltanto la sua parte.

La porta dell'appartamento, al piano terra, aveva una pesante serratura antiscasso. Ma era socchiusa.

Bastò una leggera spinta per alzare il sipario sulle ultime azioni del suo ex amante.

Massena le apparve come non lo aveva mai visto, nemmeno nei giorni dei litigi, degli sfoghi d'ira, degli estenuanti amplessi all'inseguimento delle sue fantasie. Accasciato sulla poltrona, le mani penzolanti sui braccioli, la camicia aperta, lo sguardo inebetito.

Sul tavolino della sala c'erano dei bicchieri rovesciati e una bottiglia di whisky Jack Daniel's mezza vuota. Sul pavimento, bottiglie di champagne, vetri di una coppa in frantumi, un portacenere di cristallo blu, a forma di prisma, con angoli aguzzi.

Accanto alla gamba destra del tavolino, una macchia di sangue rappreso si allungava in una striscia rossastra lungo il pavimento.

Quando Massena vide entrare Maryam, ebbe un fremito di sollievo. La vista di un volto noto, in mezzo al disordine, al sangue, allo sgomento, sembrò confortarlo.

«Non volevo...» mormorò con un filo di voce.

Milos intanto stava facendo il giro del soggiorno, della cucina e del bagno, separati da una porta scorrevole. Dappertutto c'erano asciugamani e stracci insanguinati. Salì la scala bianca del loft, che portava alla camera da letto. Sperava che Annie si trovasse in qualche angolo e che lui, il cliente, l'avesse costretta a rimanere.

Era sparita. E non c'era traccia delle due ragazze attirate nei suoi giochi.

«Non volevi cosa?» gli urlò in faccia Maryam. Il suo tono, stizzoso e possente, tradiva lo sgomento davanti alla vista di Massena in quelle condizioni e delle chiazze di sangue rappreso sul pavimento. Fra i vuoti di champagne c'erano kleenex insanguinati, una calza di seta, una minigonna e uno scialle.

«Sei uno stupido! Uno stupido, un bastardo egoista. Hai distrutto tutto, e anche la tua vita!»

Maryam era passata agli insulti. Milos li ascoltava in silenzio, non senza un segreto compiacimento, essendo rivolti a un uomo che nella sua immaginazione era un rivale: l'ex amante, ricco e potente, che aveva imbrogliato e minacciato la sua Maryam.

Massena, con la voce strozzata dall'angoscia delle sue colpe, riusciva soltanto a ripetere: «Non volevo...».

Aveva gli occhi cerchiati di rosso, affossati nelle orbite. Le lacrime scendevano sulle guance pallide. Sembrava regredito allo stadio di disarmata fragilità infantile e di impossibile distanza dalle sue colpe, dagli sfoghi violenti e dalle manie d'onnipotenza che lo avevano rovinato. Si era spinto a uccidere e adesso, passato il limite, appariva spossato, inerte, tremebondo, come il condannato nei minuti che mancano all'esecuzione.

Si stava liberando dalla sua schizofrenia anaffettiva e dalle inquietudini inappagate. Forse era in grado di provare almeno il dolore. Non era la morte a fargli paura, ma il poco tempo che gli rimaneva per guardarsi dentro.

Aveva perso il controllo e aveva ucciso, ma non era un assassino, come non era stato un ladro.

Non lo era, qualsiasi motivazione avesse avuto. S'impara anche a uccidere, ma lui non aveva studiato la materia. Era però salito troppo in alto nella dimensione del potere su cose e persone. Aveva creduto di conquistare la bellezza, l'arte e persino la felicità. Alla fine della corsa, aveva cercato sinuose armonie di nudità, si era gettato sul loro modello, illudendosi di catturare lo sguardo che soltanto i grandi artisti sanno rubare alla vita reale e restituire all'eternità.

In cuor suo, disprezzava la ricchezza ostentata dei suoi clienti, mentre appagava le loro fantasie, moltiplicando il valore di capolavori, tenendo per sé la presunzione di raggiungere il *thauma,* la definizione degli antichi greci della bellezza che lascia senza fiato.

Era caduto in un mortale equivoco con la sua indole di mercante e mecenate mancato, finendo per tradire tutti e per perdere se stesso. Era riuscito nell'inganno di persone amate, di clienti che si erano affidati alla sua abilità e competenza, dei tanti che gli davano la caccia.

L'inganno sarebbe continuato anche da morto. Quando fu trovato avvolto tra i rifiuti degli esseri normali, era diventato soltanto una vittima.

Il *Nudo di donna*, posseduto per un attimo, adesso era soltanto un rotolo di tela, forse ancora a pochi metri da lui, ma perso per sempre.

«Aiutami, ti prego...» sospirò con un filo di voce.

«Non posso fare più niente per te!» replicò Maryam.

Milos s'intromise. «Che fine ha fatto la ragazza?»

La domanda rimase sospesa.

Massena scrutò l'uomo arrivato con Maryam in casa sua. Perché sapevano di una ragazza?

«L'hai uccisa?» urlò Maryam.

«L'hai uccisa?» lo incalzò Milos, facendo roteare il braccio con un gesto minaccioso che gli sfiorò il volto. Massena precipitò nella parte dell'imputato disperato e indifeso. Milos incombeva su di lui con la sua figura massiccia e minacciosa. Maryam lo tormentò ancora, intercalando imprecazioni e insulti.

Massena annuì. Senza dire nulla. Sembrava annaspare. La stanza, chiusa e senza finestre, era piena di fumo e aria stantia.

La confessione del delitto fu quasi liberatoria. Tentò di giustificarsi, rievocando il comportamento insolito di Annie.

«Faceva fotografie. Voleva ricattarmi. Lo capisci? Le ho dato una spinta, è caduta all'indietro. Ho visto il sangue, gli occhi sbarrati, sembrava morta, ho avuto paura...»

La voce gli era tornata e lui era di nuovo sprezzante. «Una puttana...» aggiunse. Fissò gli occhi profondi e luminosi di Maryam, sperando di avere ancora un po' di potere su di lei. Non implorava più aiuto, cercava complicità. Confessò anche tutto quanto aveva fatto dopo, l'insieme di azioni concitate per eliminare ogni traccia della sua irrimediabile colpa. Confessò di avere trascinato la ragazza fino all'ascensore collegato con il garage, la corsa al Bois, l'ignobile decisione di abbandonare un corpo con il cuore che forse batteva ancora.

Poi tornò a giustificarsi. «Ci eravamo spogliati, ma non facevamo sesso. Ascoltavamo musica, bevendo champagne. C'erano altre due ragazze e abbiamo cominciato a giocare, come piace a me. Lei si è messa ad armeggiare con il cellulare. Ha detto che voleva spegnerlo... Si è interrotta per andare in bagno. Era la prima sera che si comportava così. La cosa ha cominciato a irritarmi. Poi...»

Maryam lo interruppe. «Poi l'hai uccisa. Questo l'hai già detto.»

«Ma non volevo, te lo giuro...»

«Ormai il male è fatto. Per cosa, poi? Che fine hanno fatto le altre ragazze?»

«Non so più nulla, credimi. Non ricordo nulla. Sono sparite. Devi credermi, non volevo uccidere nessuno. Ho pensato che volessero ricattarmi o derubarmi e non ho capito più nulla...»

Le ipotesi e i sospetti che Massena esponeva a monosillabi, lo sguardo impietrito e la voce bassa, fecero piombare Maryam in un'agitazione incontrollata. Cominciò a temere di essere arrivata in ritardo.

Già, che fine avevano fatto? Perché Massena parlava di due ragazze? Provò a incalzarlo ancora.

«Una si chiamava Josephine. Ho soltanto un numero di telefono. L'altra l'ho incontrata allo Star. Mi ha detto di chiamarsi Rachele. Non so altro.»

«Strano nome per una puttana.»

«Non credo che lo fosse. Andava all'università.»

«Ho capito, una delle tue solite fantasie. La modella e il suo artista, i fiori del male e altre stronzate...»

«Sei ingiusta. È un gioco che piaceva anche a te...»

«Te l'ho fatto credere fino a quando mi è andato bene, fino a quando era un gioco. Poi è diventato un massacro. Adesso devi dirmi la verità su Suslov. Mi stanno minacciando, credono che io sia tua complice. Non voglio morire per colpa tua! Dove sono finiti i quadri? Come hai potuto immaginare che Suslov ti avrebbe detto: "Si accomodi, abbiamo scherzato" per qualche decina di milioni! Povero pazzo illuso!»

Massena si prese la testa fra le mani. Era perduto e Maryam voleva la sua fine per salvare se stessa. Un topo in gabbia, un topo da laboratorio che si agitava in un percorso senza via d'uscita.

Tentò di trovare un pertugio. Riprese a parlare con calma, sorseggiando un po' d'acqua. S'illuse che Maryam non fosse insensibile alle suggestioni della loro avventura.

«Non sono pazzo. Ci sono momenti in cui senti che le cose ti appartengono. Quando guardi il mare, sai che non può essere tuo, ma lo possiedi con lo sguardo, con il profumo delle brezze che t'invadono la gola. Il mare e un Modigliani sono la stessa cosa meravigliosa.»

«Povero stupido.» Maryam lo insultò ancora una volta e poi decise che quello era il momento di approfittare della sua estrema debolezza. Massena era un uomo finito, prigioniero delle sue fantasie, della sindrome di cui cominciava a morire.

Tirò fuori dalla borsetta un foglio spiegazzato. Era carta intestata, con in cima, sul lato destro, il nome di Claude Massena. In poche righe, Maryam aveva riassunto una specie di confessione, mettendo in fila le molte cose di cui era al corrente sugli affari di Massena: la sua collezione, i quadri nascosti, la compravendita del Modigliani.

Lui avrebbe dovuto aggiungere di suo pugno soltanto una firma e una combinazione: una sequenza di numeri che solo lui conosceva e che dava accesso al caveau nei Ports Francs di Ginevra.

Quel foglio era la sua assicurazione sulla vita. Massena lo avrebbe firmato sotto ricatto. Adesso doveva firmarlo per non morire.

Lui cominciò a scorrere le prime righe, ma non arrivò in fondo. Prese la prima cosa che gli capitò a tiro, il grosso portacenere di cristallo, e lo scagliò contro di lei.

Maryam evitò il colpo, gettandosi a terra.

Milos reagì d'istinto. Vedendola accasciarsi, con la testa fra le mani, ritenne che fosse stata colpita. Si lanciò su Massena. Due mani enormi e nodose gli serrarono il collo come una tenaglia, fino a quando il crepitio secco della vertebra mise fine ai suoi gemiti e le pupille gonfie fissarono il soffitto senza più espressione.

Milos era abituato a quello sguardo di morte. Le sue mani smisero di sudare. Si chinò su Maryam, l'accarezzò con dolcezza, attendendosi la gratitudine per avere giustiziato un nemico.

La donna che amava poteva finalmente essere sua. Lo aveva coinvolto in un piano di ricatti da cui ormai dipendeva la sua vita. Giocavano la stessa partita, ma era stata lei a scrivere le regole.

Maryam coltivò con nuove promesse la sua complicità. Bastava uno sguardo profondo sulla bocca di Milos.

Intanto il foglio che Massena avrebbe dovuto firmare era volato via e si era posato, leggero e inutile, accanto al cadavere.

Per un attimo Maryam pensò alla povera Annie, la ragazza ucraina che poteva avere l'età di sua figlia, la bella bambina bionda cresciuta chissà dove. Realizzò che anche come madre aveva fallito.

Avvertì quel senso di nausea provocato dalla tensione e dal disgusto, la stretta allo stomaco che impedisce qualsiasi reazione. Milos l'aiutò a sollevarsi, la fece sedere sul divano, nell'angolo risparmiato dagli schizzi di sangue, le portò un bicchiere d'acqua.

Rimasero in silenzio, senza guardarsi: nessuno dei due aveva la lucidità di decidere che cosa fare. Nessuna inchiesta, nessun avvocato, nessuna ricostruzione plausibile avrebbe potuto scagionarli. Né gli imbrogli e i giochi proibiti di Massena, né l'ultimo suo atto di disperata aggressività.

Il cadavere li accusava e li imprigionava nell'inutilità del ricatto che avevano tentato di organizzare. Massena aveva lasciato questo mondo con i suoi segreti. Del Modigliani restava soltanto un'immagine sbiadita nella mente di Maryam.

La morte di Massena non aveva nemmeno il sapore della vendetta. Non era servita a nulla.

Maryam salì la scala del loft che portava alla camera in cui aveva fatto l'amore per l'ultima volta. Aprì un armadio, frugò nel cassettone davanti al letto, poi rimise in ordine, pulì con cura le impronte, trattenendo l'energia distruttiva che stava per invaderla.

Si stese, mentre sentiva i passi di Milos che saliva da lei.

42

La luce dell'alba cominciava a filtrare da una finestra. Il palazzo non dava i segnali abituali del risveglio del mattino. Non si sentivano scatti di serrature, fruscii di ascensore, il saluto della *gardienne*, riti di una giornata che comincia. Come tanti edifici nel cuore di Parigi, diventati costosi da mantenere e troppo cari da acquistare, anche questo era in gran parte adibito a uffici e a residenze secondarie di ricchi investitori stranieri.

Il silenzio fu la loro salvezza. Nessuno li aveva visti. Nessuno si sarebbe accorto di nulla nelle ore successive.

Milos andò in bagno e si lavò la faccia. Fece scorrere l'acqua, perché fosse più fresca. Si passò le mani fra i capelli e sulle orecchie, ancora bollenti per la tensione accumulata.

Maryam rimase seduta sul letto, si accese una sigaretta, guardandosi attorno. Si era calmata e fece una specie d'inventario delle cose da fare più in fretta possibile.

Usarono gli asciugamani e le lenzuola che avevano trovato fra il bagno e la camera per ripulire alla meglio. Milos sparse dappertutto acqua e detersivi e strizzò gli stracci insanguinati nel water. Maryam raccattò vuoti di bottiglie, avanzi e piatti sporchi in un sacco di plastica e lo buttò in uno dei bidoni della spazzatura allineati nella corte. In un altro sacco, Milos gettò il mucchio di asciugamani e stracci.

Ogni giorno, la *gardienne* trascinava i bidoni dalla corte

fiorita al marciapiede esterno. Il camion della nettezza urbana sarebbe passato in giornata e ogni traccia sarebbe finita nell'inceneritore di Parigi.

Terminarono in fretta. I loro sguardi s'incrociarono, senza parlarsi, con un'espressione d'intima complicità.

Avevano fatto un buon lavoro. E cominciarono a ipotizzare possibili varianti del piano. La polizia avrebbe ispezionato l'appartamento nell'ambito delle indagini sulla morte di Massena e forse avrebbe trovato tracce di Annie e delle altre ragazze. Così il discredito su Claude Massena sarebbe lievitato come il mistero sulla sua fine.

«Indagheranno sulla morte di un voyeur» disse Maryam, ostentando una sicurezza che non aveva e che non tranquillizzò Milos.

«E se trovano le mie impronte?» replicò.

«Manderanno una segnalazione all'Interpol e cercheranno un uomo venuto dal nulla, mai schedato dalle polizie europee, probabilmente nemmeno francese. Nient'altro. Sei un clandestino, amore mio!»

Il caso e la fortuna talvolta giocano a favore dell'assassino.

Il telefono di Annie era finito in un angolo del salotto, incastrato fra la parete e le gambe di una consolle. Il bianco della custodia si confondeva con il bianco del muro e del mobile. Maryam se ne accorse per caso, appoggiandosi alla consolle e avvertendo un leggero scompenso. Aveva pescato la carta vincente, l'àncora a cui aggrappare vendetta e sopravvivenza.

Massena, in preda al panico, non se n'era accorto. Forse lo avrebbe cercato dopo la corsa al Bois de Boulogne. E lo avrebbe distrutto come aveva fatto con la vita di una ragazza ingaggiata per spiare nell'abisso della sua fantasia malata.

Annie era morta. La storia di una giovane donna venuta dall'Est era nella memoria di un cellulare, con ancora spazio per una vita che non avrebbe mai vissuto.

L'iPhone era caldo, segno che la funzione della telecamera era rimasta attiva a lungo. La fortuna svoltò dalla parte di Maryam, che lo stringeva fra le mani con una gelida espressione di avidità. Il suo era un piano che le aziende definirebbero *work in progress*, una concatenazione di mosse verso l'obiettivo finale.

L'iPhone di Annie era l'ultima polizza che aveva firmato con il destino.

43

Milos era muscoloso e così forte da farcela da solo. Avvolse in un lenzuolo azzurro il corpo seminudo di Massena, se lo caricò sulle spalle e raggiunse il garage. E lo infilò in un sacco della spazzatura.

Con la confessione, Massena gli aveva indicato il percorso. La chiave della Peugeot era nel cruscotto. Milos fece scattare il pulsante per l'apertura del bagagliaio e sistemò il cadavere, non ancora irrigidito dal rigor mortis.

Maryam rimase ancora qualche minuto nell'appartamento. Fece un ultimo controllo, uscì e tirò verso di sé la porta d'ingresso, in modo che scattasse la serratura. Strofinò il foulard sul pomello della maniglia per cancellare le impronte e attese Milos sulla rampa del garage. Lui abbassò il finestrino. Lei si chinò per un bacio che aveva il sapore della complicità. Poi salì sulla Citroën.

Gli fece strada fino alla periferia sud, percorrendo i *quais* che fiancheggiano la Senna. Il sole si rifrangeva sulle facciate dell'Île Saint-Louis e s'infilava fra le guglie di Notre-Dame. La città era ancora immobile e assopita. Il temporale della notte aveva reso il cielo terso e limpido, senza una nuvola all'orizzonte. Quella vista incantevole attraversò lo sguardo di Maryam fisso sulla strada. La distrasse per l'attimo sufficiente a suscitare rimpianti. Cominciava l'ultima corsa, e si chiese se avrebbe più rivisto Parigi.

Proseguirono, a breve distanza l'uno dall'altro, fino all'imbocco della A6, l'Autoroute du Midi, in direzione Lione. Fecero rifornimento al primo distributore automatico, per evitare di passare alla cassa ed essere notati. Si fermarono una cinquantina di chilometri dopo, all'interno di un'area di sosta, di quelle in cui trascorrono la notte i camionisti. Molti tir si erano già messi in moto e in quelli ancora fermi gli autisti dormivano profondamente.

Maryam parcheggiò la C4 in una piazzola appartata vicino alla boscaglia e Milos affiancò la Peugeot. Se qualcuno fosse sopraggiunto in quegli istanti, li avrebbe scambiati per turisti assonnati che avevano interrotto il viaggio verso il Midi.

Maryam rimase in piedi appoggiata al cofano e si accese una sigaretta. Milos svitò le targhe e le scambiò.

La Peugeot di Massena era diventata una vettura immatricolata in Belgio.

Ripresero il tragitto fino a Melun, piccolo gioiello medievale, un centinaio di chilometri a sud di Parigi. Il sole già alto inondava di riflessi dorati il paesaggio di colline ondulate e di vigneti ai lati dell'autostrada.

Maryam imboccò l'uscita, seguì le indicazioni per la stazione ferroviaria, si fermò nel parcheggio antistante, occupato dalle vetture dei pendolari che prendevano il treno per lavorare nella capitale.

Strofinò volante e maniglia e buttò le chiavi in un cestino di rifiuti. Calcolò che sarebbe passato del tempo prima che un'utilitaria, parcheggiata fra centinaia davanti a una stazione, potesse destare sospetti.

Acquistò al ricevitore automatico un biglietto di seconda classe per Parigi. La carrozza era affollata di studenti e impiegati, il genere di passeggeri che approfitta del viaggio per recuperare il sonno o attaccarsi al computer. In jeans e scarpe da jogging, con grandi occhiali da sole, nessuno la notò.

Alla Gare Montparnasse si liberò della parrucca e della sacca dei vestiti infilandoli in un cassonetto. Con la metropolitana, proseguì fino alla Gare de Lion e prese il TGV per Ginevra. Ai controlli successivi, il passaporto svizzero le garantì libertà di movimento.

Il giorno seguente, andò al garage pubblico dove aveva lasciato la sua Mercedes.

La sera stessa faceva finalmente un bagno caldo nello chalet di Natalia Suslov, che la ospitò come una sorella.

Avevano un nemico comune.

44

L'indagine nella banca monegasca riservò continue sorprese al giudice Labrosse. Aveva avviato rogatorie internazionali per risalire ai titolari dei conti da cui arrivavano i pagamenti a favore di Massena. Era probabile che si trattasse di Suslov, ma altri collezionisti avevano disposto bonifici. L'inchiesta prendeva tempo. La pista finanziaria non avrebbe portato automaticamente all'assassino. Ci volevano prove e confessioni.

Tuttavia Labrosse scovò un tassello importante, grazie alla disponibilità un po' forzata di Louis Bertell, il direttore della Muriel Banque Privée, che non aveva la tempra del combattente.

Il magistrato gli fece visita una seconda volta.

«Signor giudice, mi faccio gli affari miei e ho sempre fatto il mio dovere. Punto e basta. La prego, non mi metta nei guai. Ho moglie e quattro figli» gli disse.

Labrosse lo rassicurò. «Capisco, anche lei tiene famiglia. Comunque si tranquillizzi. Mi dia le poche informazioni di cui ho bisogno e nessuno saprà nulla. Ha la mia parola. Nessuno ha interesse che a Montecarlo salti il banco. Il procuratore capo mi licenzierebbe domattina!»

Già, Vallaud. Le allusioni, gli ordini contradditori, le frequentazioni controverse. Labrosse era al corrente dei contatti di Suslov per il suo progetto immobiliare. E si ricordò delle parole del suo superiore per sollecitare indagini su Massena: "Le raccomando discrezione, dobbiamo soltanto spaventarlo".

Non sapeva se i rapporti con Suslov si fossero interrotti e fino a che punto si fosse spinta la compiacenza di Vallaud.

Chiese al direttore Bertell di verificare le persone che avevano ricevuto bonifici dagli stessi conti nel periodo antecedente l'assassinio di Massena.

Bertell entrò nel sistema, digitò le password, scelse a caso uno dei conti su cui indagava Labrosse. La barra dell'evidenziatore scorreva su cifre e codici. Ripeté l'operazione fino a quando il controllo su un conto, domiciliato all'isola di Mann, fornì un indizio.

Erano stati registrati due bonifici precedenti a quelli destinati a Massena. Due bonifici della stessa entità. Una cifra non così importante rispetto ai versamenti ricevuti dal mercante per commissioni. Un milione di euro in dicembre, un milione di euro alla fine di marzo. Stesso importo, stessa persona. Il nome non diceva nulla.

Marie Claire Rochebrunne poteva essere chiunque. Di sicuro, una rispettabile esiliata fiscale a Montecarlo. Nulla di più.

Tuttavia, Labrosse ottenne ciò che voleva dopo imbarazzanti colloqui con Vallaud, il procuratore capo con la sua stravagante idea di giustizia.

Il certificato dell'anagrafe era sulla sua scrivania, appena sfornato dal computer centrale e protetto da una cartellina di plastica che Labrosse aveva inaugurato per l'occasione.

> Marie Claire Rochebrunne, nata a Tolosa il 16 marzo 1957, residente a Montecarlo, sposata con rito civile il 18 novembre del 1981 con Jean-Pierre Vallaud, magistrato, nato a Parigi il 20 ottobre 1955, residente a Montecarlo.

Non era una prova di corruzione, ma un'ipotesi concreta. Ed era la chiave della strategia di Suslov.

Il russo non era nella condizione di fare valere le sue ragioni con mezzi legali. L'apertura di un'inchiesta avrebbe scoperchiato il vaso di Pandora sui frettolosi investimenti in opere d'arte per mettere al riparo le sue fortune dalla causa di divorzio. Aveva tentato quindi di stanare Massena contando sulla complicità di Vallaud.

L'indomani, Labrosse telefonò a Bastiani. «Le devo parlare. Usiamo una linea fissa.» Poco dopo, richiamò l'Hotel Regina da una cabina pubblica.

Avrebbe voluto dargli una pacca sulla spalla o battere il cinque, come si usa fra colleghi.

«Credo che dobbiamo interrogare Suslov» disse.

«Al momento non mi farei illusioni. Crede che Vallaud autorizzerebbe una cosa del genere? E fuori dal nostro territorio? È più facile trovare il capo della Spectre!»

«In ogni caso, abbiamo qualche elemento in più. Lo prenderemo. Speriamo prima che faccia altre vittime.»

Senza volerlo, Labrosse lo aveva portato fuori strada.

Bastiani ripensò alle minacce ricevute da Laurence e concluse che anche Maryam era in pericolo.

45

Milos guidò tutto il giorno, mantenendo un'andatura moderata per evitare i numerosi radar disseminati lungo il percorso.

L'Autoroute du Midi è l'arteria più trafficata di Francia, sempre intasata nei periodi di vacanza dai turisti stranieri e francesi in rotta verso la Costa Azzurra. Il mito resiste, nonostante le speculazioni edilizie che hanno sfregiato il territorio, i prezzi folli, le cifre allarmanti su rapine e scippi.

Dopo Lione, l'autostrada si biforca in direzione dell'Italia e di Marsiglia. Milos teneva d'occhio la spia del serbatoio, ma la lancetta sfiorò lo spazio in giallo della riserva soltanto quando si cominciavano a intravedere la bella collana di luci che abbraccia il golfo di Nizza e, in rapida successione edilizia, i grattacieli di Montecarlo.

Calcolò che fosse inutile correre rischi per un rifornimento. In ogni caso, il turno diurno era già finito da un pezzo e molti distributori erano chiusi. Mancavano pochi chilometri alla meta.

Durante il viaggio ripassò ogni dettaglio del piano e rinnovò a se stesso i consigli che ricordava di avere ricevuto dai suoi ufficiali in situazioni di pericolo: calma, prontezza di riflessi, veloce calcolo delle probabilità in caso d'imprevisti.

Doveva studiare il percorso, cercare il luogo più adatto per liberarsi dell'auto, scegliere il momento.

Si fece coraggio, mentre s'infilava nell'atmosfera tranquilla e ordinata del Principato. Un poliziotto, se avesse fermato la berlina blu con targa belga, di quelle con sedili di cuoio e cruscotto in radica, lo avrebbe scambiato per un turista arrivato per il Gran Premio.

Si fece ancora qualche domanda su Maryam, sulle sue intenzioni e sulle promesse lasciate in sospeso. Per un bacio, appena sfiorato sulla sua bella bocca, ricevuto senza passione attraverso il finestrino di una vettura, era diventato complice, sicario, guardiano fedele. Che cosa si attendeva quando fosse tutto finito? Qual era il suo gran premio? Avrebbe potuto raggiungerla in Svizzera, sarebbero fuggiti insieme, da qualche parte del mondo, con il tesoro di Massena che prima o poi Maryam sarebbe riuscita a trovare?

Lei aveva tenuto insieme in modo spasmodico l'ansia di sopravvivere e una lucida determinazione. Si era infilata in un tunnel lungo e buio, ma aveva studiato le possibili vie d'uscita. Il ricatto architettato nei confronti di Massena, che poteva farle riguadagnare la fiducia di Suslov, era fallito. Ma nella lunga notte in rue La Boétie aveva immaginato come fare ricadere i sospetti su Suslov e negoziare il suo futuro.

Il viaggio di Milos avrebbe messo la polizia su una pista evidente: Massena ucciso da un sicario e abbandonato nel suo residence di Montecarlo con il collo spezzato. Un lavoro da professionisti, per il quale Suslov e la sua corte agli ordini di Balkany sarebbero stati indiziati.

La voce metallica del navigatore della Peugeot accompagnò Milos fino alla Magnolia. Digitò il codice di accesso e s'infilò sulle rampe che conducevano al parcheggio sotterraneo, su cui si affacciava la fila di box. Seguì le indicazioni di Maryam: "Ne troverai molti aperti, i proprietari sono spesso assenti, non ci lasciano niente e li usano soltanto per parcheggiare. Puoi scegliere a caso".

Parcheggiò all'interno del numero cinque e abbassò la serranda, chiudendosi nel box.

Poi decise di fare di testa sua. Aprì il bagagliaio, fissò il cadavere di Massena, cacciò in qualche angolo dell'anima i rimorsi e le paure. I fantasmi del passato lo inseguivano. Gli tornarono in mente rituali di guerra e orrende vendette.

"*Vory v zakone*: farò come loro" disse fra sé, pensando alle feroci esecuzioni cui aveva assistito. Nel Donbass, aveva visto con i propri occhi di che cosa è capace un *vor v zakone* sul corpo di un nemico.

I *vory* erano ladri e assassini detenuti nelle carceri siberiane all'epoca di Stalin, ma in una posizione più elevata nella gerarchia della criminalità sovietica. Avevano un codice d'onore, si prestavano a esecuzioni politiche, agivano insomma secondo la loro idea di giustizia, vendetta e punizione, mettendo in pratica rituali, come nella storia di tante altre associazioni criminali nel mondo. Se si trattava di eliminare un traditore, una spia, un essere spregevole, uno che avesse fatto del male a una donna o peggio ancora a un minore, la punizione doveva essere terribile ed esemplare.

Odi e rivalità fra popoli e gruppi etnici in conflitto si traducevano in leggende e pregiudizi sull'efferatezza di cui è capace il nemico. Milos aveva sentito tante volte racconti di bambini infilzati sulle baionette da mercenari storditi dall'alcol, di prigioniere stuprate, di esecuzioni e torture.

Dopo avere infierito sul povero corpo spogliato e rigido, Milos ripulì la lama sulle gambe marmoree e risalì in macchina. Percorse un paio di volte nei due sensi il vialone che fiancheggia il porto di Fontevegia. Il traffico era rarefatto, nessuno sulla passeggiata a mare. Si avvicinò alla banchina e accostò nel cono d'ombra dato dalla distanza fra i lampioni. Si guardò attorno.

Gli yacht all'àncora dondolavano mollemente, cullando i proprietari e i loro ospiti ritirati in cabina. Anche il personale era sottocoperta. Le insegne di bar e ristoranti erano spente.

Milos discese i gradini fino alla banchina. Si avvicinò ai

grandi contenitori dell'immondizia, aprì e richiuse fino a quando ne trovò uno vuoto che potesse contenere il sacco di plastica nero.

Una pattuglia della Gendarmerie si avvicinò alla Peugeot e fece segno di sbrigarsi a ripartire, essendo in sosta vietata.

Poco dopo, la Peugeot s'inerpicava sulla *corniche*, questa volta in direzione di Ventimiglia. Era l'alba quando raggiunse la costa ligure. Nessuna autorità di frontiera, nel sistema Schengen di libera circolazione in Europa, avrebbe controllato una berlina con targa belga. Il sole già caldo nel cielo azzurro esaltava il profilo frastagliato e scosceso della costa ligure.

Attraversò Sanremo, Arma di Taggia, Alassio. Diede uno sguardo distratto alle insegne di alberghi e pensioni, molti dei quali costruiti negli anni Sessanta, all'epoca della grande colata di cemento sulla Liguria. Miramare, Bella Vista, Panorama: le insegne erano promesse non del tutto mantenute.

Rallentò nei pressi di uno slargo dove i turisti si fermano per ammirare il panorama e s'infilò in un sentiero sterrato che risaliva la collina e portava a un casolare disabitato. Qui abbandonò la Peugeot. Gettò sull'auto un po' di terriccio e frasche, smontò una ruota, prese un grosso sasso, lo lanciò contro il parabrezza. Così malridotta, poteva apparire una di quelle vetture di terza mano che i contadini tengono in campagna. Sperò che non fosse notata, almeno per qualche ora.

Percorse a piedi un tratto dell'Aurelia, un centinaio di metri fino alla fermata dell'autobus per Genova. La sera prese un aereo per Parigi, pagando il biglietto in contanti.

Giunto all'aeroporto Charles de Gaulle, si fece accompagnare in taxi al Formula Uno, un motel nei pressi dell'aeroporto, frequentato da autotrasportatori e turisti in transito. Era un'anonima costruzione bianca, con finestre molto piccole e senza balconi, più simile a un ospedale o a un carcere minorile che a un albergo.

Si registrò presentando il passaporto belga.

Il commissario Bastiani aveva indagato sui clan corsi e marsigliesi che infestavano la Costa Azzurra, ma non aveva mai sentito parlare dei *vory v zakone*. Dopo la scoperta del cadavere ridotto in quel modo, Milos, con la sua orrenda messinscena, era riuscito a depistarlo.

46

«Come pensi di procedere adesso?»

«Labrosse ha fatto un buon lavoro. Vallaud e Suslov erano d'accordo per incastrare tuo marito. Di questo siamo ormai certi. Ho la prova che Maryam era a Parigi la sera del delitto. Presto riusciremo a prendere l'assassino.»

«Mi versi un po' di vino?»

«Scusa, mi ero distratto.»

Si erano dati appuntamento alla Farnesina, intimo ristorante italiano a pochi passi dal Crillon. Il proprietario aveva deciso il nome per la vicinanza all'ambasciata americana e perché la Farnesina è la sede della diplomazia italiana a Roma.

L'ambasciata americana era sorvegliata da poliziotti in assetto di guerra, videocamere e gipponi blindati. Così il ristorante era uno dei locali più sicuri di Parigi.

Durante la cena, tenendosi per mano, non parlarono più dell'inchiesta. Ma di loro due, di cosa potevano attendersi l'uno dall'altro. Analisi e ipotesi sul delitto suonavano come accordi sbagliati di un'altra musica.

La loro notte insieme era stata un gioco di sorprese e scoperte, come succede agli adolescenti. La chimica di sentimenti e reazioni fisiche aveva applicato ai loro corpi formule esatte, con un risultato vicino a una magica e spontanea perfezione.

Bastiani non aveva dovuto ricorrere all'esperienza per togliersi un po' di ruggine. Laurence chiedeva solo di essere amata per una notte, senza confini fra il bisogno di appartenere a qualcuno e il desiderio che affiorava dal suo corpo umido e dai suoi occhi pieni di desiderio.

Lui aveva avvertito una completa sensazione di benessere fisico e mentale. Gli sembrava di essere tornato a una stagione di spensieratezza e libertà che credeva finita per sempre. Di questo era grato a Laurence.

Continuò a ripetersi che non sarebbe accaduto una seconda volta. Se lo era già imposto nel corso della giornata, in ogni breve intervallo fra appuntamenti e telefonate.

Cercò di convincersene andando in cerca di definizioni di ciò che aveva vissuto. Idillio, flirt, avventura, voglia di tenerezza. Cancellò la possibilità d'innamorarsi di Laurence. Non era il futuro a interessargli, ma un passato di emozioni che lei aveva resuscitato.

Non volle turbare l'incanto di una serata tiepida e ancora luminosa, con il sole che declinava dietro monumenti e cupole e sembrava illuminare una specie di peccato. Uscirono dal ristorante e s'incamminarono nei giardini che fiancheggiano gli Champs-Élysées nel tratto iniziale, dolce e silenzioso, fra aiuole curate e pavillon di ristoranti. Si sedettero su una panchina e si baciarono a lungo.

Fu Laurence a indovinare i pensieri del commissario.

«Domani rientro a Montecarlo. Rivedrò il notaio e sistemerò le ultime cose. Tornerò a New York il fine settimana. Credo sia meglio così. Per tutti.»

Era commossa, ma riuscì a non piangere.

Non tutte le persone che sembrano complicate lo sono davvero. Laurence aveva sperato che il commissario la accompagnasse sulle tracce dell'assassino. Aveva inseguito una verità che salvaguardasse i suoi diritti di madre e di moglie. Avrebbe voluto vendicarsi di Suslov, di Maryam e di quanti avevano fatto del male a suo marito. Adesso si sentiva svuotata e delusa. Aveva soltanto voglia di dimenticare. Il gioco di seduzione in cui aveva attratto Bastiani le aveva fatto scoprire un'altra verità sulla vita di Claude Massena e aveva cancellato sentimenti di rivalsa e gelosia.

Bastiani era già diventato una parentesi, e si sentì messo da parte.

«Hai già deciso tutto tu.»

«Siamo fatti anche di parole non dette.»

«Vuoi dire di rimpianti e di cose buttate via?»

«Non so risponderti. Noi sbagliamo, qualsiasi cosa facciamo. È la vita. Ma sono stata bene. Vorrei dirti, felice. Ma ce ne accorgiamo sempre dopo.»

«Io l'altra sera lo ero. Avrei voluto che non finisse mai.»

«Credo sia meglio così. Anch'io sono stata bene, ma non voglio soffrire. E non voglio far soffrire. Tu sai cosa intendo.»

«Ti ringrazio. Io non avrei trovato le parole.»

«È una cosa che resterà solo per noi. Non dimenticarmi.»

Laurence aveva voluto ribellarsi alla chimica dei loro corpi e ritrovare la sua vita.

Bastiani la baciò ancora sulla bocca e la riaccompagnò all'albergo.

«Buonanotte, Berni. Dormi bene e pensami qualche volta» fu il suo saluto.

Aveva deciso di ripartire l'indomani e aveva già chiesto al portiere del Crillon di prenotarle un volo per Nizza e un'auto per l'aeroporto. La sua risolutezza dissolse di colpo anche la nebbia di sospetti che Bastiani si era fabbricato. Gli restò l'illusione che Laurence avesse avuto bisogno di lui.

L'indomani mattina, telefonò a Natalia.

«Commissario, ancora lei? Mi fa piacere risentirla. Ha scoperto qualche cosa d'interessante?»

«Credo che Maryam possa stare tranquilla. Presto saremo in grado di disporre il sequestro dei depositi di Massena e di chiedere a Suslov... le ricevute dei suoi acquisti. Può sembrare illogico, ma Massena potrebbe essere stato assassinato per altri motivi. Abbiamo scoperto cose strane sulle sue abitudini sessuali. Non si uccide un uomo in quel modo per una truffa. A Suslov, Massena serviva vivo.»

«Congratulazioni, commissario. Mi ero sbagliata sul suo conto. Lei è geniale!»

Bastiani finse di esserne lusingato, senza domandarsi se Natalia fosse volutamente sarcastica o credesse alle sue ipotesi. Poi le chiese di Maryam. Aveva sperato che non si fosse mossa dal suo rifugio in Engadina.

«Mi dispiace, commissario, è partita due giorni fa. Mi ha detto che rientrava a Ginevra. Ecco tutto.»

Natalia non aggiunse altro. Non raccontò al commissario che Maryam le aveva chiesto in prestito ventimila euro. Era rimasta sorpresa. Non immaginava che l'amica avesse bisogno di soldi. E con urgenza. Per Natalia non erano un problema. Teneva in casa un'abbondante riserva di contanti, come si usa nelle ricche famiglie russe.

A Ginevra, Maryam si presentò all'improvviso nello studio dentistico del suo ex marito. Gli fece un'analoga richiesta di denaro, motivata dalla rottura del rapporto con Massena e dalle minacce che raccontava di avere ricevuto da Suslov.

« Ho bisogno del tuo aiuto. Devo sparire per un po'» gli disse.

Il dottor Rosberg non teneva i soldi nel cassetto come i russi, ma fu molto rapido nel soddisfare i desideri della sua ex moglie. Le voleva ancora bene. Non aveva mai saputo rifiutarle nulla.

Maryam era agitata e nervosa. Aveva un tono risoluto, persino sbrigativo, dato dall'urgenza e dalla consapevolezza che suo marito avrebbe fatto di tutto per aiutarla.

Rosberg le riferì del suo incontro con Bastiani, cosicché Maryam capì come il commissario fosse riuscito a scovarla in Engadina. Erano passati pochi giorni e sembravano un'eternità. Era soddisfatta di essere riuscita a portare il commissario su una pista sbagliata, raccontando una parte di verità, le minacce di Suslov e le perversioni di Massena. Pensò a una delle opere di Fontana che aveva fatto acquistare a Suslov: le sue menzogne erano un taglio sottile in una tela bianca.

Il dentista, ancora innamorato, si recò alla filiale dell'UBS, accanto al suo studio, prelevò trentamila franchi svizzeri e li consegnò alla moglie. In cambio di un bacio e di qualche parola di circostanza.

Maryam lo abbracciò, gli sfiorò la guancia e gli disse: «Grazie, sei sempre molto caro. Ti voglio bene...».

Il viaggio in Svizzera era stato utile. Era riuscita a mettersi al riparo dall'inchiesta di Bastiani e dagli uomini di Suslov. Il russo aveva sperato che fosse sua alleata, ma erano diventati concorrenti.

Aveva denaro sufficiente per muoversi in libertà e guadagnare la cosa più preziosa, il tempo. Il tempo di ritrovare Milos a Parigi, per una fuga definitiva.

Forse ancora per cercare il Modigliani.

Maryam aveva messo in carica il cellulare di Annie e rivisto molte volte le fotografie e i frammenti del filmato. Li aveva ingranditi, aumentato la luce e ritagliato le immagini. Aveva sentito ancora il disgusto per il corpo nudo di Massena. Era stato ripreso di spalle, mentre si avvicinava a una ragazza con la frangetta, distesa sul divano bianco.

Il Modigliani non appariva in nessuna immagine. Maledisse ancora Massena, mentre tornava con la mente alla sua inutile ricerca nell'appartamento di Parigi.

47

Il giorno successivo all'addio a Laurence fu particolarmente sgradevole e complicato.

Bastiani si svegliò con la bocca impastata dalle troppe sigarette della sera prima. Si guardò allo specchio senza indulgenza, imponendosi quel genere di impegni salutistici e alimentari che avrebbe dimenticato subito dopo essersi rasato e spalmato un po' di dopobarba sul viso. Aveva ripensato a Laurence fra le sensazioni morenti del dormiveglia e poi aveva cominciato a mettere insieme la scaletta della giornata. Avrebbe rivisto il commissario Monard per fare il punto sulle indagini e rispettato l'ormai abituale appuntamento telefonico con il giudice Labrosse.

Scese nella sala colazione dell'Hotel Regina, affacciata su un delizioso giardino interno. Un *valet* gli andò incontro. «Monsieur Bastiani, una visita per lei» disse, indicando un uomo bruno, seduto su una grande poltrona rossa nella hall. Era ben vestito, ma non elegante, almeno secondo i canoni classici. Indossava un abito blu scuro e una camicia color prugna, senza cravatta.

Si alzò in piedi e porse la mano a Bastiani.

«Buongiorno, commissario.»

«Non mi pare che ci conosciamo.»

«Mi permetta, avvocato Balkany.»

«In che cosa posso esserle utile?»

«Mi dedichi solo qualche minuto. Possiamo parlare?»

«D'accordo. Si accomodi. Posso offrirle un caffè?»
«Ne ho già presi troppi oggi. Va bene un bicchiere d'acqua.»
Bastiani adesso sapeva chi aveva di fronte. Si ricordò della descrizione di Laurence e delle minacce che lei aveva ricevuto. Collegò i ricordi e il nome alla faccia e al vestito che l'avvocato indossava e si confermò tutte le impressioni negative sul personaggio.
Non ebbe il tempo di formulare ipotesi sui motivi di quella visita inaspettata. Con la sua sgradevole voce caramellosa, Gimmy Balkany li spiegò in modo sintetico e risoluto. Come tanti abitanti dell'Est europeo, aveva facilità con le lingue straniere. Per predisposizione naturale o per effetto di troppe dominazioni e invasioni. Parlava un buon francese, intercalato da frasi o parole in inglese, che volutamente inseriva per accreditare la sua statura di avvocato internazionale.
«Dottor Bastiani, lei conosce il mio cliente, mister Suslov. Sembra che i giudici e i poliziotti di mezza Europa abbiano un conto in sospeso con lui. Processi, inchieste, denunce, ma nessuno è mai arrivato a nulla, tranne sua moglie, almeno fino ad adesso. Aspettiamo però l'appello» aggiunse con un ghigno. Poi proseguì: «La colpa di mister Suslov è di essere molto ricco, o di essere russo, o di essere stato molto generoso. Lo hanno accusato di tutto. Truffe, scalate in Borsa, abusi edilizi, persino di omicidio. Un giorno qualcuno lo accuserà anche di fare piovere. Certo, il successo e i soldi portano anche invidia e nemici. Ma stanno esagerando...».
Bastiani tentò di bluffare, ma era difficile battere Balkany in astuzia. Se si era deciso a correre dei rischi per incontrare il commissario, doveva avere delle ragioni valide. Pensò che Suslov si sentisse il fiato sul collo e che la missione di Balkany fosse un tentativo di sviare le indagini.
«Mi scusi, perché mi racconta queste cose? L'avvocato è lei. Io faccio indagini. Se è questo che le interessa, le dico che al momento non ci sono elementi per accusare il suo cliente. Di che cosa, poi? Posso però approfittare dell'occa-

sione per chiederle di poterlo incontrare. Qualche domanda e qualche risposta sarebbero utili per arrivare alla verità sulla morte di Massena.»

«Lei è libero di non credermi. Ci mancherebbe, è il suo mestiere. Vorrei soltanto che riflettesse sul fatto che il signor Suslov è interessato unicamente a recuperare ciò che è già suo. Prima o poi arriveremo al deposito di Massena. Ma è Modigliani la cosa che più ci preme. Lei comprenderà che non si rinuncia facilmente a sessanta milioni di dollari. L'assassinio di Massena ha complicato le cose.»

«È venuto a Parigi per dirmi questo? Non era necessario. Sono arrivato alle stesse conclusioni. Il Modigliani è stato rubato, questa è la sola certezza che abbiamo.»

La conversazione stava assumendo una piega surreale, quasi che l'avvocato di Suslov e il commissario Bastiani avessero raggiunto un'amichevole intesa. In realtà, Bastiani fingeva soltanto di assecondare Balkany per comprendere dove volesse arrivare. Non dovette attendere molto.

«Commissario, noi vorremmo che lei ci aiutasse...»

«Non sono pagato per questo. Io cerco ladri, assassini e... mandanti!»

«Le cose non sono incompatibili. L'assassino di Massena è anche il ladro del Modigliani...»

«Questo lo pensa lei. Non è così semplice. Quanto al mandante...»

«Non le chiederò nulla che contrasti con il suo senso del dovere.»

«Lei, avvocato, non mi deve chiedere nulla in ogni caso.»

«Non sia così duro, commissario. Nessuno è perfetto. E nemmeno lei lo è!»

«Che cosa intende dire?»

Bastiani era tentato di metterlo alla porta e cacciarlo in malomodo, ma ebbe un attimo di esitazione. L'attimo sufficiente a dare all'avvocato il tempo di una risposta sferzante e allusiva che sconsigliava reazioni nervose.

«La sua missione a Parigi si sta prolungando. Capisco che la solitudine, in certe circostanze, possa essere pesante. Ci sono tante signore bisognose di conforto, se sono divorziate o... vedove... e molto belle.»

Andrej, il rumeno dai capelli grigi che Balkany aveva messo alle calcagna di Laurence, aveva svolto alla perfezione il compito che gli era stato affidato. L'aveva seguita fino a Parigi e aveva fatto un resoconto puntuale degli incontri con Bastiani. La passeggiata alle Tuileries, la notte al Crillon, l'ultima cena alla Farnesina. L'avvocato Balkany lasciò intendere di essere in grado di provarlo grazie a un supporto fotografico che avrebbe potuto distruggere la reputazione del commissario. Non era vero, non aveva null'altro che le parole della sua spia, ma era abbastanza per mettere in imbarazzo Bastiani.

Per uomini come Balkany, la capacità di esercitare pressioni e ricatti faceva parte del curriculum professionale.

«Commissario, noi non vogliamo fare del male a nessuno, ma soltanto recuperare ciò che ci appartiene. Lasci in pace Suslov, anche perché è una pista sbagliata. Vallaud è un nostro uomo, non avvallerà mai l'inchiesta del giudice Labrosse, né le sue indagini contro di noi. Ci aiuti a ritrovare il Modigliani, questo soltanto ci interessa. In fondo vogliamo la stessa cosa, il nome di un ladro e di un assassino. Vorremmo saperlo un attimo prima che lei lo arresti. Lei sa che cosa intendo dire.»

Balkany non poteva sapere quali carte Bastiani avesse da giocare. Contava di essere messo sulle tracce del Modigliani. Il resto sarebbe venuto di conseguenza.

Si salutarono. Bastiani ritrasse la sua dalla mano sudaticcia di Balkany. Era uno che metteva naturalmente gli altri a disagio.

Mentre lo osservava andare via, con quella sua andatura un po' dondolante, si accese una sigaretta e rimase in silenzio, seduto nella hall, osservando l'andirivieni di turisti e uomini d'affari davanti al bancone della reception. Ognuno di quegli individui, sorridenti o preoccupati, frettolosi o rilassati, in vista dei programmi della giornata, aveva, come ogni essere umano, un angolo buio e inconfessabile, il ricordo o il rimorso di un'azione, grande o piccola, contro le regole. Erano esseri normali, virtuosi o deboli, a seconda delle circostanze o dell'educazione ricevuta.

Adesso si sentiva come uno di loro.

48

Maryam arrivò a Parigi nelle stesse ore in cui Balkany faceva la sua sgradevole visita di cortesia al commissario.

Alloggiò in uno *studio* di una conoscente di Natalia. Così evitò di essere registrata in un albergo e di presentare i documenti. La proprietaria le consegnò le chiavi e si fece pagare in contanti tre notti di affitto. Nonostante le normative piuttosto rigide della municipalità di Parigi sugli affitti di camere private, la pratica di offrire alloggi a turisti e studenti, per lo più stranieri, senza pagare le tasse e registrare contratti era sempre più diffusa.

Lo *studio* era nel quindicesimo arrondissement, in un quartiere di nuove costruzioni, concepito per esprimere l'ambizione della Francia di trasporre a Parigi un pezzo di New York. Era un'idea di modernità sostenuta negli anni Settanta dalla presidenza di Georges Pompidou, che finì per riempire le zone periferiche della capitale di torri e grattacieli. L'effetto urbanistico fu piuttosto scadente, nonostante il meraviglioso panorama che i nuovi abitanti del quartiere potevano godere dai piani alti.

Un'emozionante skyline sulla Senna, fra il Pont de Grenelle e il Pont de Bir-Hakeim, che abbracciava a perdita d'occhio le guglie e le cupole di Parigi e dominava la riproduzione della statua della Libertà.

Lo *studio* occupato da Maryam si trovava al trentaseiesimo piano della Tour Emeriau, un blocco di quattro grattacieli che si ergevano su una grande spianata di cemento, piuttosto desolata e buia. Il servizio di portineria, comune a tutti gli ingressi, era attivo soltanto di giorno. L'unica sicurezza per gli inquilini era garantita dalla conoscenza dei codici d'accesso e dalla velocità in cui riuscivano ad attraversare la spianata nelle ore notturne.

Attorno, cantieri aperti, palazzi in costruzione, parcheggi, uffici di multinazionali, studi televisivi e radiofonici. Di fronte, il Port de Grenelle, dove erano ancorate le chiatte che trasportavano container, materiali da costruzione e sabbia lungo la Senna. Di giorno si assisteva a un grande andirivieni di impiegati, giornalisti, dirigenti. Dopo l'orario d'ufficio cominciava un deserto urbano, perfetto per chi aveva bisogno di nascondersi. Le ombre delle gru si allungavano come fantasmi, mentre le insegne degli uffici vuoti mandavano lampi sinistri nel buio.

Milos raggiunse Maryam nel pomeriggio. Aveva preso la ferrovia veloce dall'aeroporto, era sceso a Châtelet e aveva proseguito in metropolitana fino alla fermata Grenelle. Era passato in un sushi shop, dove si era fatto preparare due piatti di pesce crudo e riso bollito. Non era prudente andare insieme in un ristorante.

Maryam aveva intenzione di contattare Suslov e negoziare una via d'uscita. Avrebbe trovato il modo di fargli avere l'iPad di Annie per dimostrare la sua estraneità ai progetti e alle perversioni di Massena.

Cercò l'avvocato Balkany e gli lasciò un messaggio in segreteria. "Sono a Parigi, richiamami a questo numero, Maryam."

Cenarono accanto alla finestra dell'unica stanza in cui si erano rifugiati e non fecero caso allo straordinario contrasto di visioni incantevoli. Erano come sospesi nel vuoto, mentre il raggio girevole della Tour Eiffel, scintillante a ogni ora, colpiva a intervalli di un minuto la vetrata dello *studio* e si allungava su tutta Parigi.

Sotto di loro, la vita della capitale lentamente si spegneva lungo le arterie e i *quais* che portavano al cupo silenzio della periferia industriale. Una pioggia fitta e fastidiosa rimbalzava sull'asfalto. Tra un divanetto Ikea e un tavolo di compensato, erano prigionieri in un monolocale che li chiudeva fuori dal mondo.

L'arredo dozzinale sembrava vecchio e polveroso, benché fosse pulito e acquistato di recente, e li fece sentire ancora più soli e in gabbia. Milos a quel tipo di alloggio era abituato, ma aveva sperato in qualcosa di meglio per il suo futuro.

Maryam ebbe di colpo la sensazione di essere stata travolta dalla macchina del tempo.

Lui la interrogava con gli occhi, cercando di dominare l'agitazione. Le sue mani come al solito erano sudate e non riuscivano a usare le bacchette per il sushi. Maryam fu gentile, sorrise e lo imboccò, con il risultato di fargli pesare la sua inadeguatezza.

Quando gli aveva aperto la porta, lo aveva salutato soltanto con un ciao. La distanza fra loro cresceva con il passare delle ore. La breve convivenza stava diventando una somma di silenzi e mezze parole. Altri erano i pensieri che dominavano il loro animo.

Milos era consapevole di non avere scampo, se fosse rimasto a Parigi. La sua sorte era appesa alle ricerche dell'Interpol, all'incrocio di dati e riscontri sulla scia di dettagli che si era lasciato alle spalle. Questione di giorni.

A Maryam questo sembrava non importare nulla. Il suo senso della vita, le sue ambizioni, la stagione tumultuosa e ricca che aveva vissuto le impedivano di farsene carico. A un esilio incerto e miserabile, accanto all'unico uomo cui poteva aggrapparsi, preferiva sfidare ancora la sorte e continuare la sua partita senza regole. Una corrente intensa, di calcoli e avidità, la teneva in vita. Aveva in testa le prossime mosse, ma in modo ancora confuso.

«Potrei negoziare con Suslov. Le fotografie del telefono di Annie lo scagionerebbero e ci sarebbe qualche ricompensa per me.»

«Se volevi questo, perché non sei rimasta a Ginevra?»

«Con Suslov è meglio parlare a distanza, lontano da casa sua e dai suoi uomini.»

«Loro ti possono trovare dovunque. Dovresti averlo capito. E poi che faremo? È una follia. Dammi retta, andiamo via, il più lontano possibile.»

«Stai calmo. Non hanno prove contro di noi. Finora tutti pensano che sia stato Suslov a ordinare la morte di Massena. Noi siamo fuori e liberi!»

«Ma ci troveranno. E ci accuseranno entrambi. Ho capito poco di tutta questa storia. So soltanto che ci schiacceranno come due mosche fastidiose e inutili. Rassegnati! Non posso impedirti nulla, ma io ho deciso: me ne vado. Non voglio finire i miei giorni in una prigione francese.»

Per un attimo, Milos ebbe un sussulto di ribellione. Si sentiva usato e trascinato dalla corrente, come un relitto. Poggiò i gomiti sul tavolo, si prese la testa fra le mani e ripeté ancora il proposito di lasciarla.

«Ero tornato soltanto per te, Maryam. Non è servito a niente... Adesso non sono più nulla.»

Lasciarono sul tavolo i piatti sporchi e gli avanzi della cena.

Lei si affacciò alla finestra per fumare, poi si girò verso di lui che si era disteso sul letto e osservò i suoi lineamenti contratti, lo sguardo perso nel vuoto che sembrava chiedere aiuto o almeno un po' di pace. Forse provò per un istante la tenerezza di cui non era mai stata capace. Gli occhi di Milos sembravano accettare tutto. E realizzò il modo più rapido di tenerlo ancora legato. Poteva ancora servirle.

S'inginocchiò ai suoi piedi, cominciò ad accarezzargli la parte interna delle cosce, la più sensibile e reattiva nell'avvertire il seguito languido di quelle carezze. Fece scendere lentamente la chiusura lampo dei pantaloni e afferrò con le mani i suoi fianchi torniti. Poi frugò con la lingua nei suoi slip e s'impadronì della sua debolezza, del suo residuo d'orgoglio, della sua virilità disarmata.

Milos raggiunse l'orgasmo in pochi attimi. Pronunciò

sottovoce le poche parole che Maryam si aspettava e aveva ottenuto con il suo amore bugiardo.

«Ti amo, non ti lascerò, qualunque cosa accada» le disse e si addormentò con i pugni chiusi e le braccia aperte, come un bambino esausto che avesse finalmente ricevuto la buonanotte.

49

Philippe Louvrier era al lavoro all'Interpol già alle sette e mezzo. Sorseggiava un caffè americano troppo bollente, osservando dal suo ufficio all'ultimo piano il bel panorama della nuova Lione, il centro congressuale di travertini rossi, adagiato sulla sponda sinistra del Rodano.

Poi non staccò più gli occhi dai suoi due computer, saltando da uno schermo all'altro, sui quali scorrevano dati in successione continua. Poco dopo le nove, gli arrivò il rapporto sul ritrovamento di una Peugeot blu sulle alture alla periferia di Sanremo.

Louvrier incrociò le informazioni ricevute: le impronte sulla Peugeot abbandonata e sulla grata del garage della Magnolia e quella di una scarpa con suola pesante di gomma nel bagno dell'appartamento in rue La Boétie.

Era riuscito a ricostruire il percorso dell'assassino, un uomo robusto, abbastanza forte da sollevare il corpo di Massena. Doveva dargli un nome. Nessun dato faceva match con i milioni di dati inseriti nel database. L'assassino era un perfetto sconosciuto, un killer senza precedenti penali, mai denunciato per una qualsiasi infrazione.

Poteva essere un clandestino venuto dall'altro mondo o un qualsiasi cittadino della Comunità europea. In ogni caso, il suo passaporto non era stato controllato in nessun passaggio di dogane o aeroporti. "È più facile trovare un ago in un pagliaio" commentò fra sé.

Le uniche ipotesi su cui lavorare erano le motivazioni dell'omicidio. Ossia scoprire quali fossero i rapporti del killer con Massena o con Suslov o chi altri fossero i mandanti. Di sicuro, non aveva agito gratis. Di sicuro era ancora in libertà. Circolava per la Francia, passeggiava per Parigi o sulla Costa Azzurra. O si era già eclissato nel luogo oscuro da dove era arrivato.

«Berni» gli disse Louvrier al telefono, «l'assassino di Massena è stato nell'appartamento di Parigi. Forse lo ha ucciso lì e ha trasportato il corpo a Montecarlo. Ma di quest'uomo non sappiamo nulla.»

«Dobbiamo verificare ancora, i tempi non coincidono» replicò Bastiani. Continuava a rodersi per i dubbi, fino ad averne qualcuno anche sulle diavolerie tecnologiche dell'amico.

Ma Louvrier era tosto. Nel suo lavoro, apparentemente asettico, si sentiva come uno di quei chirurghi cardiovascolari che grazie alla robotica riescono a sostituire un'aorta a centinaia di chilometri di distanza. Finché l'elettrocardiogramma non è piatto, c'è speranza. Continuò a fare verifiche e a bere caffè. Gli venne in aiuto l'efficiente organizzazione delle municipalità, nonostante le critiche all'apparato elefantiaco dello Stato e il pianto quotidiano dei francesi sugli eccessi della spesa pubblica.

Ogni mattina, il servizio di nettezza urbana di Melun vuotava i cestini della spazzatura e due volte la settimana il camioncino attrezzato con la pompa a pressione passava a ripulire con acqua e disinfettante le strade, le piazze e le aree pubbliche dei parcheggi.

La prima volta, nessuno fece caso alla Citroën C4 abbandonata. E l'addetto comunale alle contravvenzioni pensò che il proprietario si fosse fermato, come fanno tanti, a Parigi per il weekend. La seconda volta, un netturbino fece chiamare il carro attrezzi per spostare la vettura e ripulire anche quell'angolo del parcheggio.

Come sempre in questi casi, la targa fu registrata nel deposito della municipalità, in attesa che il proprietario si facesse vivo e ritirasse l'auto dopo avere pagato la contravvenzione.

La sostituzione delle targhe aveva dato a Milos e Maryam il tempo per confondere le indagini e guadagnare giorni preziosi. Louvrier recuperò il terreno perduto con una meticolosa ricerca nei terminali delle municipalità e delle polizie locali, in cui introdusse il numero di targa della vettura ritrovata.

«Amico mio, hanno trovato una Citroën a Melun, con la targa dell'auto di Massena. Evidentemente è stata sostituita.»

Bastiani non riusciva a crederci. «Sei un grande!» disse a Louvrier.

«Una botta di culo, Berni.»

«Non fare il modesto. Io non ci capisco molto, ma come è possibile che all'Interpol registriate la targa di un'auto lasciata nel parcheggio di Melun?»

«È più semplice di quanto immagini. I terminali e le banche dati sono collegati. Possiamo trovare tutto ciò che ci interessa senza violare la privacy di nessuno. Ti sei mai chiesto come fanno quelli di Google o di Facebook a inondarti di pubblicità senza sapere chi sei ma arrivando al tuo indirizzo mail? Incrociano dati, tracce di precedenti ricerche, luoghi in cui sei stato e in cui è stato localizzato il tuo device. È un algoritmo. Ufficialmente la privacy è salva. Ma ti trovano ovunque!»

La Citroën fu trasportata a Parigi. L'analisi accurata sgomberò i dubbi sulla persona che l'aveva guidata nel tratto di autostrada fino a Melun. Maryam aveva ripulito tutto, ma non aveva smesso di fumare. Un paio di mozziconi furono trovati nel punto del parcheggio dove aveva lasciato l'auto.

Dall'Interpol giunse la conferma che la Citroën era stata rubata sei mesi prima in Ungheria e questo favorì l'ipotesi che il sicario fosse arrivato dall'estero.

Louvrier lanciò una ricerca sull'indirizzo di posta elettronica e sui tabulati del cellulare di Maryam, fino al momento in cui aveva distrutto la sim card. Ma occorreva tempo per controllare le decine di comunicazioni delle settimane precedenti.

Dopo il colloquio con Louvrier, Bastiani telefonò al dottor Rosberg e a Natalia. A entrambi rivolse una specie d'implorazione, sperando che fossero ancora convinti dell'innocenza di Maryam e affidassero a lui il compito di proteggerla.

«Mi aiuti a rintracciarla. Lei è l'unica persona che le vuole ancora bene. C'è un assassino in libertà che potrebbe uccidere ancora» disse a entrambi.

Aveva trovato le parole giuste. Natalia e il dottor Rosberg si convinsero che Maryam fosse in pericolo e avesse bisogno di aiuto. Rosberg riferì della pressante richiesta di denaro che aveva ricevuto. Natalia, un po' confusa e sorpresa dalle parole di Bastiani, rivelò il contatto telefonico dell'affittuaria del monolocale a Parigi.

Bastiani arrivò in taxi al Pont de Grenelle. Passeggiò su e giù qualche minuto lungo la balaustra, nel tratto riservato ai pedoni. Dal ponte, poteva osservare le quattro torri e provare a indovinare dietro quale vetrata fosse nascosta l'ape regina di quell'immenso e anonimo alveare di acciaio e cemento. Attraversò il *quai* e raggiunse la spianata di accesso alla torre sud, incrociando qualche passante, due donne che tornavano dal supermercato con i sacchi della spesa e un gruppetto di ragazzini che facevano acrobazie con lo skateboard. Poi entrò nel bar del Novotel, un albergo moderno, con un elegante ristorante giapponese affacciato sulla Senna.

Chiese un caffè e aspettò il tramonto.

Da tempo non faceva un appostamento, dopo averne ordinati tanti. Gli tornarono in mente i servizi della sua giovinezza, le notti al freddo, trascorse passeggiando su e giù nell'inquietante solitudine di una periferia.

Doveva attendere, riflettendo sul da farsi. L'affittuaria gli aveva dato il codice d'accesso del portone e il numero d'interfono dello *studio*. Ma salire era troppo rischioso, forse Maryam non era sola. Voleva davvero proteggerla, per quanto fosse evidente la sua complicità nell'omicidio. Voleva prenderla viva e finalmente addentrarsi nei suoi progetti e ricatti, nelle sue verità e menzogne a proposito di Massena e degli uomini che aveva utilizzato per i suoi piani.

Il male può essere attraente quando intelligenza, mancanza di scrupoli e dissimulazione sono al suo servizio.

Maryam era un caso che meritava di essere studiato.

Da dietro le vetrate dell'hotel, Bastiani seguì con lo sguardo due ombre che attraversavano a passo svelto la spianata. Uscì in fretta e si appostò nelle vicinanze.

Aveva fatto bene ad aspettare. Vide Maryam e la sagoma di un uomo raggiungere un Proxi, uno dei minimarket gestiti da immigrati magrebini, in cui si trova di tutto fino a tardi. I due entrarono, presero un carrello e fecero la spesa fra i banconi. Sembravano un'anonima coppia d'impiegati che andava a fare compere di sera, dopo una giornata di lavoro. Riempirono due sacchetti di provviste e tornarono a casa. Dalla quantità di cose infilate nel carrello, Bastiani dedusse che volessero starsene rintanati per un po'. Aveva tempo per organizzare la cattura.

Telefonò al commissario Monard.

«So dove si nasconde Maryam. C'è un uomo con lei, probabilmente armato. Siamo in territorio francese, tocca a te, amico mio. Ti aspetto. Io non mi muovo da qui.»

«Resta di guardia. Mi ci vorrà almeno un'ora. Ho gli uomini contati, e di questi tempi...»

Bastiani rimuginò sull'organizzazione della polizia francese, sugli orari, i turni di riposo e i tagli dell'organico che ne limitavano l'efficienza e condizionavano le priorità degli interventi. «Già, qui non siamo a Montecarlo» aggiunse e riattaccò.

Accese una sigaretta e rimase in attesa, protetto dalle colonne dei passaggi coperti che contornavano la spianata. Nelle intenzioni degli architetti, quel luogo doveva evocare una piazza, un luogo d'incontro per socializzare e far giocare i ragazzini. Ma al tramonto diventava una distesa di cemento, triste e silenziosa, che gli abitanti attraversavano a passo svelto e le donne percorrevano con inquietudine.

Bastiani teneva gli occhi fissi sul portone. Maryam riapparve dopo pochi minuti, attraversò la piazza, scese alcuni gradini e si diresse al ponte.

Era sola. Camminava veloce, lungo la striscia di marciapiede riservata ai pedoni, tenendosi vicino alla balaustra d'acciaio. Rallentò circa a metà, nel punto in cui si domina da vicino la Statua della Libertà, costruita sull'isolotto che galleggia nella Senna. Sulla sponda opposta, il palazzo circolare della Maison de la Radio rifletteva le luci degli uffici e delle redazioni.

50

Perché Maryam era uscita da sola? Dove stava andando? Bastiani se lo domandò, seguendola a distanza. L'unica risposta logica che riuscì a trovare era che il dottor Rosberg o Natalia avessero voluto avvertirla e lei avesse deciso di riprendere la fuga.

Maryam sapeva in quale direzione andare. Era come una di quelle vecchie giocatrici che s'incontrano a tarda notte nei piccoli casinò della Costa Azzurra. La differenza era che lei era ancora giovane e bellissima, ma il suo sguardo era perso su numeri e combinazioni, nella disperata ricerca di una soluzione per rifarsi. Si era ormai giocata tutto. Come quelle signore spente e rugose, osservate con benevola commiserazione persino dai croupier, si era impegnata gioielli, aveva messo sul piatto amicizie e amori e aveva continuato a perdere. Adesso le restava un'ultima fiche e stava per giocarsi anche questa.

Bastiani non ebbe il tempo di riflettere. Doveva fermarla. Accelerò il passo. Maryam, una trentina di metri davanti a lui, avanzò ancora, sempre più di fretta. Nella luce fioca, era diventata un'ombra che si allungava nella foschia della notte umida. Il commissario fu sul punto di farsi riconoscere e chiamarla. Era pronto a bloccarla.

Per precauzione, tirò fuori la Beretta. Maryam poteva essere armata, o forse raggiunta dall'uomo che abitava con lei. Bastiani si voltò un paio di volte, ma nessuno lo stava seguendo. Decise di chiamarla, ma la voce gli rimase in gola.

Il sibilo di una pallottola trapassò l'aria, seguito subito dopo da un secondo colpo in successione.

Con un balzo istintivo Bastiani si gettò a terra e si rannicchiò sotto la balaustra d'acciaio, nello spazio vuoto fra l'arcata e i gorghi sottostanti della Senna. Nello stesso istante, Maryam si piegò sulle ginocchia, s'incurvò portandosi le mani al petto, come se volesse stringere l'ultimo soffio di vita che la stava abbandonando. Poi ricadde all'indietro. I suoi lunghi capelli neri, che inviavano strani riflessi notturni, accarezzarono il marciapiede.

D'istinto, Bastiani puntò nel buio la sua Beretta, sparò due colpi contro un'ombra che gli veniva incontro e si avvicinava al corpo di Maryam, riverso sull'asfalto fradicio di pioggia.

L'assassino non ebbe il tempo di reagire. Il primo colpo gli trapassò la gamba destra, il secondo arrivò secco e preciso al torace. La sua arma roteò nell'aria, scivolò fuori dalle inferriate del ponte e finì tra i flutti.

Bastiani si avvicinò con circospezione, appoggiò l'indice e il medio sulla giugulare dell'uomo. L'aveva ucciso senza essere riuscito a salvare Maryam, che rantolava a pochi metri.

Si chinò su di lei. La pallottola le aveva trapassato lo sterno. Una maledetta pallottola che non era diretta a lei, ma all'ombra di Bastiani, che aveva tentato di seguirla.

Un rivolo di sangue scorreva sulla camicia bianca e si perdeva in una pozzanghera. Bastiani tirò fuori il suo fazzoletto e lo tenne premuto sulla ferita. Intanto si frugò nelle tasche, cercò il cellulare per avvertire Malard e chiamare un'ambulanza. Maryam stava morendo.

«Non si muova, la prego» le disse.

Lei tentò di strisciare per qualche centimetro, si spinse in avanti per cercare di afferrare la sua borsetta, finita a qualche metro di distanza.

Poi si arrese e spirò. L'indice della sua mano immobile era il prologo silenzioso di una confessione che soltanto nell'istante in cui la vita la abbandonava avrebbe voluto fare.

Bastiani restò impietrito. I grandi occhi verdi di Maryam, spalancati sull'infinità del nulla, sembravano fissarlo.

Avvertì una sgradevole fitta, l'insieme di sensazioni fisiche e mentali che raccontano il rimorso, un sentimento non previsto per i poliziotti in servizio. Pensò che se il killer era arrivato a Maryam era un po' colpa sua. Era stata pedinata e lui non si era accorto di nulla. O forse i due si dovevano incontrare? Ci doveva essere una ragione. Di sicuro aveva sbagliato i calcoli. E siccome l'esperienza non gli mancava, concluse che aveva purtroppo perso l'abitudine alle situazioni critiche.

Due auto senza insegne della polizia giunsero dopo pochi minuti. Tre agenti si appostarono all'esterno della Tour Emeriau, davanti all'ingresso principale. Altri due tennero sott'occhio l'uscita di servizio del palazzo.

Monard si consultò con Bastiani prima di decidere un'irruzione, ma il commissario restò in silenzio, seduto sul muretto di cemento della spianata. Teneva gli occhi fissi sulla sua pistola, poi alzò lo sguardo verso il collega, cercando una parola di conforto. Non aveva mai provato una simile sensazione di nullità e fallimento.

Monard gli batté una mano sulla spalla. «Non avevi scelta, maledizione! Adesso cerchiamo di evitare altri morti. Proviamo a convincerlo a consegnarsi.»

Le parole del collega non riuscirono a calmare la sua angoscia. Si decise a chiamare sua moglie. Il telefono squillò diverse volte, prima che Adriana rispondesse.

«Ti ho svegliato?»

«Certo, lo sai che ora è?»

«Scusami, mi spiace, è una cosa... Una cosa grave.»

«Che cosa? Stai bene? Non puoi parlare?»

«Sì, sì, tutto ok, avevo solo bisogno di sentirti. C'è stata una sparatoria a Parigi, ma leggerai i giornali. Adesso non ho tempo. Ti richiamo domani mattina, appena posso. Volevo solo dirti che è tutto a posto. Ho bisogno di te. Ti voglio bene...»

«Non voglio sapere altro. Mi basta sapere che stai bene. Stai attento, ti prego. E chiama, appena puoi.»

Bastiani si alzò e seguì il collega, come un automa.

Provarono all'interfono. Nessuno rispose. Salirono per le scale interne, con due agenti al seguito, strisciando lungo le pareti. Suonarono alla porta dello *studio*. Poi bussarono con forza, intimando di aprire. Si tennero con le spalle ai lati degli stipiti, pronti a piombare all'interno. Uno dei due agenti diede un calcio violento alla porta. Monard fece un lungo respiro, mise il colpo in canna e si preparò a stroncare qualsiasi reazione.

Furono precauzioni inutili. Milos si era già arreso alla vita. Aveva lasciato che l'interfono squillasse e non aveva atteso che qualcuno venisse a prenderlo.

Si puntò alla tempia l'arma con cui voleva proteggere la donna che amava e che non aveva mai usato per proteggere se stesso.

L'assassino di Maryam aveva in tasca un passaporto svizzero falsificato. Era un uomo sui quarant'anni, con i capelli grigi, a prima vista di origine slava. Qualche giorno dopo, il portiere dell'Hotel Beau Rivage di Ginevra lo riconobbe sfogliando i giornali che avevano pubblicato la sua fotografia, accanto a quella di Maryam e alla cronaca dell'omicidio. Scrissero una verità ufficiosa, ricavata dalla prima ricostruzione dell'accaduto. Il killer aveva assassinato la donna e aveva tentato di uccidere un poliziotto.

Sui documenti, risultava chiamarsi Andrej Petrescu, nato a Bucarest.

Non era stato registrato in nessun albergo di Parigi e non era mai stato segnalato all'Interpol. Le autorità della Romania, a cui la polizia trasmise in seguito la perizia necroscopica e le impronte digitali, risalirono alla sua vera identità molto tempo dopo, senza riuscire a chiarire che cosa fosse venuto a fare in Francia.

Andrej, l'uomo dai capelli grigi, aveva eseguito i compiti che gli erano stati assegnati. Aveva pedinato Laurence e fornito le informazioni per ricattare il commissario Bastiani. L'avvocato Balkany gli aveva infine ordinato di andare all'appuntamento con Maryam. Né lui né il suo sicario avevano calcolato che Maryam non sarebbe stata sola.

Un errore che costò al rumeno la ricompensa pattuita. Ma il suo eterno silenzio, a Balkany, in fin dei conti, non dovette dispiacere.

51

Il Pont de Grenelle rimase bloccato dall'andirivieni di ambulanze, furgoni dell'obitorio e auto della polizia. Bastiani consegnò a Monard la borsetta di Maryam per gli esami della scientifica e tornò in albergo. Si diedero appuntamento per la mattina seguente alla Préfecture de police.

Bastiani trascorse la notte più agitata delle ultime settimane.

Non aveva mai ucciso e, per quanto si convincesse di avere sparato per legittima difesa e di avere tolto di mezzo un assassino, non si dava pace per non essere riuscito a salvare Maryam e a strapparle una piena confessione. La verità era lontana, il Modigliani era scomparso e cinque persone erano morte. Anche lui, come ogni uomo onesto d'animo, ebbe il suo momento di sconforto. Per che cosa si era battuto? Aveva fatto tutto per bene?

Assalito dai dubbi, i fantasmi di uomini e donne che aveva incontrato si agitavano fra il soffitto e gli occhi socchiusi, suggerendogli domande a cui non poteva rispondere. Si erano rubati la vita per un capolavoro che adesso non apparteneva più a nessuno.

Monard lo aspettava alle nove. Bastiani uscì molto presto e raggiunse il commissariato camminando lungo la Senna. Dopo la notte di pioggia, l'azzurro si faceva largo fra le nuvole dense e grigie.

Sulla scrivania del collega, c'erano gli effetti personali di Maryam, avvolti in buste di cellophane. Il passaporto, un'agendina, una trousse da trucco e due telefoni cellulari. Il primo, un BlackBerry, era quello di Maryam. L'altro era l'iPhone bianco di Annie Schabowski.

«Hanno già fatto i rilievi, puoi aprirli» disse Monard.

L'iPhone era stato ripulito. Maryam aveva cancellato l'elenco dei numeri telefonici e le e-mail. Soltanto le cartelle dei filmati e delle fotografie avevano un contenuto. Bastiani le fece scorrere a una a una.

Riconobbe Patricia. Indossava soltanto una camicetta azzurra sulla sua sensualità.

In un'altra foto scorse il profilo di Massena, in piedi, nudo. Altri fotogrammi, nella penombra, inquadravano il salotto e le pareti bianche. Nell'ultimo, s'intravedeva Massena di spalle, mentre si avvicinava a una ragazza allungata sul divano bianco. Il viso era coperto.

Bastiani toccò il tasto della videocamera. I fotogrammi mostravano un preludio di gentilezze, brindisi e saluti alle oscure perversioni che Massena avrebbe messo in scena pochi secondi dopo. L'iPhone di Annie confermava in sostanza il racconto di Patricia e offriva qualche confuso dettaglio di una ragazza di nome Rachele sparita nel nulla.

Bastiani ingrandì le immagini. Notò il bel viso ovale, incorniciato dal caschetto di capelli neri, il corpo magro e nudo, un braccio piegato dietro la nuca. Più ingrandiva e più l'immagine sfumava dettagli e colori.

Poi si rivolse a Monard: «Conosco una sola persona che può scoprire qualcosa di più».

Due ore dopo, un agente era in viaggio per Lione. Grazie al TGV, Philippe Louvrier poté cominciare ad analizzare l'iPhone nel pomeriggio.

Bastiani fece scorrere i numeri del cellulare di Maryam. Quelli memorizzati erano pochi, dato che aveva buttato la vecchia sim card. Fra questi, Natalia Suslov, Rosberg, un numero con prefisso di Bruxelles e l'affittuaria del monolocale di Parigi. Nessun indizio di rilievo, tranne il numero di Bruxelles utilizzato da Milos per comunicare con lei. Ma Milos era morto, e la complicità con Maryam era finita insieme a lui.

Tre ore prima di essere uccisa, Maryam aveva fatto due telefonate. La prima a un numero fisso di Ginevra, la seconda a un portatile francese, memorizzato con il nome Pascal La Tour.

Bastiani compose il primo numero. Una segretaria rispose con tono gentile e formula standard degli studi professionali. "Buongiorno, studio dell'avvocato Balkany, in che cosa posso esserle utile?" Bastiani riattaccò.

«Maryam aveva cercato di mettersi in contatto con l'avvocato di Suslov» disse a Monard.

«Perché lo avrebbe fatto?»

«Istinto di sopravvivenza. Mi raccontò che Suslov la minacciava. Forse ha voluto trattare, offrirgli la prova che potesse liberarlo dai sospetti sulla morte di Massena. Balkany era convinto che sapesse molto della scomparsa del Modigliani. Maryam ha scherzato con il fuoco.»

Era la versione più probabile. Ma non provata. Comunque evitò a Bastiani un'inchiesta amministrativa.

«Così siamo al punto di partenza. Ti va un boccone? Parliamone a tavola.»

Monard era come sempre calmo, pronto a stemperare con un bicchiere di vino e un buon *repas* la frenesia del collega.

«Ti accompagno, Jean-Paul, ma non ho appetito. Prima vorrei controllare il secondo numero.»

Corrispondeva al cellulare di Pascal La Tour, giornalista di Radio France International. Bastiani cercò il profilo su Internet.

La Tour curava le trasmissioni per i Paesi francofoni. Era critico d'arte e collaborava a "Le Monde". Aveva scritto sul delitto Massena. Per deformazione professionale aveva puntato sul mondo dei mercanti d'arte. Un articolo era stato scritto da Ginevra, quindi era probabile che si fosse recato in Svizzera per raccogliere informazioni e che fosse entrato in contatto con Maryam.

Al telefono lasciò intendere di avere voglia di parlare. Per avere notizie, aveva invertito le parti. Era lui a fare domande al commissario. Bastiani stette al gioco.

S'incontrarono nel pomeriggio, alla caffetteria della Maison de la Radio, al piano terra.

La Tour era sui quarant'anni, ben portati, un fisico asciutto che lasciava intendere un'attività sportiva regolare, nonostante le notti in redazione. Indossava un abito di gabardine, senza cravatta. Attese Bastiani scorrendo l'ultima edizione di "Le Monde", che riportava la cronaca della sparatoria con un titolo a effetto: *Sparatoria al Pont de Grenelle, uccisa una gallerista svizzera.*

Il cronista non aveva avuto tempo di fare ricerche d'archivio.

«Maryam Rosberg chiese un appuntamento in redazione. Disse di avere notizie sull'omicidio di Massena e sul Modigliani scomparso. L'avevo conosciuta in occasione di un'esposizione a Ginevra. Eravamo rimasti in contatto, m'invitava a mostre e aste importanti. Una volta la rividi in compagnia di un uomo, che poi riconobbi essere Massena. Ho provato a cercarla dopo il delitto, ma il telefono era sempre muto. Sono rimasto sorpreso dalla telefonata dell'altra sera. Si capiva che era agitata. Chiese di vedermi il prima possibile...»

«Non aggiunse altro?»

«"Pascal, t'interessa ancora la storia del Modigliani?" Disse così. Non mi diede il tempo di replicare. Troncò i convenevoli di rito in questi casi. Devo vederti, vengo da te, appena puoi... Questa frase la ricordo bene.»

«Capisco» mormorò Bastiani.

La Tour interrogò con gli occhi il commissario. Poi aggiunse: «Ero sceso al piano terra, per attenderla all'ingresso. Non riuscivo a spiegarmi il ritardo, dopo avermi fatto tanta fretta. Il numero di cellulare non era apparso sullo schermo. Non potevo richiamarla. Poi ho sentito dei colpi di pistola, ambulanze, sirene. Quando ho cercato di avvicinarmi, il ponte era bloccato. Ho pensato a una sparatoria fra banditi. Non è una rarità in questa zona. Mai avrei immaginato...»

«Posso chiederle di rimanere a disposizione? Non si preoccupi, è soltanto una formalità» disse Bastiani, prima di congedarsi.

Appunto, una formalità. Il giornalista non aveva motivo di mentire o tacere particolari.

Tutto sembrava coincidere. Balkany aveva accettato di trattare o finto di farlo e aveva inviato un suo uomo a sistemare la faccenda.

Maryam si era però cautelata. Prima di andare all'appuntamento, aveva cercato un giornalista amico per costruire un memoriale che la proteggesse da Balkany. Era un disperato tentativo di tirarsi fuori, abbandonando Milos come uno straccio usato.

Una persona continuò a interessarsi di lei per ragioni che esulavano dall'inchiesta. Il dottor Rosberg arrivò a Parigi e andò all'istituto medico legale per il riconoscimento del cadavere e le formalità del funerale. Bastiani lo accompagnò.

«Vorrei portarla a Megève. È un posto dove siamo stati bene. Uno dei rari momenti in cui l'avevo vista serena» disse al commissario.

Fece per allontanarsi, poi si fermò. «Commissario, qualche giorno fa, Maryam mi ha inviato questa fotografia. Non so se può servire.»

Il dottor Rosberg mostrò il cellulare e ingrandì il fotogramma. C'erano solo un numero e un nome: "AICP".

«La ringrazio, cercherò di capire di che si tratta.»

52

«Berni, ci siamo. Ho analizzato milioni di pixel... C'è un frammento che potrebbe interessarti. Faccio uno scan e te lo mando via mail.»

Philippe Louvrier, al telefono, era come sempre sicuro del fatto suo. Aveva passato sul monitor le fotografie scaricate dall'iPhone di Annie. Le aveva ingrandite, fissandosi su ogni minimo dettaglio. Adesso Rachele aveva un contorno più riconoscibile, s'intravedeva il colore degli occhi e dei capelli, poteva essere calcolata quasi con esattezza la sua statura.

Su un frammento, Louvrier aveva speso ore. Sul braccio che la ragazza teneva piegato dietro la nuca, nella parte sottostante del polso, quella che di solito mostriamo meno, si notava un punto più scuro, qualcosa di molto simile a una cicatrice o a un neo.

Louvrier ingrandì ancora, affinò il particolare, esaltò linee di colore più scuro rispetto al candore della pelle. Mentre pixel dopo pixel l'immagine veniva messa a fuoco, apparvero linee che s'incrociavano.

«Incredibile! Sembra un tatuaggio!» esclamò.

Manovrò il mouse per fare ruotare l'immagine. Le linee andavano a formare un triangolo. Ruotò ancora e scoprì la punta rovesciata di un secondo triangolo, sovrapposto al primo. Aumentò le possibilità di luce e colore e fissò l'immagine. "Eccoti servito, Berni" disse fra sé, mentre inviava l'attachment all'amico.

«Sei un grande, Philippe!» esclamò Bastiani osservando l'immagine ingrandita sul pc.

La ragazza in posa nel salotto di Massena si era fatta tatuare una stella di David sotto il polso.

Nei giorni successivi, Bastiani e Monard ripercorsero l'intera inchiesta. Rilessero verbali e deposizioni, misero a confronto le ipotesi su cui avevano lavorato, tornarono a interrogare il gestore dello Star. Persero ore a rileggere, a fare domande, a verbalizzare, senza approdare a nulla.

Louvrier nel frattempo analizzò il cellulare di Annie, nella speranza di recuperare dati dalla memoria, trovare un numero o un indirizzo che corrispondesse a Rachele. Fu tutto inutile.

Bastiani ricontattò Patricia, l'ultima persona che aveva visto la ragazza.

«Avevi promesso di lasciarmi in pace» gli disse lei al telefono, in modo scostante.

«Ti sono grato per le cose che mi hai raccontato. Senza il tuo aiuto non avremmo scoperto nulla. Puoi stare tranquilla. Ti chiedo soltanto un piccolo favore. Vediamoci al Regina.»

Patricia acconsentì. Del resto, non poteva rifiutare.

Presero un caffè. Bastiani le mostrò il tatuaggio. Patricia raccontò di non avere la minima idea che Rachele fosse ebrea. «Argomento non pertinente in questo genere di lavoro.»

«Non ricordi altro?»

«Lasciami pensare... non mi viene in mente nulla. Abbiamo scambiato poche parole. Era riservata, non parlava bene francese, abbiamo conversato in inglese. Credo che fosse dell'Est Europa, come Annie.»

«Ucraina?»

«Non credo. Europa orientale, non Ucraina. Mentre aspettavamo i clienti, mi raccontò che aveva vissuto a Varsavia. Poi fummo interrotte. Non so altro, credimi.»

Bastiani la congedò. «Ti credo, Patricia. Sei una brava ragazza. Buona fortuna.»

La possibilità che Rachele fosse arrivata in Francia da Varsavia era un tassello in più, che inoltre spiegava la facilità dei suoi spostamenti, senza necessità di visti d'ingresso.

53

Monard quel giorno sembrava un'altra persona.

Era visibilmente spazientito. Per lui, in fin dei conti, il caso era chiuso. Avevano trovato gli assassini. Punto e basta. Con tanti delitti impuniti e il superlavoro a cui erano costretti i suoi agenti a Parigi, non valeva la pena di sprecare energie per cercare un'opera d'arte. Ma non si arrendeva all'idea che Rachele fosse soltanto una foto segnaletica approssimativa, accanto a quelle di tante adolescenti che se ne vanno da casa e non tornano più per un'infinità di motivi che nessuno riesce a spiegare.

Era nervoso e scontante con i suoi agenti e aveva abbandonato quella sua aria bonaria e cameratesca delle riunioni e dei pranzi con Bastiani. Era sicuro che Rachele si nascondesse da qualche parte, probabilmente vagava per Parigi in cerca di aiuto. Una ragazza sola, che aveva assistito alla fine di un'amica, indifesa come lei: l'unica testimone ancora viva del delitto commesso da Massena.

«C'è una sola spiegazione. Qualcuno deve averla ospitata o aiutata a lasciare Parigi. Qualcuno che...»

«Uno che voleva farla sparire?» lo interruppe Bastiani.

«L'avrebbe ammazzata subito, come quella poveretta che abbiamo trovato al Bois. Quando Milos ha ucciso Massena, era già fuggita. Mi sembra logico. Dovrebbe essere ancora viva! Facciamo un'ipotesi. Rachele arriva a Parigi, ha bisogno di lavorare, è una bella ragazza, si presenta allo Star come spogliarellista, presenta un passaporto probabilmente falso. Mi segui? Dopo l'orgia da Massena, si nasconde, nessuno la conosce, la sua amica è morta. Ha in tasca un migliaio di euro di Massena, può arrangiarsi per qualche giorno, andare all'estero...»

«Dimentichi un particolare, il Modigliani. Maryam potrebbe non essere riuscita a metterci le mani. Nell'appartamento non è stato trovato, ma sappiamo che lo aveva Massena...»

«Pensi che la ragazza abbia fatto il colpo? Voglio trovare la ragazza, Berni, non me ne frega più un cazzo del tuo Modigliani.»

«Il quadro era facile da portare via e nascondere...»

«Non mi convince. Comunque, dato che stiamo girando a vuoto, tanto vale tentare anche questa. Da dove vuoi cominciare?»

Bastiani non voleva arrendersi. L'esperienza gli diceva che piccole incongruenze possono costruire un'ipotesi valida. L'anello sorprendente appartiene a una catena di ovvietà.

La mattina seguente chiamò Reich per incontrarlo.

Il professore era impegnato con la sessione di esami e glielo fece capire con la consueta gentilezza. Cedette quando Bastiani fece il nome di Rachele e gli accennò alla possibilità di scoprire dove fosse finito il Modigliani.

«Non so come potrei essere utile, ma se insiste...»

Gli diede appuntamento al Polidor, una brasserie a due passi dalla Sorbona, con i tavolini affacciati sul giardino del Luxembourg.

Bastiani fece il punto dell'inchiesta. Reich aveva saputo della fine di Maryam dai giornali.

«Così, siamo arrivati a Rachele, una ragazza ebrea, che Massena aveva preso come escort e costretto a posare come modella. Una che la polizia di Parigi non riesce a trovare.»

Reich ascoltò in silenzio, memorizzando i dettagli.

«Se tutti quelli che volevano possedere un Modigliani

sono morti, comincio a credere davvero che esistano opere maledette» disse, facendogli capire che in cuor suo non avrebbe voluto che il capolavoro finisse nelle mani di personaggi che Bastiani gli aveva appena ricordato. «Ma ho una speranza. Il fatto che non esista la prescrizione per l'arte. Se si riesce a dimostrare la proprietà di un'opera, anche a distanza di anni, si ha diritto alla sua restituzione. Soltanto la Russia non riconosce questo diritto. Per questo fa firmare contratti blindati per le esposizioni delle sue collezioni all'estero. Migliaia di opere attendono il vero proprietario. Chiunque abbia il Modigliani uscirà allo scoperto e chiunque crede possa essere suo continuerà a dargli la caccia.»

«Ma c'è chi sostiene di averlo pagato ed è pronto a tutto per riaverlo.»

«Conosco chi potrebbe avere notizie. Mi lasci un po' di tempo e... una fotografia di Rachele.»

«Annie frequentava la facoltà di Belle Arti. Rachele era una sua amica. Potrebbe essere venuta a una sua conferenza?»

«Come faccio a ricordare? Le aule sono molto affollate e non vengono soltanto gli studenti.» Reich aveva un tono sbrigativo, come se avesse fretta di mettersi al lavoro per dare una mano al commissario.

Bastiani gli diede la fotografia di Rachele e si congedò. «Grazie, professore, attendo sue notizie.»

La giornata di Reich era stata faticosa e scarsa di soddisfazioni. Per ore aveva interrogato studenti nell'"esamificio", a suo dire, una fabbrica di prove anziché un luogo di formazione, secondo la fama della Sorbona.

Non volle tuttavia mancare a un appuntamento fisso. Bastiani gli aveva offerto un motivo in più per non perderlo.

Prese la metro 13 fino alla fermata Montparnasse e proseguì a piedi per place de Catalogne, un grande semicerchio di moderni palazzi in stile anni Quaranta.

Il professore partecipava ogni lunedì alla riunione dei dirigenti della Aliyah, l'agenzia no-profit che organizza viaggi di ebrei che desiderano trasferirsi in Israele. Era un consulente, in considerazione delle sue conoscenze e della sua rispettabilità. Contribuiva a verificare la correttezza delle domande e le motivazioni, sempre più numerose nella comunità francese dopo una ripresa di aggressioni ed episodi antisemiti di varia natura.

La Aliyah assicurava un iter burocratico veloce, copertura di spese di viaggio di andata e inserimento nella società israeliana: servizio sanitario, borsa di studio, sussidio di mantenimento, ricerca di alloggio. In genere, passavano due o tre settimane prima che l'iter fosse concluso.

Reich si appartò con Misha Adelman, uno dei membri del consiglio di amministrazione, e gli mostrò l'immagine di Rachele. «Ti ricordi se abbiamo trattato la domanda di questa ragazza?»

«A memoria non saprei. Negli ultimi quattro mesi abbiamo esaminato duemiladuecentoventotto domande. Molte per soggiorni di studio e lavoro, almeno un terzo per trasferimento definitivo. Dopo attentati e aggressioni, in certi quartieri il clima è irrespirabile. Sono gli ebrei più poveri, quelli che vivono nelle periferie piene di arabi, che soffrono di più.»

«Lo so bene, Misha, ma questo è un caso speciale. È scomparsa da giorni e la polizia la sta cercando.»

«Non abbiamo mai protetto ebrei che avessero a che fare con la giustizia. Questo lo capisci.»

«Non lo penso affatto. Ma non è accusata di nulla: potrebbe essere una testimone importante. Un commissario, di cui ci possiamo fidare, mi ha chiesto di verificare...»

Adelman accese il pc e fece scorrere l'elenco delle domande registrate. C'erano una decina di Rachele. Cliccò a una a una in corrispondenza di cognomi e fotografie che ricordavano la fisionomia della giovane.

«Ecco qui» disse, fermando il cursore.

"Rachele Czechowska, ventidue anni, nata a Cracovia, residente a Francoforte."

«Dovrebbe essere partita la scorsa settimana. Le abbiamo dato il biglietto aereo e cinquecento euro per le prime spese. Questo è l'indirizzo in Israele.»

La mattina seguente, Reich non si fece vedere alla Sorbona. Avvertì la segretaria del dipartimento che aveva una lieve indisposizione e che avrebbe ripreso gli esami l'indomani. Passò la giornata in casa fra le carte, controllò lettere e documenti, riguardò il materiale d'archivio su Lunia Czechowska, la modella di Modigliani. Era vissuta ancora molti anni a Parigi. Dopo la guerra, si era trasferita a Nizza.

Richiamò Bastiani.

«Due mesi fa Rachele ha avviato le pratiche per trasferirsi in Israele. Credo che nel suo rapporto scriverà una storia di famiglia. Si chiama Czechowska, un cognome che dovrebbe ricordarle qualcosa...»

Bastiani restò interdetto.

«Le avevo parlato di Lunia, la modella di Modigliani. A lei era dedicato il *Nudo di donna*. Ricorda? Rachele potrebbe essere una parente. Lunia era ebrea, ed era arrivata a Parigi dalla Polonia. Vediamoci al Museo d'Orsay. Le mostrerò qualcosa d'interessante.»

Un'ora dopo, Reich attendeva Bastiani all'ingresso del Museo. «Ho già comprato i biglietti. Permetta che glieli offra. Prego, mi segua. Qui parleremo con calma e capirà.»

Reich voleva mantenere il riserbo sulla vicenda. Non era corretto rivelare le attività dell'Aliyah. Non voleva essere coinvolto. Qualche volta il telefono di casa aveva squillato nella notte e avevano riattaccato.

Bastiani alzò gli occhi sul manifesto che sormontava la prima sala dell'esposizione: "Splendore e miseria della prostituzione". Molti dei dipinti erano di Toulouse-Lautrec.

«È il pittore che più di tutti ha frequentato bordelli e tabarin. A quell'epoca non c'era molta differenza fra modelle, concubine e prostitute. Nemmeno gli artisti facevano molte differenze. Se ne innamoravano, vivevano insieme, le lasciavano. Era un mondo di genialità, passioni e molta miseria. Anche da questo punto di vista, Modigliani fu un protagonista.»

Bastiani proseguì nella sequenza di fresche nudità, sorrisi trasognati e pose lascive che restituivano al pubblico l'introspezione di un'epoca di Parigi e offrivano a lui una traccia di Rachele.

Nell'ultima sala c'era una specie di trespolo, decorato con sfarzo, la cui conformazione lasciava intuirne l'uso nelle case di piacere.

«Il mondo non cambia» sussurrò Reich. Poi aggiunse: «Il mio amico è stato gentile, ha capito l'importanza. Ecco qui».

Reich diede a Bastiani un foglietto. Sopra c'era scritto: "Kyriat Arba".

«È uno degli insediamenti che gli israeliani hanno costruito nei territori occupati per gli alloggi degli ultimi arrivati. Sono il principale ostacolo alla pace con i palestinesi, ma c'è soltanto un posto in cui gli ebrei possono andare. La maggior parte degli abitanti sono ebrei russi, emigrati dopo il crollo dell'Unione Sovietica. Sono circondati da palestinesi oppressi e incazzati. Sono costretti a vivere armati e barricati in casa, ma a loro va bene così. Non è un'informazione che dovrei darle, ma mi fido della sua discrezione. Buona fortuna, commissario. La prego, non mi coinvolga.»

Si salutarono all'uscita del Museo. Bastiani osservò Reich mentre si allontanava affrettando il passo. Un po' curvo, con il bavero della sua vecchia giacca lisa rialzato sulla nuca.

Ebbe la sensazione che il professore non avesse voluto rivelargli altre cose che sicuramente sapeva. Ma non riuscì a fare altre domande.

54

L'indomani, Bastiani decise un ultimo strappo alle regole. Aveva passato la notte a chiedersi che cosa sarebbe riuscito a combinare in Israele un poliziotto della Gendarmerie di Montecarlo e se aveva il diritto di andarci.

Si consultò con Louvrier, l'unico che poteva dargli un consiglio per le sue competenze in materia di indagini internazionali.

«Non devi mollare adesso. Comunque meglio evitare una rogatoria internazionale o cose del genere. Ci vorrebbe molto tempo. La tua Rachele è segnalata come scomparsa nel circuito dell'Interpol. Ma tu la stai cercando per un'altra ragione. Buona fortuna! Gerusalemme è magica. Ti piacerà!»

Louvrier si attivò per dargli una mano in modo non ufficiale. Segnalò il suo arrivo a un funzionario dell'Interpol a Tel Aviv e gli diede il numero di telefono di un amico, un agente del Mossad, il servizio segreto d'Israele. «Chiamalo in caso di necessità, ti puoi fidare. Israele è Paese membro dell'Interpol. Tu racconta che stai cercando notizie su un'opera probabilmente rubata dai nazisti.»

Bastiani avvisò del viaggio il giudice Labrosse. Non cercò più Laurence. Dopo la morte di Maryam non aveva nemmeno voglia di farlo. Avrebbe dovuto raccontare, spiegare, rievocare gli errori fatti e forse la ruggine, fisica e mentale, che lo aveva indotto a farli.

A sua moglie disse che doveva trattenersi ancora qualche giorno a Parigi per concludere il rapporto dopo la sparatoria al Pont de Grenelle. Adriana, come tutti, aveva letto i giornali ed era ancora in ansia. Non era il caso di raccontarle di una missione a Gerusalemme.

L'indomani partì per Tel Aviv con un volo della Turkish Airlines che faceva scalo a Istanbul. Allungò il tragitto, ma era la soluzione più economica. Il fondo spese di Vallaud era quasi esaurito.

Arrivò all'aeroporto Ben-Gurion che era quasi mezzanotte. Le formalità d'ingresso furono abbastanza veloci. Il funzionario della polizia doganale lo prelevò al gate, gli fece passare la coda dei controlli e lo accompagnò al parcheggio dei taxi.

Due ore dopo si trovava in una camera all'American Colony, zona est di Gerusalemme.

L'albergo, ricavato in un palazzo appartenuto ai pascià arabi, era pieno di storia. Alle pareti, fotografie di personaggi famosi che vi avevano soggiornato. Churchill, Laurence d'Arabia, Gorbaciov, Tony Blair. Era il crocevia degli inviati dei grandi giornali che "coprivano" il Medio Oriente.

Nelle sale interne e nel patio che profumava di arance e cedri, si avvertiva una permanente atmosfera d'eccitazione: attualità e storia si mescolavano nell'andirivieni di diplomatici, giornalisti, delegazioni internazionali.

Al bar, in un sottofondo di ghiaccio tritato e cocktail agitati, le conversazioni politiche proseguivano fino a notte.

Bastiani si accomodò al bancone, davanti al barman. Ordinò un doppio whisky di malto e ascoltò distrattamente dialoghi in cui si disfacevano le carte del Medio Oriente e si sistemavano – a parole – Stati ed equilibri che sarebbero stati sconvolti di nuovo nel giro di pochi mesi. Si sentì un estraneo, nella sua vita di poliziotto, fra Nizza e l'opulenza pacifica del Principato che doveva proteggere.

Essendo l'hotel nella parte araba della città, i tassisti erano palestinesi. L'indomani, Hussein, con una Mercedes gialla piuttosto sgangherata, accompagnò il commissario a Kyriat Arba, alla periferia di Hebron.

Il bianco delle casette di pietra risaltava nel cielo azzurro intenso e limpido d'Israele. Il villaggio trasmetteva un'apparente immagine di serenità, in contrasto con le pattuglie di soldati e i coloni armati che presidiavano ingressi e strade d'accesso.

Era una fortezza assediata dall'odio. Non era necessario essere osservatori informati sulla situazione politica. Qualsiasi turista poteva ascoltare farneticazioni religiose e minacce nei suk di Hebron, in sinagoghe e moschee, in ogni angolo in cui ebrei e palestinesi fossero costretti a convivere.

Soltanto chi fuggiva da qualche luogo peggiore, da una guerra o da una carestia, poteva aspirare a vivere qui dentro. Eppure erano arrivati in tanti.

Settemila anime, famiglie numerose, molti ebrei immigrati dalla Russia, aggrappati al sogno di un futuro da accerchiati, con mitra a tracolla e un nemico al di là del filo spinato.

Due ragazzi cominciarono a insultare l'autista palestinese, il quale decise di andare via, promettendo a Bastiani che sarebbe ritornato a prenderlo.

«Lei è francese, qui non rischia nulla.»

Per il viaggio aveva chiesto duecento dollari.

«Cento adesso, cento al ritorno» replicò Bastiani.

Poi attaccò discorso con i due giovani che continuavano a sfogare il loro rancore sul povero autista. Erano studenti alla facoltà d'ingegneria di Gerusalemme. Aspettavano l'autobus per andare all'università.

«Ci hanno fatto venire qui e nessuno ci difende. Dicono che siamo noi l'ostacolo alla pace. Ma ogni giorno, come mettiamo fuori il naso, siamo presi a sassate. Noi non abbiamo un altro posto in cui vivere.»

«C'è molta gente che si trasferisce dall'Europa?»

«Prima sono arrivati ebrei russi ed europei dell'Est. Adesso gli ebrei fuggono dall'Europa invasa dai musulmani. E soprattutto dalla Francia. L'unico Paese in cui l'antisemitismo è combattuto è la Germania.»

Bastiani chiese notizie sugli ultimi arrivi.

Hugo, l'altro giovane, più aperto, accennò a famiglie ebree trasferitesi dalla Francia e indicò una palazzina a due piani, in cui avevano un alloggio provvisorio. Una costruzione non finita, con mura grezze e attorno blocchi di tufo non utilizzati che aumentavano il senso di precarietà.

La palazzina era a poche decine di metri dalla cancellata di ferro, all'ingresso del villaggio.

Bastiani bussò. Non era improbabile che nessuno venisse ad aprire a sconosciuti. Attese ancora qualche istante. Finalmente sentì lo scatto di un chiavistello.

Una giovane apparve sulla soglia.

«Che cosa desidera? Non la conosco.»

Era ospite di una famiglia d'insegnanti, aveva una stanza in attesa di trovare lavoro e trasferirsi a Tel Aviv. Era sola in casa.

L'aveva immaginata così nelle frenetiche settimane dell'inchiesta. Esile e intimidita. Indossava una T-shirt bianca e pantaloni beige. Bastiani notò lo sguardo intenso e melanconico, che tradiva le sue insicurezze.

«Mi chiamo Bernard Bastiani. Un conoscente, il professor Reich di Parigi, mi ha dato il suo indirizzo.»

«Non ho parenti a Parigi e non conosco questo professor Reich.»

«Forse si è sbagliato, comunque stavo cercando lei. Reich lavora all'Aliyah. Lei ha fatto domanda... lui l'ha esaminata. Non si spaventi. Possiamo andare da qualche parte e parlare?»

Rachele non volle farlo entrare in una casa che non era la sua. Propose un bar nelle vicinanze. Si sedettero, uno di fronte all'altra, e ordinarono un tè alla menta. Il profumo intenso delle foglie affogate nell'acqua bollente allentò la tensione.

Bastiani cominciò a spiegare i motivi della visita.

Rachele lo ascoltava in silenzio, tormentandosi le unghie. Ogni dettaglio del racconto di Bastiani aumentava la sua inquietudine. «Speravo di trovare un po' di pace, ma non si può fuggire dal passato» disse. I suoi occhi spaventati si riempirono di lacrime.

Bastiani le prese le mani fra le sue. Le diede del tu. «Nessuno ti farà del male, te lo prometto.»

Rachele si sentì rassicurata dalla stretta affettuosa, quasi paterna. E cominciò a liberarsi del suo peso.

Ricordò la prima serata allo Star, gli incontri con Massena, la proposta di partecipare a una serata con la sua amante. «Una donna bruna, bellissima. Mi offrirono da bere, poi andammo in camera da letto. Lei cominciò a spogliarsi, mentre Massena mi accarezzava. Era gentile, non avevo motivo di preoccuparmi. Loro due fecero l'amore. Io dovevo soltanto stare in posa, nuda. Davanti al letto, c'era un quadro. Quando lei si alzò per andare in bagno, Massena parlò di Modigliani e della sua modella preferita. "Le assomigli" mi disse.

Tornò un'altra volta allo Star. M'invitò per una serata speciale. Disse proprio "speciale". Era gentile, non avevo motivo di temere. Quel genere di festini erano il mio lavoro. La storia di Modigliani mi aveva incuriosito. Annie mi invitò a una conferenza al Museo d'Orsay. Ricordo che parlammo del quadro. Feci anche ricerche alla biblioteca di storia dell'arte e scoprii così che la modella aveva il mio stesso cognome. Lunia aveva un fratello, marito della mia bisnonna. La maggior parte dei parenti furono deportati a Auschwitz. Sono rimasta orfana a vent'anni, i miei genitori erano morti in un incidente stradale. Ero rimasta sola, per questo ho deciso di andare in Francia.»

«Capisco. Parlami dell'ultima serata.»

«Quella volta non c'era la sua amante. C'erano Annie e un'altra che non conoscevo. Una che disse di chiamarsi Josephine. Massena ci fece bere. Poi ci spogliammo. Io dovevo mettermi in posa sul divano, mentre le altre due facevano sesso. Era un'ossessione. Poi...»

Rachele scoppiò a piangere.

Bastiani le offrì il suo fazzoletto, l'accarezzò e la rassicurò: «Basta così, conosco il seguito. È stato orribile, lo so. Raccontami come sei riuscita a fuggire...».

«Massena era a terra, ubriaco, e sanguinava. L'altra ragazza era scappata via. Io ero paralizzata. Davanti a me c'era Annie, immobile, con gli occhi sbarrati. Credevo fosse morta, così pensai soltanto a salvarmi. Lo so, sono stata una vigliacca.

Massena sembrava svenuto, ma poteva risvegliarsi, forse avrebbe ucciso anche me. Salii in camera a prendere i miei vestiti. Il Modigliani era sul letto, arrotolato. Ho deciso tutto in un attimo. Era la mia salvezza, e in fondo era diventato un po' mio. Potevo nascondermi in un luogo sicuro, ricattare Massena, chiedergli soldi.»

Bastiani cercò di tranquillizzarla, spezzando la tensione con una battuta. «C'è molta gente che vorrebbe essere al tuo posto!»

«Non sapevo che farmene, anche se vale milioni di dollari. Non lo avrei certo messo all'asta. Desideravo andare il più lontano possibile ed essere lasciata in pace. Glielo avrei restituito in cambio di una ricompensa. Dopo che ho saputo che era stato ucciso, ho deciso di portare il quadro a Gerusalemme.»

Bastiani rimase in silenzio. Incredulo.

Una ragazza, sola e indifesa, era scampata a una caccia brutale e si era presa gioco di tutti. Sembrava compiaciuta e aveva smesso di mordersi le labbra. Il commissario riconobbe la sua astuzia, al servizio dell'istinto di sopravvivenza.

«Mi ero chiusa nel bagno del piano di sopra. Sentivo dei rumori in salotto. Aspettavo che lui venisse a prendermi. Avevo voglia di gridare aiuto ma riuscii a controllarmi. Poco dopo sentii una porta sbattere. E poi silenzio. Tornai in salotto. C'era sangue dappertutto. Massena se n'era andato e anche Annie era scomparsa. Ero sola e non riuscivo a crederci.

Mi precipitai alla porta, ma era chiusa a chiave. Salii in

piedi su una panca. C'era una finestrella che dava sulla corte. Era di quelle che si aprono dall'alto e rimangono socchiuse. Ruppi il vetro per riuscire a passare e saltare giù. Avevo mani e piedi che sanguinavano, ma ero salva. Non avevo un posto dove andare a Parigi, dormivo da chi mi poteva ospitare. Ero stata qualche settimana anche nella casa di Annie. Pensai che non fosse il caso di andare a cercarla. Mi sono vergognata per questo, ma avevo troppa paura. Andai all'ostello della gioventù, in boulevard Saint-Michel. Lì non fanno molte domande ai ragazzi che arrivano tardi la notte. Poi ho cercato una pensione. Avevo i soldi di Massena, mi sarebbero bastati per il tempo di sapere se la domanda per Israele fosse stata accolta. Ecco tutto, commissario.»

«Non mi hai detto niente di Modigliani... e di Reich. Lavora alla Aliyah. È lui che ti ha aiutata a partire?»

Rachele era in imbarazzo. Bastiani intuì che tenesse qualche cosa per sé.

La voce di Rachele tremava.

«Prometto, un giorno racconterò come è andata. Ho ancora paura. Il Modigliani è al sicuro, nel posto in cui dovrebbe stare un capolavoro.»

Bastiani fu incapace di insistere. Dietro la sua tenera fragilità, Rachele era determinata. Non aveva senso costringerla a una confessione. Rachele avrebbe mai tradito Reich. E poi era viva. Questo contava più di tutto.

«Mi fido, è una promessa» le disse e la baciò sulla guancia. «Abbi cura di te» le raccomandò.

Hussein tornò a riprenderlo al tramonto.

La serata era piacevolmente tiepida e Bastiani cenò nel patio all'aperto. La luna piena esaltava il cielo stellato e conferiva una sensazione di pace a quel crocevia di rancori. Seduto sul sedile posteriore della Mercedes che attraversava il deserto, pensò che la notte, con i suoi silenzi, a volte consola più del giorno.

Decise che non avrebbe rivisto Rachele. Valeva la pena

di crederle, anche se aveva mentito a proposito di Reich. Soltanto lui poteva averla aiutata a partire così in fretta.

Rachele non gli raccontò come il Modigliani fosse arrivato con lei in Israele.

Sul fondo della sua Samsonite, coperto dai poster di Toulouse-Lautrec comprati dopo la visita al Museo d'Orsay, fra i vestiti di una ragazza ebrea della diaspora.

Il poliziotto alla dogana le aveva dato un bacio di benvenuto. Senza ispezionare il bagaglio.

Al ritorno da Gerusalemme, Bastiani si premurò di far sapere al professore che Rachele era viva e stava bene. Poi non lo cercò più.

Diede la notizia a Monard, il quale nel frattempo aveva archiviato l'inchiesta sull'uccisione di Maryam con una denuncia contro ignoti.

L'Interpol continuò le ricerche sull'uomo dai capelli grigi.

55

Circa quattro mesi dopo, il commissario Bastiani ricevette posta da Gerusalemme. Una busta, su carta intestata dell'Hotel King David, il più lussuoso della città, con un invito per una conferenza: "*The Hitler's Art Thiefs*, special guest prof. Johannes Reich, University of Paris".

Dentro la busta, c'era un biglietto di Reich, scritto con la sua bella calligrafia d'altri tempi.

> Caro commissario, immagino che non possa venire a Gerusalemme ad ascoltarmi. Ma so che le interesserà sapere di che cosa parleremo. Può seguire in streaming, così darà anche un'occhiata al pubblico... Non si sa mai. In ogni caso, le manderò per mail il testo. La ricordo con molta stima e considerazione, suo J. Reich.

Il messaggio di posta elettronica arrivò come promesso due giorni dopo. Bastiani scorse il testo, una trentina di cartelle, in cui Reich ripercorreva in modo sommario la storia della "Commissione per l'arte degenerata" e si soffermava sulla vicenda avventurosa e grottesca di Hildebrand Gurlitt.

> Nel mondo ci sono ancora tanti Gurlitt in circolazione e non sono soltanto nazisti e soltanto tedeschi. Oggi ci sono dei Gurlitt fra i terroristi e loro complici in Occidente. Occorre difendere l'idea che l'arte non appartiene soltanto ai legittimi

proprietari ma anche all'umanità intera. Dare la caccia ai ladri è un dovere nei confronti delle vittime delle ruberie, ma è anche un dovere nei confronti di noi stessi e delle future generazioni.

Poi si addentrava in un'emozionante descrizione delle difficoltà che ostacolavano il recupero dei capolavori.

È una lotta fra ingegnosi stratagemmi per difendere interessi contrapposti. Molti artisti, da Leonardo in poi, si divertivano a camuffare la loro firma e particolari dell'opera per proteggersi da falsari e dalla riproduzione, anche se poi loro stessi facevano copie o le facevano fare ai loro allievi. Della famosa *Vergine delle rocce* esistono ancora oggi almeno quattro copie.

Soltanto l'esame approfondito permette di riconoscere i segreti di una tela. Se prendiamo ad esempio il quadro più famoso al mondo, la *Gioconda*, si ritiene che Leonardo avesse sovrapposto diversi strati di pittura per proteggere l'opera durante i suoi numerosi viaggi in Francia. Se si osserva la collina boschiva sullo sfondo, si riconosce il profilo di Dante Alighieri. Vi avverto che è una tesi controversa, ma affascinante.

Claude Monet inserì in alcune opere il proprio autoritratto rovesciato. Toulouse-Lautrec tracciò qualche numero a caso, vicino alla firma.

Come gli artisti, anche molti proprietari, non soltanto in epoca nazista, cercarono di salvare le loro opere ed ebbero l'idea di camuffare la firma dell'autore o di coprire la tela con un velo di pittura, sia per proteggerla, sia per nasconderne l'autenticità. I falsari fanno le stesse cose, naturalmente con obiettivi opposti. Fanno riapparire firme nascoste o cancellate che non sono mai esistite. Mercanti e collezionisti conoscono il sistema meglio di chiunque. Alcuni rivendono falsi, altri scoprono capolavori nascosti.

Il testo era di trentadue cartelle dattiloscritte. La pagina ventinove era stata eliminata. La nota, scritta a mano da Reich, spiegava perché.

Caro commissario, ho avuto un ripensamento prima della conferenza. Ho preferito sopprimere la pagina. Pubblico e interessati scopriranno il motivo quando le cose saranno sistemate. Avrei voluto parlare del Modigliani e del modo rocambolesco in cui siamo arrivati alla destinazione finale che le posso anticipare: il Museo d'Israele, a Gerusalemme.

Il Modigliani riposerà in pace, con i pochi amici di Montparnasse che lo hanno raggiunto anche in questa parte del mondo.

Bastiani rilesse il messaggio un paio di volte. Si era affezionato al modo in cui Reich portava per mano l'interlocutore alla scoperta di misteri e segreti. Notò l'aggettivo "rocambolesco", forse un po' fuori posto in un contesto di spoliazioni naziste e delitti insoluti, ma concluse che questo era lo spirito di Reich, il suo modo di affrontare la vita e di parlarne.

Reich era stato a Gerusalemme e aveva incontrato Rachele. Non confidò a Bastiani le circostanze della visita. Non voleva essere coinvolto nelle indagini, ma ne aveva fatta una, per conto suo, senza intenti polizieschi.

Rachele consegnò a lui il Modigliani e si sentì liberata da un peso. Pose come condizione che il suo nome non fosse rivelato.

Reich la tranquillizzò. «Questo quadro è una storia di famiglia. Appartiene anche a te, come apparteneva a Lunia. Ma scriveremo "Donazione anonima". Tanti collezionisti desiderano rimanere anonimi. I ladri lo sono sempre, fino a quando non li scoprono. Buona fortuna, Rachele. Ora sei una figlia d'Israele.»

56

L'annuncio dell'acquisizione del Museo di Gerusalemme fu dato sei mesi dopo le procedure per certificare l'autenticità del dipinto e avere la certezza che nessuno ne avrebbe rivendicato la proprietà.

Nel frattempo, il tribunale di Ginevra ordinò il sequestro del deposito di Massena ai Ports Francs. Agì su richiesta degli avvocati londinesi di Suslov. Dopo l'inutile caccia gestita in modo maldestro da Balkany, il magnate russo si rassegnò a ricorrere ancora alla giustizia ordinaria. Questa volta, Massena non avrebbe potuto pagare una cauzione.

La direzione dei Ports Francs oppose complicazioni burocratiche, invocò la privacy dei clienti anche da morti e i diritti degli eredi. Ma si rassegnò all'ispezione per evitare un'incriminazione.

I giornali svizzeri raccontarono la "caverna di Ali Baba", come la chiamava Massena. Lo scandalo finì sulla stampa internazionale, con aneddoti e retroscena su collezionisti, trafficanti di opere e magnati russi che volevano accaparrarsele.

Tuttavia Sergej Suslov fu scagionato dai sospetti sulla morte di Massena. Balkany fece scomparire le tracce dei rapporti con il killer che aveva messo alle calcagna di Laurence.

Nel caveau furono trovate una ventina di tele. Chagall, Matisse, Rauschenberg, Klimt e altre opere di minore valore. Ciò che Massena aveva nascosto in vita non c'era ragione che non fosse restituito al legittimo proprietario.

Tutto, tranne il Modigliani scomparso. Bastiani mostrò al giudice il fotogramma che il dottor Rosberg gli aveva consegnato poco dopo avere dato l'ultimo addio a Maryam. L'indagine del giudice sulla sigla AICP non prese molto tempo. Corrispondeva a "Art International Center, Panama", la società di comodo di Cohen, poi passata a Massena, alla quale era attribuito il Modigliani. Era questa l'ultima carta che Maryam avrebbe voluto giocarsi con Suslov.

Suslov non ebbe però il tempo di festeggiare la riconquista, almeno della gran parte delle sue ricchezze. Gli avvocati di Natalia si lanciarono come squali sulla nuova evidenza del patrimonio scomparso e ritrovato in tempo per soddisfare le pretese della ex signora Suslov. Il giudice affidò a un arbitrato la ripartizione della collezione e lasciò a Suslov la facoltà di scegliere quante tele consegnare alla moglie o se versarle il valore equivalente in denaro.

Almeno da questo punto di vista, Balkany non si era sbagliato nello sconsigliare la strategia giudiziaria al suo padrone.

Il giorno dopo, Natalia prese un aereo per Miami. L'*Aurora II* era pronta a salpare per una crociera nei Caraibi. "Disintossicante" fu l'aggettivo con cui presentò il programma agli amici che la raggiunsero a bordo.

Dopo aver scoperto versamenti a favore della moglie di Vallaud, Labrosse era deciso ad avviare un'inchiesta amministrativa sulla Muriel Banque.

Il direttore dei Servizi giudiziari tentò di frenarlo. Lo fece con tono insolitamente gentile, facendo leva sulla mozione degli affetti e sul carattere non certo d'acciaio di Labrosse, che lui aveva imparato a conoscere.

«Caro Labrosse, lo faccia per il Principato, il Paese della sua famiglia. Suo padre ha costruito il porto, palazzi, alberghi. Un giorno prenderà il mio posto. Bastiani ha scoperto gli assassini di Massena. Lei dividerà i meriti dell'inchiesta. Non le basta?»

Labrosse gli fece capire di essere venuto a conoscenza dei

suoi rapporti opachi con Balkany, che avevano permesso a Suslov di entrare nella società Dream on the Bay. Ma Vallaud accennò per una seconda volta alla "straordinaria attività imprenditoriale" del padre del giudice. «Un'attività che ha reso il Principato sempre più elegante, ricco e attraente» disse, con l'aria di avere già pronta in bocca una serie d'insinuazioni.

Labrosse non si era mai occupato degli affari edilizi di suo padre, ma non avrebbe messo la mano sul fuoco sulla regolarità di appalti e lottizzazioni.

Si limitò quindi a ottenere che la vedova Massena entrasse in possesso dei conti correnti del marito, circa cinquanta milioni di euro, su cui fu trattenuto il quaranta per cento d'imposte di successione.

L'inchiesta amministrativa sulla banca monegasca non andò oltre. Il direttore Bertell fu sollevato dall'incarico. Ricevette una consistente buonuscita che garantiva la sua discrezione per il futuro.

Laurence, pensando al buon nome di suo figlio, volle riabilitare l'immagine di Massena. Decise di destinare il dieci per cento del patrimonio a enti di beneficienza monegaschi, che ricordarono suo marito come un umanista generoso.

Tornata a New York, versò sul conto americano i quattro milioni della vendita della Magnolia.

Non volle più tornare sulla Costa Azzurra e non ebbe più notizie di Bastiani.

Dopo avere ricevuto la lettera di Reich da Gerusalemme, Bastiani decise che la ricerca di Rachele dovesse essere archiviata. Non poteva essere accusata di nulla e come testimone non avrebbe aggiunto molto alla ricostruzione della morte di Massena. Il dossier sull'omicidio di Maryam restava aperto, contro ignoti. Avrebbe continuato a occuparsene, fra mille altri casi insoluti, la polizia di Parigi.

Una pagina bianca, che avrebbe dovuto scrivere lui stesso, ma che scelse di archiviare. Almeno nella sua coscienza.

Non aveva nessuno con cui confidarsi. Cercò di assolversi, facendo il conto di quanto aveva dato in vent'anni di servizio.

Poteva parlarne con Adriana, ma era l'unica che non doveva sapere come erano andate davvero le cose.

La invitò al Nautilus, il loro bistrot preferito, nella vecchia Nizza. Ordinarono ostriche e Sancerre bianco.

«La vita del poliziotto a Montecarlo non è poi così noiosa» le disse. E la baciò.

La settimana dopo offrì a Labrosse una pizza da Peppino.

Mondadori Libri S.p.A.

Questo volume è stato stampato
presso ELCOGRAF S.p.A.
Stabilimento - Cles (TN)

Stampato in Italia - Printed in Italy